各自辜負的那些年

吳淡如

序

不忘初衷又十年

吳淡如

或許是巧合，每一本長篇，都相隔十年。

不知道該說是對得起自己，還是太對不起自己。

小時候就有志於寫作，我本是立志要當小說家的。這麼久才寫出一本，太對不起自己。

沒有拿寫長篇來折磨自己，又很對得起自己。

我向來是個很貫徹自己意志力的人，這麼久才寫出一本，當然是因爲難。一直想寫，一直沒寫，的確是才能有限，時間有限，還有對小說裡人物的領導統治能力有限。

說道理對我來說，似乎比較容易。我本來就是個「按自己道理」來活的人。義正辭嚴的說我想說的，並不困難。

而小說的道理是隱晦的。太愛講道理的人，會破壞寫小說需要醞釀的某種曲折的情調。（嘿，你都自己那麼挺身大大方方的出來說了，何須用小說中的人物來闡述心思呢？）

同樣是寫作，小說比散文、雜文，難得多。算是比較完整的藝術。至少，對我來說。快意闡述一個念頭，千字結束，不拖泥帶水。比較像我日常生活中非常有效率的作風。

小說一講太多道理就不好看了，也需要許多時間思量琢磨，需要嚴密的架構和細膩的安排……（聽這幾句話你就曉得我是「本格派」的支持者，絕非天馬行空一派）寫小說，不管作者多努力，三不五時就是一個瓶頸期，有時寫了一半，人物自己活了起來，推翻了原先設定的性格與邏輯，結果還收不了尾。變成了一棟無論如何也蓋不完的爛尾樓。

不瞞你說，我的電腦裡，這樣的爛尾樓標本不少。做起事來執行力極高如我，總是必須承認，意志力在此並不能夠起完全作用。

不寫當然快活，卻無法跟另一個我交代。那一個我，不管時間如何推移，總是一本初衷，提醒自己應該要回到最單純的願望：無論如何要讓自己伏案疾書，寫一本長篇。

不然，老感覺對不起自己似的。

往回頭看，寫每一本小說的時候，都是我的人生轉折很大的時候。這一本，大概是從媽媽還未發現罹癌到媽媽去世後半年才寫完。而我也離開了當時不知道爲什麼栽進去的電視圈工作，時間相當凌亂，心情也相當複雜。（我少年的志願百分之百明顯是要當小說家的，花了二十年到螢光幕前露臉到底有什麼意義？但願我自己能對自己交代清楚。只能自我解嘲：凡是發生過的事必然有因緣。）

十年未寫長篇，寫作過程對我而言絕對艱辛。好像老爺車，發車的時間就很長，發好久才能動。

先寫了十四五萬字，二校時補稿竟又多了三萬字，然後又自知過於嚕嗦，又刪了四五萬字，狠狠刪了幾個「其實沒有他更完整」的角色。

寫作時心念專一，朋友約我，我總說「等我寫到一段落再說」，幾無應酬，不近人情，咬緊牙根的活下去。

每一次改稿都像在跟自己開批鬥大會，體無完膚。

辛苦，也是因為我到底總存著某種野心，希望在故事裡藏著某種重要元素，又希望故事的推展能夠說服最難搞的讀者——其實就是我自己。

小說裡的人物也逐漸超出我的原始設定，變得難以掌控。這一對姐妹，一個總是按照她所認為的理性小心謹慎，一個總是按照感性直覺；一個過冷，一個太熱；有時可愛有時可恨……從來沒有看彼此順眼過，吵吵鬧鬧，爭爭奪奪，品嘗了不一樣的失落，也犯上了同樣的錯……被迫在意外發生後思考生活該如何轉變……有時勇敢，有時懦弱……一個想太多，一個想太少，但無論如何，最後發現，爭執的根源還是因為太在意彼此。

如果不相愛，就不會有這麼多芥蒂、比較、搶奪。

寫著寫著，我覺得我自己心裡就住著這兩種極端的人，不斷的在爭吵著，三心二意，總是下不了定論，卻要巧妙對應外在發生的各種事實。

不管看起來多麼強硬，內心裡都矛盾。

呵呵，就說到這裡了。該打住了。

正如電影，如果導演必須跳出來說，你們必須要怎樣看我的電影，那肯定不是一部好片；同樣的，如果小說作者爲自己講太多，也是沒信心的俗氣表現。

離上一部小說正好十年。

這十年，由於勇於生活，多體會了好多人間事。

歷盡了生死兩茫茫。度過了半生辛苦不尋常。

所以我看待感情、看待人，比十年前寬容。

有缺點的才是人，有缺憾的才是人生。

不必排斥，不必認同。這個世界如此有趣，正因每一個生命都值得存在，而每一個故事都有可能……

寫長篇很痛苦。

痛苦中又有最折騰人的快樂。這是身爲寫作者虛心接受的人生。

0

李又又：我不理解她活在什麼世界中，正如她不可能懂我。

雖然一直想忘記這個人。但那一幕常出現在她的回憶裡。

小時候，她們和幾個鄰居的孩子在後院竹林裡玩捉迷藏。

那時輪到她當「鬼」抓人，衛妍躲藏。

每一個都被她找到了，獨獨找不到衛妍。

做什麼都認眞的她花了一個小時……把周遭幾百公尺內的一草一木都檢查過了、每個可以躲人的地方也都搜過了，就是找不到衛妍。遊戲被迫中斷。

剩下的唯一可能……就是衛妍掉到附近工地的蓄水坑裡滅頂了……她望著那滿是黃泥的池塘，好著急……莫非衛妍掉進去淹死了？

她跑回家跟大人求救，上氣不接下氣……「衛叔叔……衛妍……衛妍她可能掉進池子裡了……」

「不會吧？」衛叔叔驚訝的看著她：「我一個小時前看她進了家門……」

果然，衛妍在房裡睡得正香甜。

「喂，」她猛拉衛妍起床：「妳怎麼可以這麼不負責任！妳跑回家睡覺，也不說一聲，太過分了……」

「我累了嘛……別吵我……」

衛妍翻身又睡。

太可惡了！這世界上怎麼會有這種人，我再也不要跟妳玩了……

小小年紀的她發誓。

明明南轅北轍，明明水火不容，卻要生存在同一個屋簷下。

她從來沒喜歡過這個可惡的妹妹。

當她聽到電話那頭的男人著急的說，衛妍可能會死掉的時候，她的思緒亂如麻。

酸甜苦辣鹹翻湧上心頭。

她想假裝沒事，卻不能。

1

衛妍：不可能，他不可能不要我。一點預兆也沒有。雖然前一陣子他的確有點不對勁……怎麼可能？這不是我要的答案……

人生是怎麼搞得一團糟的？

衛妍眞的不知道，自己可以變得這麼沮喪。好像本來在天空中踩著雲蹦蹦跳跳，忽然間卻摔到爛泥巴堆裡一樣。

一個被推落懸崖的公主。

「這是眞的……嗎？眞的發生了嗎？」她不斷的問自己。

「這是眞的。妳活該，被拋棄了；妳看，全世界都沒有人愛妳，多可悲！說到底，妳還是一個孤魂野鬼！衛妍！」

這個時候，竟然還可以有這樣刺耳的聲音，像敷著毒藥的暗箭似的，從她腦裡射出來，射進自己心裡，心臟流血不止，好想有人來幫她療傷，給她一點溫暖，偏偏走在路上的人那麼多，卻無人看見她的傷口。

她在街角暗處猛灌了自己一口剛剛在便利超商隨便買的威士忌。老實說，這酒的味道不怎麼好。她只是慌張失措，不知道該怎麼安慰自己，所以她需要酒精。強烈的酒精感給她一雙隱形的翅膀，幫助她脫離冷冰冰的現實，好像可以超脫一切，騰雲飛翔，她當然知道，這雙翅膀是有時效性的，當她輕飄飄的飛得很高的時候，又常常在酒醒時把她狠狠從高空摔下來，摜得更痛，然而對於現在的衛妍來說，這一刻清醒的痛苦好難承受，不管那麼多了，她對自己說。

一個看起來是全世界最適合她的男人，忽然之間，不要她了，可是為什麼還有一個鬼魅般的聲音，一直無歇無止的在傷害她？

「妳非常糟，沒有人愛妳，妳沒人要了，妳被拋棄了，妳輸了……」她腦海裡還出現了一個畫面：一個公主，誤以為找到最安全的寶座！卻有人陰狠的拿走公主的椅子！公主往後跌，脊椎摔成了兩截！

是誰還在罵我？衛妍忍不住咆哮。

她把酒一飲而盡，跌跌撞撞的往前走，對路人悄悄投過來的奇特眼光視而不見。她想，她還得再找一瓶酒才行！回過神來，她發現自己不知不覺走到一棟還算熟悉的建築物前，喔，是她平時偶爾會來享受下午茶的那家五星級飯店。上頭有個漂亮的酒吧不是嗎？二話不說，她按了通向「雲端」樓層的電梯。

我一定沒醉，她看著電梯裡鏡子中的自己微笑。她鎮定的，發出高雅的微笑，要帶位的人給她一個吧臺前的好位子。

「現在妳要怎麼辦？」

「管他的，再喝一杯再說！」

她心裡常常有的兩個聲音又開始對話了。那個黑色的聲音變成了一個猙獰的巫婆。

「妳以爲自己很棒是吧？妳的世界一向以妳自己爲中心，現在，破碎了，沒有了，只剩下灰塵！其實，妳什麼都不是，妳自作自受！」奇怪，這個聲音好熟悉，好像一直伴著她長大的，某一個她已經很久很久沒有遇見的人，對她不斷的發出冷嘲熱諷……是誰？是誰？那些在記憶中模糊的，早該忘掉的臉。

「別再說了，妳夠了沒！」

她聽見自己發出一聲驅魔似的怒吼，她朦朧的眼，四處張望，沒有人。吼音好大，嚇到了她自己，當然也嚇到了旁邊的人。但音樂的聲音好大，大家在說話，像千萬隻蜜蜂揮動著翅膀發出了嗡嗡嗡嗡的雜音，一個醉女的咆哮聲很快就被淹沒，在這個本市最時尚的雲端酒吧中，喝醉的女人不是稀少動物。

「妳醉了。」有個男人的聲音溫和的出現在耳邊：「嘿，妳該回去了，我幫妳叫車！」

「我才沒有！」

「妳自言自語很大聲，像在罵人，妳就是醉了……」

「再來一杯！我沒問題，我從來沒有醉過！」

「妳不可以再喝了……」

「今天誰都擋不了姐……」衛妍拍著胸脯豪邁的說著。剛剛是不是有揉眼睛？隱形眼鏡不知道什麼時候從眼眶裡逃走了，挪不回原來的定位。近視的衛妍，知覺與視線一樣模糊，背後靠過來的男人似乎變得好帥。酒精讓她發揮她的本能與專長，她向那男人擠出了媚笑，用最溫柔的聲音說：

「你請我喝一杯，我答應你，喝完我就走……」

她下午才剛花了五個小時做指甲，此時那美麗如鳳蝶翅膀的手指停在那個陌生男人的臉上，無名指上還戴著一只蝴蝶戒指，五彩的蝴蝶翅膀因爲些許脆弱的震動而顫抖，那是她上個月才和王碩君要的。現在，竟然已經變成前男友的臨別紀念禮。啊……她眞不敢相信……

鼻孔裡呼出來的都是發酵過的酒氣，但穿著黑色露背小洋裝，本來打算這個晚上好好和男友吃個飯的衛妍一點也聞不到。她看著牆上的鏡面反射著模糊美麗的身影，告訴自己說：我一向是最有女人味的，可不是嗎？爲什麼會有人不要我？

這是一個以低調奢華風聞名的五星級酒店酒吧，裡面擠滿了本市最時髦的，在周末的夜晚企圖揮發自己體內過多荷爾蒙的男男女女。空氣裡混合著各種髮油與香水的味道，麝香與茉莉，玫瑰與鼠尾草，在暗黃的流動光線以及饒舌舞曲的樂聲中傳遞著笑語和各種低語。在這裡，陌生與熟悉，永遠只有一線之隔。

衛妍和離她最近的陌生男人乾起杯來。她看不清楚那人的臉，但沒有關係，模糊的視線使她笑得更媚人。當她想要展現魅力的時候，她就是一個巧笑倩兮的超級巨星——衛妍！唯我獨尊，至高無上，就算一身黑衣，也比開屏的孔雀絢麗！

她一向有這個自信的，不是嗎？

絕對不是一個被人輕易拋棄的心碎女子！不是！

她的手主動搭上了那個男人的肩。坐在吧臺上的他們兩人，看來就像一對好久不見的情人。方才目睹她醉態，挨到身邊來搭訕的另一個梳著油油公雞頭的男子、她上一杯酒的無辜買主，一看她主動與這男人如此熟稔，自覺沒趣的閃到另個角落重新物色對象。

她的確有點反常，以前她只要坐在酒吧裡，哪有自掏腰包買酒的道理？但她今天慷慨的交代酒保：「他陪我喝的，我都請客……」

糊裡糊塗聊了一些話，她告訴那個男人說，她從小，受盡繼母帶過來的姐姐虐待。說著說著，她低頭飲泣，伏在那男人的肩上泣不成聲。男人用厚實的手撫著她的頭髮安慰著她。

「我眞的好需要有男人的肩膀可以靠啊……」衛妍心裡小小弱弱的聲音這樣旁白著。身邊那個面孔模糊的男人越靠越近，他的呼吸中帶著伏特加的強烈而穠稠的酒氣，氣息呼在她臉上，衛妍對他眨了眨她自認爲沒有男人可以抗拒的眼睛。

「妳很有趣。妳，很美……」男人兩手端著她的臉。

傷心的時候，衛妍喜歡讚美。她雙手環抱著男人的腰。衛妍一向喜歡腰桿結實的男人。

裡面的人聲漸漸稀薄，一杯接著一杯，高樓腳下的燈火越來越稀疏，人們逐漸睡去了，世界越來越安靜。

「謝謝光臨。」不知不覺已經到了送客時候。一群也盼望著打烊時刻快到來的夜生活工作者起立送客，齊聲說道。

「妳家在哪裡?」男人說。「我送妳回去。」

好正經的聲音。衛妍媚笑了，他應該是個好男人，並沒有想要帶她回家。

嗯，好男人值得擁有。

衛妍勾住男人的手臂，把全身重量放在他身上。

「我是孤女。全世界只剩下我一個人了……」她用悲哀的戲劇化語調說：「我沒有家……你家，就是我家!」男人溫暖的肩，傳來美好的溫度，融化了她的重量感，讓她覺得好有依靠，好舒服。

她又迴身把面前剛點的最後一杯威士忌一飲而盡，然後把全身力氣交給這個男人。這個晚上她意識清醒的最後一個畫面是，從吧臺旁千百片馬賽克鏡片拼成的鏡柱中，她看到自己的臉變成了千萬個，不斷的放大縮小，像跳舞般的天旋地轉，然後像泡泡一樣無聲碎裂。

她需要溫暖!即使一剎那也好……讓她可以熔化冰冷的悲哀。

2

王碩君：其實從相愛那一刻我就知道我們不適合，只是我太忙，所以沒有找到適合的理由離開。

衛妍只知道自己很傷心，很需要安慰。

她一下子從天堂跌到冰冷的地獄。

夜裡她非常非常的不舒服。胃像個劇烈震動的洗衣機一樣。

好像有許多堅硬的泡泡不斷的膨脹著，要撐破她的胃。

她只記得自己扶住了一個馬桶，乾嘔了幾聲。

喝了太多，酒要醒未醒前，腦子很清醒，頭很痛，對於憂傷，一點抵抗力也沒有。

在她吐得七葷八素的時候，才知道昨天的她曾是全世界最幸福的女人。

「衛妍，我有話對妳說……」昨天，她正參與一個服裝婚紗設計會議，和一大群同事大聲討論中，像在打一場轟轟烈烈的大仗時，接到王碩君的電話。他的聲音一直很溫柔，就算在他最不高興的時候。她一向喜歡聲音溫柔的，說話慢條斯理的男人，就算……說話溫柔的男人可能有一顆冰涼的心。

她喜歡他的聲音，像溫度剛好的天然湧泉。

「啊，我們這裡好吵……我正在開會！不太聽得見……」

「我知道，我只是想要問妳，明、天、有、空嗎？」

「噓……」她對部門同事比了個手勢。

衛妍和婚紗設計部門的同事是戰友也是盟友。吵時很熱烈，聊時很貼心，她愛這個工作。有人說不該把公司當成家，把同事當手足，但衛妍的確是這麼做的。如果這個工作的氣氛不夠好，那麼她也不會想來上班。和王碩君認識之後，她換了好些個工作，這一年多，才在這個婚紗攝影公司安頓下來。

她每個月會和這些同事兼姐妹開一個「掏心大會」，衛妍在裡面幾乎是「主委」級的存在。她自認為對於解決別人的感情問題很在行。

她也會吐露自己的心事，比如她和王碩君同居幾年了，這一年來和王碩君，兩人好像走到像「家人」或「親人」一樣。但她一點也不悲觀，還常教姐妹們：

「他最近工作壓力大，常常失神，我就幫他按個摩，跟他說：HONEY我全靠你了，你要挺住！」

王碩君一年多前，接了他爸爸的企業，為了要讓傳統的化工廠轉型，一直尋求和海外公司技術合作的可能，出差海外更加頻繁，雖然和衛妍同住，兩個人一個月已經碰不到幾次面。

或許兩個人在一起久了就是這樣吧，每天只要有一個訊息連絡，就覺得彼此間還有一座橋樑。衛妍本來認為，王碩君就是喜歡自己的獨立又溫柔。

這些日子她也有點忙。衛妍在公司推出了幾個婚妙專案，業務蒸蒸日上，因爲這樣，她也忙，沒怪他，只會鬧著他要點禮物。

衛妍賣弄了一下她平時發嗲的樣子，女同事紛紛傳出作嘔聲和被口水嗆到的聲音。「哇，好會撒嬌，男人哪裡受得了？我就不會，怎麼學也不會，所以做牛做馬！」負責打版的高眺美人李菲菲說。有模特兒身高和長相的她，說什麼都不肯走到幕前，只願意做幕後工作，她說這樣比較自在。

「他常說，我們兩個人進了社會之後，他一天比一天成熟，而我一天比一天幼稚，不知道哪一天我會退化成他的女兒！」衛妍嬌滴滴的說。

「被他當女兒好，他才會疼妳呀。」同事們七嘴八舌。

「那表示你的男人很成熟。」

衛妍最近是有點猶豫，該不該和他馬上踏進禮堂？她本來想再玩幾年的。不過，她也知道青春一眨眼就過，而近來飛來炸她的紅帖越來越多。同事裡最不可能嫁得掉的、戴著黑色大眼鏡、在公司形同打雜的張小瑜，都回鄉下相親要嫁了。她和王碩君再這樣拖下去也不是辦法。

算一算也五年了，兩人老公老婆的互叫了好久好久了。

事情完全出乎她的意料，不然怎麼會叫青天霹靂？王碩君用一種愼重而客氣的語調約她明天喝下午茶。

「有話跟妳說……」

他顯然是在出差回程的轉機時打電話。

「ＯＫ！」她爽快答應。

他約了一家美輪美奐，處處鮮花裝飾的法國餐廳。

「我想，他要正式求婚了。」掛斷電話後，她對同事說，藏不住的雀躍。

大家一起歡呼。

「他很少會這麼愼重的對我說：有話跟妳說。而且以前要他出去喝下午茶，他都說那是女生做的事……！」

「所以……他要求婚了？」張小瑜說。兩個女人誇張又激動的抱著轉圈圈：「天哪，我們可以在同一個月結婚……眞是天作之合！」

李菲菲說：「我們可能是仙女來著！剛剛才討論到的事，立馬就成眞，衛妍妳眞的有第六感——難怪妳說哪一套禮服款式暢銷，從來沒有例外！」

「那是因爲她的品味比大眾都要俗！」說話一向毒辣的簡約派設計師倪湘也說話了。

「幹嘛嫉妒我？哼，因爲我是一個完完全全的女人！」衛妍故意展示了她婀娜的身姿。她中等身高，四肢纖細，卻有非常女性化的曲線，因爲吃得不多，就算缺乏運動，也未曾走樣。

「看妳那樣子夠討厭的！」李菲菲哼了一聲。

「可以了，開會了。先把會解決！再來把妳們嫁出去！」團隊裡年紀最小，個子也最小，但個性最老成的郭茵喝止了一群女人離題的混亂。

衛妍的心思已經不在會議上了。她想的是自己的婚紗。還有婚禮要用什麼花，她想要穿全身粉紅色的公主裝。白色的多無聊。

爲指甲美化花了五個小時的衛妍姍姍來遲，王碩君已經在法國餐廳等候多時。

她緩緩走近時，看見他掛掉一個電話。一臉焦慮。

她穿了一襲露背的黑色洋裝，黑色襯得衛妍的肌膚更加雪白。

他看來好焦慮。衛妍想，男人在決定踏進人生的另一階段之前，都是焦慮的。

她也習慣他的焦慮了，自從他接了公司以來，他就充滿著一種隨時要出征的武士的焦慮。他一直說，公司不轉型就要完蛋。轉什麼型？衛妍不懂。

呵，老實說王碩君這個人缺點眞不少！老是她單方面不停的在講話，他心不在焉；他不時瞄著手機，有時還會跟她說，對不起，公司又有事了，她會因此鬧一些小脾氣整他一下，不過，男人嘛，總是要有工作，難不成在家吃軟飯嗎？

她優雅坐下。叫了一杯卡布奇諾，還特別吩咐：「上面要有漂亮的拉花喔……」

上次在這兒，咖啡師用她的臉當咖啡拉花圖案，她開心得大叫。

「怎麼？有什麼事要鎭重告訴我？」她面對面扣緊王碩君的手指。他的手好厚實，感覺是靠得住的。

「我……就直說了……

「我們在一起很久了，其實……」

其實你早該正式求婚了對不對？她心中的ＯＳ說……

「其實我們並不適合……可是……」

可是你還是想要娶我，對不對？衛妍深吸了口氣。

「可是我一直沒有勇氣跟妳說。妳很好，但是我們並不適合！」

什麼？

他這個玩笑開大了吧？

不要這樣開玩笑呀……

她因爲震驚而杏眼圓睜，精心描過脣線的豐脣說不出一句話。

「我們不要在一起，反而好。」

什麼？你說得出來？在最纏綿的時刻，你捏了我的臉頰碰了我的鼻子說我是最好的健身器材與開心果，這幾天到底發生了什麼事，怎麼了？

她一向沒有「說不出話」的煩惱，可是這一刻，她什麼話也說不出來……她的喉嚨緊緊被上了鎖一樣……

「我說眞的，我們不要在一起了……」

可是……那我想要的婚禮怎麼辦？

我本來走的安穩的人生該怎麼辦？

3
衛妍：我總是很小心，不要犯錯，為什麼命運並沒有因此獎勵我？

衛妍不敢相信，分手這件事可以在她毫無提防的狀況下發生……是他說要分手的，但他卻像是個沒事人一樣，彷彿在會議中淡然發言。分手，對他而言像喝白開水一樣容易嗎？

「其實……我們之間，很久以前已經……很像是……親情了。」王碩君用著像開會一樣平淡的語氣說。

親情？衛妍急了。「有時候我會撒嬌的喊你把拔，但那是開玩笑的！你不會這樣就以爲我們之間是親情吧！」

她有時會戲謔的喊他把拔，是因爲他們一起養過一條小狗。可惜那隻狗，只活了一年多就夭折。

「我不是開玩笑的。」王碩君徐徐的說：「我是說眞的。」這時，該怎麼辦？衛妍傻住了。

心裡好多聲音交織。她懷疑自己的腦裡其實住著很多性格迥異的靈魂，現在他們一起吵鬧起來了……心裡亂糟糟的……平時兩個人相處，都是她講、他聽，今天他完全「逆轉勝」……而平時伶牙俐齒的她說不出一句話來，怎麼回事？

「我哪裡不夠好？」

衛妍顫抖著嘴脣問。

王碩君沒有表情的看著她：「這，不是好不好的問題。」

「那是什麼問題？」

「我們，或許從來沒有適合過。」

「你昨天才發現我們不適合？」她淒苦一笑。

「我其實……很早就明白，只是……」王碩君低著頭說：「不知道怎麼開口……」

「這些年的感情，都是假的嗎？」

「不是。衛妍……妳很好，只是，我不適合妳，妳不適合我……」

「適合這兩個字，是不是太抽象太模糊了一點？那你告訴我，什麼樣的女人才適合你？」

「我不是來找妳比辯論賽的，衛妍，我無話可說。」王碩君索性不看她，只看著自己的手機瞧……在她來不及做任何表示之前，他的手機響了，他應了幾聲：「好，沒事，我知道！我馬上到，」對她說：「我先走了，公司要開會。剛剛我等妳四十分鐘了，對不起，我得先走了！」

不可思議啊……她整個人像被急凍似的呆坐著。

最後……還提醒她，是她遲到的，不能怪他絕情絕義的把話說完就離開。

衛妍呆呆坐著，眼看他鎮定的買了單，從容離去。

這個時候，她剛剛以愉悅心情叫的煎鵝肝才姍姍來遲的送上來。可是她已經失去了食慾。

衛妍咬緊了牙，在王碩君頭也不回的離去的剎那，她像雕像一樣的坐得僵直。

就這麼草率……嗎？

啊，原來被迫分手就是這種感覺。

「我們不適合……」記憶中她曾跟男人說過這樣的話，不是嗎？淡淡的，優雅的，不帶感情的，一點也不痛的，帶著急著解脫的心情。

現在才知道，被人家先說分手，這麼痛，痛到自己都傻了！她一直以爲自己是愛情的勝利者，也的確，每一次分手都是她先開口的……或者是在還沒有機會說分手時，她就像煙一樣的消失了。

呵……這個經驗新鮮到她不知道要怎麼辦！

王碩君匆匆離開後，她盯著桌上的那杯咖啡，失神了個把個鐘頭。聚集了全身的力氣，她好不容易走出咖啡廳時，天色已經暗了，由於失魂落魄，沒專心看路，出門不久就跌了個跤，右腳的細高跟鞋鞋跟應聲折斷！

「連鞋也欺負我……」這個經驗也是第一次……連名牌義大利鞋也這麼脆弱？她一跛一跛，艱辛的跳進百貨公司，買了一雙雖然不滿意但至少可以走路的低跟鞋。天色漸漸暗了，她徬徨無依的在街上像遊魂一樣飄蕩了好幾個鐘頭，唯一做的一件事情是在超商裡買了瓶烈酒，躲在某個小角落，當成失戀止痛劑暢飲……天氣不冷不熱，風拂臉的感覺好溫柔，然而衛妍心中寒風刺骨。酒瓶不知不覺被她無意識的喝空了，衛妍茫茫走入不遠處某棟高聳入雲的建築物裡頭，那裡燈火通明，人聲鼎沸，那裡，一定不會讓她感覺到寂寞。

王碩君要分手，那麼，她連「家」也不想回去了。那是他幾年前租下的小豪宅，衛妍曾經花了許多時間，買了無數本居家裝潢雜誌，把它布置得十分夢幻，不管他如何抗議，自嘲自己住進凱蒂貓的粉紅窩裡。

她決定要去那個雲端的酒吧，先喝到它打烊，酩酊大醉，管他的。

總之，她需要溫暖。她需要擁抱。她需要一個肩膀可以靠……她有史以來的每一段感情，都基於這個相同的緣由……

只記得這些了。

「天哪，我在哪裡？」一陣白光喚得她猛然睜開眼，看見一盞長相奇怪的，像一隻巨大的倒立的黑色大蜘蛛的吊燈……整個人像忽然被冰水潑醒。

她在床上。

一張很普通的雙人床上。床單是灰色的，一切布置非白即灰。這是男人的房間。

這張床好陌生……她的頭好昏沉……口裡都是酒精發酵後的酸腐氣……

而且她身上只有一條薄薄的被單。衣服呢？

糟了，痛到太陽穴裡，什麼都不記得……

不過，就算她頭再昏沉，她也發現自己正在一齣演得有點荒唐失控的戲之中。

浴室裡有水聲傳出來。有人在洗澡。

「我的衣服……」衛妍發現自己全身赤裸，覆蓋身上的是一條白色的絲質薄被。這裡，的確是她從來不曾來過的地方……她直覺自己應該要馬上逃走……

四處張望，找不到自己的衣服，她打開衣櫥，快速的拿了一件白色的男人襯衫和西裝褲穿上，衣服顯然太大，她又隨手抓起一條皮帶，像企圖勒斷自己的腰那般的猛力束上，把長褲固定好……。

「我應該是被綁架了吧……」她得逃……她的隨身物品呢？她也不記得了……她的粉紅色手機還好好擱在不遠處的桌上。她趕緊拿了手機。

她連鞋也找不到，當機立斷……

只能穿上好大的室內拖鞋。

「妳醒了？」正待開門，男人發出聲音，她尖叫了一聲，用足以殺死老鼠的音量。餘音迴盪在不太大的空間裡。

「喂，妳嚇到我了。妳要走，也要打一聲招呼呀，妳的衣服正在洗衣機裡洗，還沒乾……」男人用爽朗的聲音說著……

這不是衛妍眞心想要發生的事，所以她沒有勇氣抬起頭來看男人的臉。事實上，看了也沒用，因爲她的隱形眼鏡，眞的不見了。雖然從小沒有太認眞讀書，她卻有三百度的近視……這個度數很尷尬，沒戴眼鏡還勉強看得著，只是模糊了些……

「不……不……不用了！」

她奪門而出……像逃離災難現場般沒命的拔腿就跑。她不敢選擇電梯，只能往樓梯走。無奈那樓梯好像無止無盡通向地獄那般的長……

她不知道自己到底是在第幾樓過夜的……

自己是怎麼走進這棟建築物，她一點印象也沒。

終於到快抵達大樓門口時，電梯門剛好開了，同樣的聲音叫住她，帶著嘲笑的語氣：「妳真的走了下來呀，十八樓，眞有兩下子……」

衛妍嚇得驚叫一聲……

她沒有耐心再跟他周旋下去。唯一的直覺是逃！一股腦兒往外衝！

外頭是非常毒辣的陽光。

看不太清楚又跑得非常快的衛妍，聽到了一聲非常刺耳的剎車聲，然後，她又像那樣失去知覺……

大約有一秒鐘的時間，她感到很心安，因爲她覺得自己死了。一個龐然大物撞上了她，她好像脫離了自己的身體，全身輕飄飄的，像羽毛一樣，從高空中慢慢落下來，掉進了軟綿綿的夢中，好像睡了一個很深沉的覺……

但這個覺睡得並不輕鬆。

她看見一把刀，亮晃晃的，握著刀的手鮮血淋漓。

心窩像噴泉湧血的是她，拿刀的男人是王碩君，他面無表情的盯著她。她撫著胸大叫：

「你怎麼可以這樣對我？」

他沒有反應，像僵屍。

然後她大聲尖叫：「救命！」

有人拍著她的臉頰。起初很輕微，後來，很清脆，最後喚醒她的，是好火辣的痛！

「救命！」

「妳小聲一點！同房還有別的病人！」

又一記，像耳光一樣的痛！

「別再打我！」

她終於被叫入現實了。

這一次醒來，床單也還是白色的。

身體的某個部位，好痛。她張開眼，視線模糊，但她確定自己活著。她動了動手指，嗯，手指可以動，她活著……

臉上像被塗滿辣椒般痛，胸口又是另一種麻痛。

「妳最好保持安靜！」那個女人的聲音好冰冷，像打中頭頂的冰雹一樣。

有點熟悉，是誰？一時又想不起來但無疑的，並不是她太喜歡的聲音……

「妳是誰？幹嘛打我？」

「李又又，我。」

簡短無情的回答。像機器人發出的無情聲音。

每一個字都咬得清楚而決絕的聲音，她童年的夢魘，李又又，這人怎麼出現了？

衛妍揉了揉眼睛，她的隱形眼鏡不見了。眼前的李又又有點模糊。

「這是地獄嗎？」她氣若游絲的說：「不然我爲什麼會看到妳？」

「妳在這時候還可以開這種玩笑，表示妳還很有生命力！」

「妳到底又做了什麼事？」李又又問：「大清早跑去給車撞？」

「妳爲什麼會在這裡？」衛妍問。

「我先問妳，請妳先回答我的問題，不要用問題來代替答案！」

這個女人，還是那麼盛氣凌人。

「幹嘛那麼兇……」衛妍聳聳肩。連聳肩也會痛！她唉喲唉喲的哼著。

「妳的肋骨也斷了兩根！」李又又的嘴角浮出冷笑。「不要亂動！我在這裡是因爲，妳出事之後沒多久，我剛好被迫打電話給妳，對方問我是誰，我說我應該是妳姐！」李又又說：「如果不是對方說妳可能會死，我不會浪費一張機票飛回來！」

李又又平時不愛說話，對衛妍卻是話鋒如刀。

「妳一定要對一個受傷的人這麼殘忍嗎？妳現在可不可以對我說話稍微溫和點？萬一我死了，妳高興罵我多久就罵多久，我也不會回嘴，不是嗎？」

衛妍的眼眶裡有淚珠打轉。

看她那可憐兮兮的樣子，李又又緊抿如千年寒冰的嘴角忽然鬆了一下：「唉，我看妳還伶牙俐齒的，表示腦震盪不嚴重！」

「我眞倒楣……已經被車撞了，還要看到妳……」

「妳以爲我喜歡看到妳？我大可以不甩妳！妳難道不明白，只要妳一喝酒，妳那腦中僅有的一丁點理智就會被完全吞食？妳在被車子撞之前喝得很醉吧……而且，妳還穿著男人的衣服……」

「不用妳管……」。

她不想在李又又面前提起分手的這一段，也不想提起王碩君這個名字。如果李又又知道王碩君和她分手，她會馬上來個三聲狂笑的，說她咎由自取！

「妳們兩個人眞的是姐妹嗎？妳們講話比連續劇還精彩……」

忽然之間，一個大個子男人在她們背後發出聲音。

「要你管！」

兩個人用這一輩子幾乎不曾有過的默契同時這麼說。每一個字，都落在同一秒，精準無差。

4

衛妍：別在那裡裝模作樣！有妳這種親人，誰還需要敵人！

李又又和衛妍互瞪了對方一眼，又一起望向不知從哪兒殺出來的男人。

衛妍慶幸自己還有眼球能靈活動作，還可以表達自己的不悅。

「你是誰？」同一秒鐘，兩個人又說出同樣的話。

「妳醒了，太好了！吃點甜湯？」男人手上拎著一大包食物，說：「有綠豆湯和花生湯……」

「冰的熱的？」衛妍問。

「妳沒問他是誰？他的東西你敢吃？」李又又說。

「拜託妳，這裡是醫院，他會在醫院毒死我嗎？」衛妍又翻白眼。

李又又語塞。

衛妍全身都在痛，但對自己這一時在言語上占了上風仍然有一絲興奮，乘勝追擊的說道：「我覺得妳這個人根本就是壞巫婆！對人生抱持著懷疑主義、仇恨主義，妳的人生會幸福才有鬼！」

「我知道妳是誰了！妳打電話來的時候，上面的來電顯示者就是壞巫婆！」男人一臉傻笑：「是妳的綽號嗎？妳看起來不太像巫婆……」

李又又冷著一張臉，看向衛妍：「妳在背後這樣叫我？」

「被發現了！」衛妍吐了吐舌頭。

「你還沒回答你是誰？」衛妍學著李又又的嚴峻口氣說：「不要答非所問！不要用問題來代替回答！」說完肋骨又劇痛了……

「我……我是一個善……心……人……士，妳一定要那麼兇嗎？」

那個男人，濃眉大眼，有著寬厚的肩膀，壯碩的三頭肌，身材看起來是經常在鍛鍊的。就是一個像卡通片裡頭的史瑞克一樣的男人……。

「你是撞到我的那個人對不對！」衛妍逼問。

「天哪！妳別冤枉好人，難怪我媽會拿著剪報對我說，現在看到有人倒在路上，都不要去救，不然會倒楣！」

「你是昨晚那個男的……？」衛妍話一出口就有點後悔，不該在李又又面前說這樣的話。她想起自己赤身裸體，從陌生男人的被窩裡鑽出來的畫面，不自覺的有點臉紅……衛妍摸了摸自己的身體，還好現在，她是穿了衣服的，只能平躺的她掀開被窩，她看到自己身上穿著一件非常難看的廉價黑底大牡丹花睡衣……

「天哪，醜死了，這是誰的？」

「我請隔壁床看護阿姨去市場隨便買的，妳有衣服穿已經不錯了。」李又又似笑非笑。

衛妍看出她嘴角的鄙夷，李又又想必很得意能把她搞得這麼糟！

大個子史瑞克愣愣的站在那兒，好像在欣賞兩隻猛獸對咬。這兩個女人，都有一口利牙，想要把對方咬傷，看起來各有各的美麗，兩姐妹長得一點也不像，但都是上天精雕細磨的好作品。

躺在床上的妹妹，皮膚白皙，細腰豐臀，長髮如波浪——他聽到剎車聲，又聽到女人尖叫，和車子加速離去的聲音，便跑步衝向聲音的來源。直覺上，這必然是肇事逃逸！之後他在街上救起一個昏迷的白雪公主。

姐姐的短髮很有型，穿著素淨的白衣黑褲，典型的上班族麗人，一雙鳳眼，挺直的鼻梁，整張臉清清爽爽，她人高腿長，從她微抬的下巴和自信的神情可以察覺得出來，自視甚高。

兩人都是美人，他不知不覺看呆了。他剛從外頭買東西來探病，聽到這病床的簾幕裡有兩個女人說話，他在外頭偷聽了一會兒，才進來打招呼。

「妳們兩個人感情好啊，一見面就鬥嘴，一定是感……情……好……」

「感情好個鬼！」兩個女人又異口同聲否認。

他大笑。「太好笑了，明明很有默契嘛。我先自我介紹，我叫朱大丞！朱元璋的朱，大小的大，丞……」

兩個陷於惡鬥的女人並沒有專心聽他說話。

「我把妳身上那套沾了泥巴和血跡的男人衣服丟了……妳倒說說看是怎麼回事？」

衛妍愣住。這麼多年不見，李又又仍然一點同情心也沒有。根據她幼時最不愉快的記憶：李又又是她頭頂上的一朵烏雲，她有一雙銳利的眼睛，每天想看她出錯、出醜，打小報告，讓她被父親懲罰。

而這一次，如果讓李又又知道發生什麼事，她一定會幸災樂禍吧？想到這個她從來沒有預料會發生的悲劇，她悲從中來，淚水從眼眶裡湧出，但她發誓她絕對不能在李又又面前，爲了王碩君的事情哭。

可是她的傷心無可阻擋。

就像一個小女孩，本來一直很安心的靠著一張最安穩的椅子，忽然有人惡作劇，把她的椅子拉走，害她跌了個跤，摔得好慘！

不，不是有人把椅子拉走了，是那張椅子自己逃走的！

她想到這裡，越哭越傷心……她很無助，無助的人是會抱住任何一塊漂來的浮木的，就算不是浮木，是鱷魚……淚眼婆娑的她茫然抓住李又又的手，想要一點溫暖……但李又又推開了她，冷冷的說：「妳哭的時候，眞的很醜！」

天哪，怎麼有這樣的姐姐？朱大丞同情起這個弱小無助的妹妹來，她出了車禍，姐姐過了一天才飛回來看她，又這樣對待她，這位妹妹從小一定活得比《孤星淚》還要慘，朱大丞輕輕走了過去，把紙巾遞給衛妍，說：「沒關係，妳盡量哭啦，人有情緒……要宣洩一下才會健康！」

「不要你管！」衛妍又狠狠瞪著無辜的傻大個兒，又用眼尾餘光掃射了李又又：「有妳這種……這種……」姐姐兩字，實在叫不出口：「有妳這種親人，誰還需要敵人！」

「妳如果有當我是親人就好了……」李又又不放棄她的質詢。「可否認眞回答我的問題，妳穿男人的衣服給車撞到底在搞什麼鬼？」

她跟衛妍之間，陳年舊恨難消，她遠走他鄉工作，就是根本不想看到衛妍這個人。衛妍的個性，她很清楚。衛妍是一個能量充足的巨大發電機，從小就很會吸引男生，從上小學開始，衛妍每天收的情書就沒有停過，而衛妍也樂在其中，還會跟她炫耀……她從來不喜歡她高調的招蜂引蝶行爲！

自從那件事發生後，李又又就沒有再跟衛妍連絡了。這一個電話，是因爲她接到了衛妍的簡訊。衛妍找到她的連絡方式……傳訊來說，老家因都市更新計畫已面臨徵收，即將拆遷，請她速速出面簽署同意函……她很勉強的打電話給衛妍，陌生人接了，問她是誰，著急的跟她說，這個女人給車撞了，可能會死……

聽到衛妍出事，她很震驚。其實她的第一個想法是：眞的假的？是衛妍要把戲吧？她的心眼一向多。

過不久，陌生男人又用衛妍手機打電話來，男人要她一定要出現，說找不到衛妍親人，現在躺在醫院生死未卜很麻煩……她掙扎了一會兒，才決定請假飛回故鄉……

衛妍看著朱大丞：「可以告訴我，我到底發生了什麼事嗎？」衛妍知道，不管她說什麼，李又又都只是在幸災樂禍！

「我怎麼知道？我是在路上救妳的人！看到妳的時候，撞妳的車已經逃了，妳也不醒人事，如果不是遇到我，妳早就沒命了……我只知道這樣！」

前天一早，他本想早一點出門，早些去健身房鍛鍊一下，沒想到，在路上撿到了一個女人！而肇事者跑了……如果他沒有及時抱起她，她一定會被後面的車子輾過去！他不能見死不救，報了警，並且打電話給救護車……因爲找不到這個女人的親人，他還在醫院當了一天的義務看護工，女人身上沒有任何證件，還好她的電話忽然響了，上面顯示的名字，是壞巫婆，壞巫婆靜默一番後自稱是這個昏倒的女人的姐姐！

「報告完畢！」

「眞是謝謝你救她，」李又又對朱大丞的道謝詞聽起來也很冷淡：「這是下半段！上半段的故事呢？」

「我沒必要跟妳報告。」衛妍又瞪了李又又一眼。

「連自己也不好意思記得吧？」李又又咕噥著，聲音很細微，但衛妍還是聽見了，衛妍完全忘記自己的肋骨是斷的，她馬上起身動手想要給李又又一記耳光，李又又反應很快，迅速的瓦解了衛妍的攻擊，抓住了衛妍的手……衛妍痛得哇哇大叫。

「妳們好像東廠遇上西廠！」朱大丞呵呵的笑。「我剛看完那個明朝的連續劇……」

「如果你沒事，你可以走了嗎？」李又又看了他一眼。

「妳們也別急著吵架，還差點打起來……她躺著，不是妳的對手……」朱大丞想替衛妍說話。

「你這個救命恩人，人品果然不差……！」衛妍看這大個子護住了自己，可憐兮兮看著他。

「我們會自己溝通，你可以走了！」李又又說。

「喂，我不能這樣被你們趕走……因爲我幫她預付了手術費和住院保證金……」朱大丞說：「不然她是住不了院的！」

「喔，」李又又問衛妍：「喏，妳自己的醫藥費自己付！」

「我……只能刷卡！我……的朋友都知道我是月光族！」衛妍嘆了口氣說：「卡在我皮包裡！而皮包不在我這裡。」

衛妍不記得了，是被撞倒在路上時給人撿走了？還是……根本就是匆匆出來，沒有帶走，在那個陌生男人的房子裡？

「唉……」李又又嘆的氣更長：「我就知道，遇到她我就會倒楣！」她看了朱大丞一眼：「謝謝……這樣吧，你跟我去提款！」

「喔，好。」朱大丞也想要了結這個日行一善的任務，這個女人的親姐姐終於出現了，太好了，他還得趕回去上班，他爲了她毀了他的全勤獎。

看著朱大丞和李又又走出病房，衛妍想起來，她好渴，她好想要喝某個牌子的礦泉水。她撥了「壞巫婆」的電話，雖然她知道壞巫婆會罵她：連水都挑？不過，反正人生已經到了這一步田地，爲什麼不過好一點？

衛妍費力撥出電話後，床頭櫃上另一支手機響起。

應該是李又又的手機。

黑色泛銀光的鈦金屬殼面的手機，像她那個人冷冷的風格。

最令她吃驚的是，電話面板上顯示的名字，像一塊飛來的巨石一樣，把她打得頭昏……

李又又手機上，有她的來電顯示，是「蕩婦」……

蕩婦，是指自己嗎？

好啊李又又，這比「壞巫婆」惡毒多了，衛妍心裡咒罵著，李又又果然還在記恨她。

果然……

5

李又又：我本是善良的，是妳激發了我的惡。

「妳要補簽親人的緊急連絡書。」醫院櫃臺的行政人員說。這是一家中型醫院，窗明几淨，櫃臺上貼著：以客爲尊。除了付手術費用外，李又又還把緊急連絡人這一欄的資料從朱大丞這個熱心的陌生人換成自己。

李又又輕嘆了口氣，她一點也不想爲衛妍負責。

「妳是衛妍的誰？」

「姐姐。」

「表姐吧？你們……不同姓……」

李又又常常面對這樣的質疑，她老早有應對方式。

「我是她姐姐，我從母姓。」李又又簡單俐落的回答。不想要多說太多話。這樣方便。

「喔。」行政人員接受了這個答案。

「妳們家眞有趣，爲什麼一個從父姓一個從母姓？」朱大丞天眞的問。

「這事不用你管。」李又又說。

朱大丞的好奇心被斬首了，心裡又浮起「好心沒好報」的字眼。

李又又低頭，專心塡著表格。

「妳可以把我的電話住址刪掉，因爲……如果沒有連絡人，醫院不肯收她，所以我在上面塡我是她表哥……」

原來大家都不得不說謊。李又又動了動嘴角。

「好，謝謝。」

她的字跡和她一樣手長腳長而娟秀。在關係欄上，她塡了「姐妹」兩個字。心裡覺得有點蒼涼可笑。

「妳們姐妹長得眞不像，而且還不同姓，眞妙……」他忍不住好奇心。

「不可以嗎？」她看著這個充滿疑惑的男人。

無辜的朱大丞用一種「動輒得咎」的表情，哀怨看著李又又。

那個表情逗得李又又微微笑了。的確，她不需要對一個好心的男人這麼冷漠，只是看到衛妍之後，她的情緒沒太好。她自認爲凡事理性，但只要一碰到衛妍，她就變成一座活火山，燙熱的岩漿四射。

朱大丞看著李又又臉上罕見的笑容，說：「其實妳笑起來比較好看。」

「謝謝你。你說話討喜。」

「妳看來年紀跟我好像也差不多，說話的口氣卻老氣橫秋……妳是不是壓力很大呀？」

李又又反問：「現在活著的人，誰的壓力不大？……謝謝你的關心！」

醫院中庭的庭院外頭有巨大的老樹，要三個大人才能環抱起來。這棵老樹怕在這裡已經守候半個世紀以上了。樹上蟬聲如浪襲來，一波又一波，好像要把人沖走似的，李又又閉起眼睛來，短暫的享受她幼年時最喜歡的音樂。她活在人擠人的香港的這些年來，似乎很久很久沒有聽過蟬聲，不知道是不是自己從來沒有心情注意，還是香港那個堅硬小島沒有蟬？她以前曾經想像自己是一隻蟬，蟬的一生只需躲在樹蔭裡盡情鳴叫，然後產卵，死去，簡簡單單，一輩子不曾問過為什麼。蟬在土壤裡睡了好多年才能羽化，相信牠們也不曉得自己到底有多少兄弟姐妹和親友，來去無牽掛，一生多麼輕鬆……

「我走了，喔，這是我的名片，如果妳工作壓力很大，可以來找我，我是健身教練。妳的肌力不夠，所以坐久了左肩會酸痛……」

的確，只要坐久了，她的左肩就會非常不舒服。

他句句話都說對。

「再見，我買的甜湯別忘了吃，不要浪費！」他和她揮手說再見了。

這個男人胸膛寬大，笑容開朗，有著壯碩的身影，和簡單的腦袋。而且非常善良。如果當時選擇這種四肢發達、頭腦簡單的男人，她是否會早點獲得幸福？她自己想想，覺得好笑。

她走入病房的會客室，在那裡安安靜靜的喝著水。旁邊有兩個老太太在聊天，一個坐在輪椅上，另一個看起來是來探病的，兩個人長得很像，應該是一對姐妹。

健康的那一個說：「我說過去的事呀，妳就別再想了，我們活一天，要開心一天。」

坐輪椅在吊點滴的說：「就是因爲沒有未來，才一直想過去……」

「想過去不會快樂的，那不然，我們來享受現在好了，來，我帶了水果來，妳最喜歡吃的蘋果……我削好了……我陪妳吃。」

「讓妳破費了……」

「別見外，我只希望妳好起來……從小，只要妳不好受，我就不好受，我們是心連心的兩個人，不是嗎？」

好一對貼心姐妹花。李又又聽得心窩一熱。

如果有這麼一個好姐妹，李又又就不會覺得自己這麼孤單了。

她本來期待自己有個妹妹。她是獨生女，自小羨慕人家有兄弟姐妹，就算打打鬧鬧也十分熱鬧，手足不都是一起扮家家酒，一起寫功課，互相鼓勵，互當對方的愛情軍師，同一個鼻孔出氣嗎？

可惜她和衛妍不是。因爲不幸，當成了姐妹，然後又有了更多不幸的日子。

不想了，的確，想過去是不會高興的，因爲過去無可改寫，已經成型。走出冷森森的冷氣病房，在中庭的大樹下伸了個懶腰，深深吸了幾口氣，開始做起簡單的舒緩運動來……讓蟬的鳴叫聲塞了自己滿耳，如果可以晚一點進病房看到衛妍，任何耽擱都非常舒爽而值得。

同樣的，衛妍也並沒有對這個意外的久別重逢有太多期待和渴望。

雖然頭痛欲裂，她還是想找一個「應該」會關心她傷勢的人……

王碩君……

他在哪裡呢？他知道她受了傷嗎？他一定會很心疼吧？記得有一次她的腳趾不小心被門夾傷，他把她的腳放在自己大腿上擦藥時細細呵護的模樣……

沒有人接……

他不接？太狠心，不可能！如果他知道她被車子撞了，他一定會懊悔的……衛妍覺得那天下午的王碩君，那個冷面說分手的王碩君，完全不是她認識的那個人！

他曾經說到老都會照顧她的，他到底是怎麼會突然變成這麼無情無義？誰在背後慫恿？

電話接不通，她只好打給祕書。王碩君的祕書趙芝是個嚴謹的中年女子，是王碩君的大學學姐，幾年前被王碩君聘來當特助，一接起電話就知道她是誰。「衛小姐，王先生在開會。」

「開完會請他打給我。我在醫院裡，我被車撞了……」

「怎麼會這樣？」趙芝說：「我會告訴王先生的。妳在哪家醫院，不要緊了吧？」

趙芝說話也是沒什麼溫度的，像個機器人，衛妍一向沒有太喜歡趙芝。

「我昏了過去，剛剛才醒來……」

「是這樣的，既然醒來，應該沒事了吧，我會轉告，再會。」完全不帶感情的聲音。除了李又又之外，衛妍最不喜歡的女人，就是這一位。

不知道王碩君怎麼受得了這位「學姐」。

衛妍知道，趙芝也不喜歡她，對她永遠只是表面的客氣。不過，反正她從來沒有在意別的女人喜不喜歡她……

她猜想，王碩君一定是心情不好才會說氣話！

王碩君不接她電話，是因為開會在忙吧？趙芝一定會告訴王碩君，自己發生車禍的事吧？她想著。

他曾和她約法三章，開會時，不管有什麼急事，不可以一直狂打電話給他，這是基本禮貌……衛妍以前的確是只要想跟他說話，想打電話就打電話……男人變得真快，剛開始的時候，他根本不在乎，只要接到她的電話，他就會走出會議室來聽，熱戀期時他還會捨棄會議來陪她去看海，只是，那樣的日子很短暫，消失在記憶中了……

然而，王碩君是個不錯的男人，長相、學歷、工作，都沒得挑。比其他那些像狂蜂浪蝶般的追求者，一看就知道只想追尋一夜歡愉的男人要好得多……

衛妍胡亂想了一陣。

不達目的永不休止。她打到王碩君家裡，是王媽媽接的。衛妍並不喜歡王媽媽，王媽媽一直覺得自己是老上海書香門第世家，每日捧著書讀，言談之間還會考她唐詩宋詞，她很不愛去王家坐，只是表面殷勤。不過，那些「一定可以找到王碩君」的人中，王媽媽算是最有效名單。

「王媽，好久不見……我是衛妍……」

「原來是小妍啊，妳好嗎？」

「我是衛妍，我不好，我剛給車撞了……」她用足僅餘的力氣大聲說。

王媽耳朵不好，所以她得用最精簡的話語來說明，自己有多慘。

「我找不到王碩君！」

「他啊，在上班呀，我也常找不到他！」

「王媽媽，妳可以幫我打個電話，說我在找他嗎？」

「妳為什麼不自己打呀？」

「我……」衛妍頓時不知如何解釋。

「反正妳幫我打電話找他，說我在醫院裡，給車撞了……總之妳幫我找他嘛……」

「眞的假的妳不要嚇王媽媽呀……」

王媽媽總算聽清楚了。「好，好，我跟他講……」

王碩君不會不接自己母親的電話。他基本上是個孝順兒子。

她想，萬箭齊發之後，王碩君總會知道消息，他會來的……這感情應該是有轉機的。

此時李又又走了進來。

衛妍瞪了她，「剛剛妳的手機忘了帶出去……」

「喔。」

衛妍說：「妳竟然把我的名字改成蕩婦！」

冷不防，她狠狠的把手機朝李又又的臉摔了過去！

李又又猛然一驚，伸手去接，在手機落地之前，接個正著。她小學時打過壘球，接東西向來穩又準。

「妳這是幹嘛？」她尖叫了一聲。

衛妍哀哀大叫，她忘了自己有傷，動作太大，又搞疼了自己！

「你把我的來電顯示改成壞巫婆，我就該沒意見嗎？好，既然要摔……」她搶過衛妍手機，在她還來不及驚叫時，把衛妍的手機丟出窗外！

那手機是衛妍目前僅存的財產了……可是躺在病床上的衛妍呆住了。她現在是囚犯，而李又又是獄卒，面對李又又的暴行，衛妍一點反抗能力也沒。

「我是不會法術的巫婆，而妳是貨眞價實的蕩婦！」李又又也無法抵抗發自喉嚨的尖銳笑聲，只有衛妍，能夠激出她的劣根性！

「有人抗議妳們太吵了！再吵下去，我們就會報警！」護理長這時匆匆走進病房門。

然而衛妍卻在這一次吵鬧中得到了好處，不久，幾位護理人員來將她的床推入單人房。

李又又倒楣了，這意味著她必須爲衛妍付更多住院費用。

衛妍擺明了是月光族，而李又又，又是她唯一親人。

接下來的時間裡，沒有手機的衛妍，更像是被關在禁閉室的囚犯！她央求李又又幫她辦另外的手機，但是李又又完全裝聾作啞沒聽見……

「我要告妳毀損！」衛妍說。

「妳先摔我的手機，這是正當防衛。」李又又說。

「我告妳！」

「有辦法妳就去找律師告我，但我要提醒妳一句，找律師還是要錢，懂嗎？我不會幫妳付告我的律師費！……」

該怎麼脫困呢？衛妍覺得自己好無助。

衛妍對李又又咆哮了一陣之後，眼皮越來越沉，安靜了，發出細微的鼾聲。

大戰結束後，誰都會疲累，她睡著了，李又又也恢復了原有的冷靜。她想起衛妍第一次靠著她睡著的時候，那一年她九歲，她八歲，她要求李又又講白雪公主的故事給她聽，還沒聽到毒蘋果那一段，衛妍就睡了。睡著的時候，把她當成枕頭一樣緊緊的抱著，嘴角露出一抹安心而滿足的甜笑。

那時候，小小的衛妍，皮膚雪白得像梨子，嘴唇紅潤潤的，長長的睫毛像假的一樣，臉頰圓嘟嘟的，好可愛。

有那麼一剎那間，她覺得自己好幸福，當時她的確想要當一個全世界最好的姐姐，要永遠保護她、照顧她。

誰知道命運是怎麼把她們推移到像是上輩子就結了仇？

衛妍很快睡到輕輕打著鼾。李又又也覺得累了。

窗外的蟬聲仍然濃烈，唰唰唰，旁邊一棵大樹，滿滿是蟬聲，聽久了，像在製造催眠的樂曲。

唰唰唰……

她累了，她也倚在窗框上睡著了……恍惚間的錯覺使她以爲自己回到了童年的祕密花園，她的小竹林，一個世界上最沒有煩惱的避風港……

6

李又又：外面的聲音太吵太複雜，我只能關掉自己的耳朵，不回應任何問題。

「那是我們大人的事，跟小孩子無關，好嗎？妳要記得，我會永遠照顧妳，我會讓妳活得好好的，妳不要擔心。」

李又又記得，美麗的母親總是把頭髮梳得一絲不紊，才肯出門，她小時候留長髮，母親也每天一早幫她編好各式各樣的辮子。

那一天，母親把烏黑的頭髮盤成了一個特別的髻，要出嫁了。

母親只穿一件雪白的緞面旗袍，胸口別著她最喜歡的翡翠蝴蝶別針。那是外祖母送給母親當嫁妝的。母親在這一次婚姻中又用上了。

母親那一陣子心情特別好，自從李又又的爸爸去世之後，好長一段時間，母親的臉上失去了笑容。

後來，衛叔叔常來探望她們。大約兩個月前，母親看到衛叔叔時，總是不自覺的笑得非常嬌羞。

李又又不討厭衛叔叔，可是她覺得自己越來越孤單。所有事情的發生，都出乎她所能預料。

她每天勤寫功課，企圖每次考試都得到一百分，在學校也盡力當一個好班長，把班上同學管得服服貼貼。她還是一個九歲的小孩子，大人的世界複雜到她所不能了解的地步。

這些不斷出招的命運使她變得沉默而早熟。

那一天，母親爲她租了一件非常漂亮的白紗蓬蓬裙禮服，像公主，那是唯一讓她有點高興的事。有阿姨幫她把頭髮綁成公主頭，並且夾得捲捲的。一邊弄一邊告訴她：「妳媽媽眼光不錯，妳衛叔叔是個好人，他會對妳很好的，妳很快又要有新爸爸了。」

「我不要新爸爸，我爸爸只有一個……」李又又說。

「妳等會兒可不要這麼說！」那個阿姨連忙警告她：「小孩子有耳沒嘴，知道嗎？」

母親眞的要嫁給衛叔叔了。李又又穿上了「花童裝」，被迫接受現實。

這些日子以來，李又又左耳右耳都聽到了許多謠言……有關於衛叔叔和媽媽。她心裡頭雖然生氣，卻都以假裝沒聽到來應付一切。

此刻，她發現，那些鄰居的謠言都是眞的。

李又又的個子比同年級的男女同學都要高一個頭，從上小學開始，她就是班長，一切要「爲民表率」，坐有坐相，站有站相，要有規矩。所以，從小就有一種小大人般的講話方式，像個糾察隊，她會跟正在抽菸的叔叔們說：「我們老師說，抽菸有害健康！」連大人都被她訓誡得啞口無言。

她不能夠對不起死去父親的教導，父親要她「堂堂正正做人」。她以爲自己也可以和一般小孩一樣平平安安的長大。

七歲，父親葬禮的那一天，媽媽也對她說出了和再婚那天對她說的同樣的話：「這是我們大人要處理的事，跟你們小孩子無關，妳要記得，我永遠會照顧妳，妳也要爲自己盡到責任，不能夠辜負爸爸……爸爸在天上，還是會一直看著妳。」

不過就是幾天前，爸爸又出門去部隊了，還親吻著她，答應在不久之後的春節給她買一個金頭髮的洋娃娃當玩具，沒想到，就再也沒有回家。

有好多年，只要聽到有人開門的聲音，她都以爲是爸爸回來了。爸爸是空軍，大部分時間住在部隊裡，回來時會先到她的房間，給她一個擁抱，說：「我的小睡美人……」

幸福只延續到她七歲的時候，面目猙獰的命運之神大筆一揮，畫上了休止符。爸爸出事了。

父親剛走時，好多叔叔伯伯會到家裡來，有時扛一袋米，有時是一籃水果，有時會送給她糖果和玩具。母親大部分都婉拒了：「你們別這樣，我自己有薪水，我還過得去。」

母親蘇老師是小學老師。她教音樂課，彈得一手好琴，然而，家裡的鋼琴，卻也在父親去世的那一年賣掉了。母親說：「沒關係，學校裡有得彈。」

那是因爲父親去世後留有一筆公家撫卹金，李又又的表舅來勸她投資生意：「妳不能夠留著死錢！孩子還小，錢是會花掉的，妳要替她著想！孩子書念得好，將來出國要花大錢，存在銀行裡沒有用！」

母親後來投資了表舅的公司，半年內，爸爸留下來的錢都賠光了，還把鋼琴賣了。

母親一輩子沒看過自己投資的公司，卻為它欠了許多債。這件事影響了李又又的未來，她發誓自己一定要變得很有錢，很會管錢。

母親雖然是音樂老師，李又又的學琴生涯卻因此在七歲時中斷。後來只剩住在附近不遠處的衛叔叔，還三天兩頭到他們家送菜送東西，還會送生日蛋糕給又又。他和李又又父親是好朋友。

賣掉鋼琴後，還有人上門來討債。

李又又在門縫中看到討債的人來家裡恐嚇和叫囂，嚇得全身發抖。後來，是衛叔叔把積蓄拿出來解危。

謠言像春天到了花自開，連李又又在學校時，都有人故意來旁邊對她說：「班長，有人在追妳媽媽喔！好像是一年級那個衛妍的爸爸！」

一個失去老公的女人跟老公以前的好朋友走得很近，在那個年代絕對不是一則佳話，而是一則很好聊的閒話。

李又又知道衛叔叔的女兒，和她念同一所小學，小她一個年級，媽媽也教他們音樂課。衛妍歌唱得很好聽，媽媽曾在衛叔叔面前誇過衛妍：「你這個女兒，長得水汪汪的，嬌柔柔的，歌聲又那麼好，如果好好栽培，一定是舞臺上的大人物！」

衛叔叔卻嘆了口氣說：「唉，千萬不要，萬一和她媽一個樣兒，可就糟了。」

衛媽媽是歌星嗎？李又又也聽過衛妍媽媽的閒話。衛妍父母很早就離婚了。

因爲衛妍的媽媽在她很小的時候，堅持要去城市裡某個俱樂部唱歌，貼補家用，不久妝越來越濃，穿得越來越華麗；衛媽媽後來很少回家，回家也都是由不同的男人和不同的車子載回來的，只是爲了看衛妍一下，然後就在衛叔叔的叫罵聲中離去。

李又又也在學校大門口外看到衛媽媽的身影一次，她那一身水鑽的緊身紅色洋裝，要人家不特別注意也難，她站在門口等衛妍放學，給她一包禮物，拍拍衛妍的頭，抱了抱她，衛妍總是在熱情的親吻和擁抱中掙扎著，說：「我同學會看見啦……」

衛媽媽抱了衛妍之後，轉身走了，就在她上車的那一瞬間，李又又聽到衛妍裝出一種很像大人的語調說：「妳走了就不要回來！」

然後哇哇大哭。

那是爸爸每次都會罵媽媽的話，小小的衛妍學得維妙維肖。

李又又悄悄看見了這一幕。她那時好慶幸，自己的媽媽每天回家，而爸爸每個月也會放假回來，她是個幸福家庭的小孩，她的家很完整，爸媽都安穩。

沒想到，隔不了多久。爸爸不見了。他們說，父親是因爲飛機故障，爲了怕衝撞民房，引起無辜的民眾傷亡，於是放棄了跳傘。

李又又安穩的家毀了。

兩年多之後，母親要嫁給衛叔叔。李又又完全沒有想到，和衛妍會變成一家人。

那天衛叔叔神神祕祕的來了。她貼著門，透過鑰匙洞，看見衛叔叔刻意穿著一身西服，帶著從前爸爸部隊裡的一個同袍，和一個亮晶晶的金戒指，來到家裡，愼重地對媽媽說：「我會給妳和妳女兒幸福。」

「這……何必這麼正式呢？我們都是有過家庭的人，我們不一定要……結婚……」媽媽的臉都紅了。

「我要娶妳，人家就不會說我占妳的便宜……人言可畏……」

衛叔叔和媽媽交往的流言，的確造成李又又的極大困擾，她只能關掉自己的耳朵，不回應這些問題。

媽媽讓衛叔叔把戒指套在中指上。旁觀的那人大聲鼓掌。

九歲的李又又心情很複雜。媽媽那個時候爲了生活常常接鋼琴家教課，晚上她只能在家裡寫功課，衛叔叔似乎受了母親的委託，常常騎著單車來送飯盒給她吃，等她吃完，又默默的拿了空盒子離去。李又又總說：「衛叔叔你忙吧，我有功課要做，我不會無聊。」

但她的確很無聊，除了功課，她沒有什麼娛樂，總不能一個人玩家家酒。衛叔叔知道她愛看書，也會專程去圖書館借書來給她看。她看完了，衛叔叔還會爲她去換書。

這一件事，李又又打從心裡感動過。

「我們家衛妍，如果有妳一半的用功和愛看書就好了。」衛叔叔說。

李又又其實覺得，衛叔叔人很好，可是，當一個好人想要娶媽媽，那又是另一回事。

媽媽出嫁的那一天，她周遭的空氣都像凍凝了似的，李又又一早被叫起，穿上小白禮服讓大人擺布，像個小傀儡玩偶，等待新世界的門開啓……不知道門的背後，藏著天使還是惡魔？

客串媒人的王媽看見她一個人坐著，過來摸摸她的頭說：「可憐的孩子，俗話說，天要下雨，娘要嫁人，這一切都是由不得人的……」

由不得人的日子，到底會碰上天使還是惡魔？

接下來的日子又會有什麼變化呢？

衛叔叔的女兒會變成她的妹妹。李又又的爸爸曾問她：「又又，下次妳希望爸爸帶什麼回來？」又又說，我要一個弟弟妹妹。爸爸笑了。現在平白多出一個這麼大的妹妹應該開心還是擔心呢？

李又又是一個不喜歡變化的人。她喜歡可以控制的事情。比如說，把書全部的內容仔細念完，那麼就可以考一百分。

可是她對平穩人生的期待，老是被突如其來的打亂，幾乎沒有一件事是按照她的意願走……

7

衛妍：如果妳沒有這樣對待我，我本來也打算當天使的。

衛妍的手機被丟出窗外讓她失去了所有可以與外界溝通的管道，感覺自己變成一個手無寸鐵的囚犯。

她忽然想到了，自己還有朋友，還可以求援。

她用病房內的電話打到辦公室去請假。

「啊，怎麼會這樣呢？」同事張小瑜接的電話：「妳兩天沒來上班，我們找了妳兩天，都差點要報警了……不過因爲妳也曾經一聲不吭跑去國外浪漫，所以我們也就沒覺得太奇怪……」

「我病了，妳幫我去跟老闆請個假好嗎？我手機……丟了！」沒力氣解釋太多。

「本來我們是打算要報警的，不過李菲菲說，妳以前也有這個紀錄，記得嗎，妳在我們旺季最缺人手的時候硬要跟妳男朋友參加公司旅遊，公司不准假，於是妳曠職了三天，眞夠嗆！」

那一次，對衛妍來說沒什麼，但對公司來說，是太離譜的過失了，還好老闆偏愛衛妍，原諒了她的荒唐。同事都敢怒不敢言。

「都幾年前的事了，幹嘛記得那麼牢？」

「不就是一年前而已！」張小瑜說。

這些人，平時跟她笑嘻嘻的，卻把她的一點點失誤都記在腦子裡，眞可怕。衛妍想。

「喂，有沒有人打電話來公司找我呀？」

「有啊，妳的客戶，妳忘了，妳忘了妳是趙董新娶的太太的婚禮總企畫？趙太太打電話來公司找妳找不到，把我們罵得狗血淋頭！連老闆都出來爲妳道歉……還好有人替代了妳，把婚禮辦完了……」

「糟了，我眞的病到腦子都壞了，還眞的忘了……結果是誰幫我去的？」

「李菲菲呀，她去了，去給趙太太當出氣筒……喂，我不跟妳多聊，等一下要開會……」

「除了客戶之外沒有人打電話找我？」她心裡想的是王碩君，沒了手機，他或許會打電話來問同事她出了什麼事吧？

「沒有喔。」張小瑜說：「喔，倒是有人把妳的皮包送回來……妳把皮包掉在人家家裡呀？咦，是不是有什麼祕密情節呀……喔，對不起，我不能再講了，早日康復喔，Bye，待會兒再聊！」

「如果有人找我，告訴他，我在協安醫院……」

不知張小瑜聽清楚了沒？

怎麼可能沒有人找我？……

李又又在這時候走入病房，衛妍聞到了香噴噴的味道，那是廣東燒臘獨有的芬芳氣息……她好餓……

李文又打開了燒臘便當，默默吃了起來……

「喂，我的呢？」

「妳的，在那兒！」護士正推著餐車進來：「我幫妳訂了醫院的便當，健康營養，萬一我沒來，妳也不會餓死！」

「什麼？」衛妍的淚水在眼眶裡打轉。「誰都知道醫院裡的東西比餵豬的還難吃！」

「衛小姐！麻煩妳講話客氣點！我們的伙食不錯。」護士也不客氣的說。

「病人還挑什麼吃的？只要健康，健康，健康！」李文又把鴨腿咬得滿嘴油汁，像故意吃給衛妍看。又啜飲了一口咖啡。

「那……給我買一杯咖啡好嗎？」

「醫生說，妳還不能喝……喏，妳看，你有麥茶！」李文又指了指蒼白紙杯裡的難看褐色飲料。

「妳虐待我！」衛妍又淚光閃爍。

「天理昭昭，我是爲妳好！」李文又說。「妳有必要爲了一個燒臘便當那麼激動？」

不知道她們姐妹過往的人，往往會對衛妍說：「妳姐姐氣質眞好！」衛妍卻看見了李文又所有的壞處。「她根本是裝的……」

她八歲的時候也曾天眞的因爲「天上掉下來一個姐姐」而開心。

眞是大錯特錯。

天上掉下來一個媽媽一個姐姐。

爸爸娶繼母的那一天，她一大早被叫起來，換上了雪白的花童服，隔壁家的劉媽媽來幫忙，跟她說：「妳新媽媽挑的，跟妳新姐姐的一模一樣，好漂亮的！表示她一點也沒偏心！」

故意這麼強調，聽起來反而怪怪的，彷彿在說，後母就應該要偏心。

她對新媽媽沒有什麼想像。因爲新媽媽本來就是蘇老師——她的音樂老師，蘇老師講話慢慢的，看起來好文靜；蘇老師變後母這個消息對衛妍來說有點突然。父親讓劉媽來告訴她，自己沒講。

衛妍也早知道。但蘇老師有個女兒，看起來好像不太好搞。長她一屆的學姐李又又，看起來總是很高傲，聽說她永遠是班上第一名……第一名活得這麼累幹什麼？衛妍無法理解。

「我可要想辦法讓她不要討厭我才行！」其實，她一開始也打算當天使。

婚禮早訂好了，明明選的是個吉日，卻瘋狂的下了大雨，這似乎是個不好的預兆……爸爸和蘇老師都是二婚，一切從簡，只在家裡辦了一桌，請了鄰居和共同認識的幾個朋友。

來的都是大人。餐宴中，衛妍夾在李又又和蘇老師中間。那是蘇老師的刻意安排，衛妍離蘇老師更近一些，蘇老師先夾了菜給衛妍，明示著她會對待這個新來的女兒好。

「小妍啊，妳很幸運喔，妳最喜歡的老師，變成妳的媽媽。」劉媽媽爲了打破尷尬，發出這樣的話，大家怕接話不得體，也只能點頭，是啊是啊是的。

「敬新人一杯！」劉連長說話了。

「什麼新人，都中年人了，就是打算一起陪伴到老的伴啦。」衛妍的爸爸解嘲。

「這樣講就太平淡了！你可要好好對待人家，要有對新娘子的規格呀！」退役在做回收事業的張班長也說了。

本來可以很愉快的吃完這頓飯。

外面本來只是陣雨，竟然打起雷來，「閃電！」衛妍不自覺的躲進蘇老師的懷裡：「我怕！」

話還沒說完，門外來了一位不速之客。「很熱鬧喔……」

一個穿紅衣服的中年女人，瘦得像個骷髏，臉上滿是皺紋，她衝向衛妍，伸出手掐她臉頰：

「妳認得我是誰嗎？」

衛妍直覺的護住自己的臉：「好痛，好痛……」

「妳這是幹什麼！」平時溫文儒雅的衛妍爸爸大聲叱喝，聲音像頭荒野哀嚎的狼！

「我來帶走我女兒！」

衛妍嚇呆了。她是我媽？她？這個又老又瘦的巫婆？不不不，我媽不是這個樣子的！媽媽半年前還來學校抱過她，那時候媽媽還很豐滿漂亮……

其實每個晚上，她都希望媽媽能夠回家陪她……爸爸常加班，託隔壁劉媽在衛妍下課後來照顧她。晚歸的爸爸只會在回家時推開房門，看衛妍一眼，然後自言自語的說：「睡了就好。」

她沒有睡，她常常在想媽媽。如果有媽媽，多好。

她自己編出了一個完美媽媽的假象出來了，把記憶中的媽媽變成了無敵超人媽媽，什麼都會，會烤蛋糕，會煮一手好菜，永遠帶著一臉溫暖的笑容等她回家。她在寫「我的媽媽」的作文時，像在編童話故事，熟知她家庭狀況的級任老師也並不拆穿，直接在上面評：想像力豐富！給她很高的分數。

那篇文章，爸爸也看到了。是老師專程拿來給爸爸看的，請爸爸注意一下衛妍的身心發展狀況。

老衛只能淒涼一笑。這孩子命苦，也讓他心痛，但他也無奈。

我的媽媽不可能長這樣！眼前的女人太可怕了……

「妳才不是我媽媽！我媽在這裡！」衛妍緊抱著蘇老師，大聲對著那個瘋女人說！

啪啦！自稱衛妍媽媽的人，飛速出手要打衛妍……蘇老師把這一掌擋住了……打在蘇老師的手肘上……

兩個男人把那個女人拉住。

「妳瘋了，跑來這裡撒野！」衛妍爸爸咆哮著。

「你結婚了，你有家了，我來要我女兒，你把女兒還我！」

「妳憑什麼要女兒？法官是判給我的！妳根本不夠資格當媽！」

「跟我走！」穿紅衣的女人又過來拉住衛妍的小手：「妳後母會虐待妳！」

「亂講！」劉媽出來說話。她以前和衛妍的母親很熟，在她還是個純樸的姑娘時。

「我才不要跟妳走，救我，救救我！」

衛妍大聲呼救。李又又衝上前不懼怕的把那個女人的手扯開，擋在衛妍前頭！這一刻，衛妍曾經是感激的……

「把妹妹帶進房裡，大人的事我們大人會解決！」蘇老師吩咐了又又。又又拉著衛妍的手，猛的將她拉進房間裡。兩個人把門反鎖，人貼著門板聽外面的吵鬧。

「不給我女兒？那……」女人的聲音忽然變得虛弱而淒厲起來：「給我錢……你們看得出我快要死了嗎？我好癢，也好痛……」

「妳癮頭犯了！」劉連長嘆了一口氣說：「你們這種人，一上癮，六親不認……妳再不走，我打電話報警，讓他們把妳關起來，妳就不犯癮了……」

「什麼癮？」衛妍問李又又。

李又又聳聳肩：「我怎麼知道？」

有人在叫罵，女人在哀嚎……

「給妳錢吧，」然後他們聽見蘇老師很冷靜的聲音，「喏，這是我所有的現金，都給妳，饒了妳女兒，妳自己也不想想，她跟著妳，能有什麼未來？妳連自己都顧不了！不要再來了，妳發誓不要再來，這錢就給你！」

衛叔叔說：「妳不要相信她，妳這是肉包子打狗……」

「好！我發誓……我不會再踏進這個門一步……」紅衣女人淒厲的說：「不然我天打雷劈，不得好死！」

鬧劇結束了……女人的聲音消失後，衛妍聽到機車遠去的聲音，還是有人載她來的……。

「又是男人載她來。」有人說。

「你們可以出來了。」劉媽敲敲門叫她們兩人。

「大家當沒事，繼續吃飯。」

大人們馬上像沒事人似的繼續吃喜宴，鎮定得讓李又又覺得剛剛只是一齣安排好的鬧劇。

李又又和衛妍再度入座。蘇老師給衛妍夾了一塊雞腿肉。這次，又忘了李又又。李又又看在眼裡，很不是滋味，接下來李又又對衛妍小聲的說了一句話，又像刺了衛妍一刀：「妳知道嗎？剛剛那個瘋女人才是妳媽媽……」

衛妍看到李又又似笑非笑的表情，不懷好意的眼神。

接下來的恩恩怨怨、紛紛擾擾，都從這一個不懷好意的眼神揭開了序幕……

8

李又又：原來，恨的開端都很細微，卻涓涓滴滴累積成江流。

李又又和衛妍，是有很多機會可以當好一對姐妹的。但有更多的機會，那些小小的心結讓她們變成兩隻刺蝟，在不知不覺間，互相刺得遍體鱗傷。

李又又的媽媽蘇老師，變成了衛妍的繼母。蘇老師打從心裡就想要當一個人人稱道的好後母。她對衛妍比對自己的親生女兒要好一些，爲了顯示她一點也不偏心。從此，李又又再也得不到母親的任何讚美了。母親怕讚美了自己的親生女兒，衛妍會相形見絀。對小小的李又又而言，這是一個難以接受的巨大轉變。

李又又開始被訓練成一個必須有責任感的姐姐。搬到衛叔叔家後，她每天得負責帶衛妍上學。「爲什麼妳們兩個人住在同一個家呀？」童言童語和謠言對李又又而言一樣傷人。她是一個自尊心和身高一樣鶴立雞群的女孩。

她受不了，卻得一直忍耐。

「我們跟她爸爸租房子。」李又又酷酷編造答案。

「妳們跟她家租房子？」「那妳媽媽有沒有跟她爸爸一起睡覺？」有人這樣問，然後有人哈哈大笑。

某一次，衛妍竟然也傻傻問她：「妳媽媽有沒有跟我爸爸睡覺呀？」

別人問就算了。李又又一把火燒上來，給衛妍一個巴掌！

衛妍在街上嚎啕大哭。「爲什麼打我？」

李又又沒有理她，自顧自的走了。

結果變成蘇老師痛打李又又給衛妍看。衛妍食髓知味之後，只要李又又一罵了她，她就跑到蘇老師面前告李又又的狀，讓新媽媽懲罰李又又。

她們之間變成一個惡性循環。

李又又好孤單。

某一次，衛妍又用言語激了她。李又又忍不住出手打了衛妍的頭。

衛妍不是省油的燈。被打了，當然要報復。

蘇老師看到衛妍時，衛妍像是泥人兒，坐在門口哭泣。

「怎麼了？」蘇老師嚇呆了。

衛妍在蘇老師懷裡大哭：「又又打我，還把我推進臭水溝！」

淚流滿面的衛妍，委屈的樣子最惹人疼愛。

「又又，出來！妳解釋清楚，爲什麼要打衛妍！」

李又又看到衛妍那個狼狽的樣子，也嚇呆了。那輕輕一掌，應該不會把她打成這副德性吧。

「爲什麼？」被打的又是後夫的孩子，這眞的太對不起衛家了……蘇老師又氣又急，拿著雞毛撣子，拚了命往李又又身上揮，也顧不得自己爲人師表的模樣了。「妳是爲什麼打她？」

這太難解釋了，李又又緊抿著嘴。

衛妍繼續掩臉哭著：「我也不知道，她動不動就打我，我都不敢說！」

指縫中，她興高采烈的期待目睹著李又又的慘劇，蘇老師狠狠的追著李又又打，李又又的嘴抿得越來越緊，叫都不叫一聲，打到雞毛都掉了一地，李又又也不逃也不躲，更不哭，最後，蘇老師失控的坐在地上，用一種淒厲的聲音哭了，彷彿要發洩這些日子以來承受的壓力。幾秒之後，又變成乾嚎。

李又又和母親的關係越來越緊張。

李又又自覺變成沒有爹又娘不愛的孩子。

李又又覺得自己已經失去媽媽了。

李又又本來很喜歡吃雞肉，後來最怕看到雞。

如果桌上有半隻雞，媽媽總會特意把雞腿夾進衛妍的碗裡。

衛妍會故意以一種得意洋洋的眼神瞄著李又又。提醒她，我贏了。

如果有一整隻雞，那麼，媽媽會特意把雞腿夾給衛叔叔和衛妍。還是沒有李又又的。

媽媽明知李又又最喜歡吃雞腿。

如果衛叔叔發覺了，他會把雞腿夾給李又又。「又又還在長大，又又吃。」

衛叔叔企圖打圓場。

又又從來沒有喊衛叔叔爸爸。

衛叔叔人好，但她心裡徹底明白，他不是自己的爸爸。

那天，關在房間，瑟縮在角落，被媽媽拿雞毛撣子打得一身瘀青的李又又越想越生氣，憤怒像一萬顆炸彈在她腦裡引爆！

太過分了衛妍，故意去泥巴滾一滾，然後賴給她！這麼小的女孩！就這麼壞！

李又又抓起書桌上的剪刀。沒辦法爲自己辯白，就拿自己出氣。這些日子以來，媽媽常幫衛妍和自己綁一樣的髮型……李又又越想越生氣……

一手揪住自己的長髮，從耳朵下方一刀平剪下去！

對著鏡子，她把自己的頭髮剪成西瓜皮！

參差不齊是理所當然。

過了一個小時之後，蘇老師在門外叫她出去吃飯。又又不應聲。

這樣她就不必和衛妍綁一樣的頭髮了。

「妳這是幹嘛？」蘇老師驚住了。

小小的衛妍也看見她，竟然哈哈笑了：「剪成這個樣子，好好玩喔。」

「妳在嘔什麼氣？不准吃飯！」蘇老師把她桌上的碗筷收走了。

李又又好震驚。媽媽還沒有嫁給衛叔叔之前，從來沒餓過她。也一直稱讚她懂事。怎麼這一切都變了？

「不吃就不吃！」

李又又衝了出去。

那間房子後頭有一片竹林。

她在那裡盡情的慟哭。那是她的祕密花園。

每一次受了委屈，她都躲到那裡去。

那天，當餓著肚子的李又又在竹林中醒來的時候，黑漆漆一片，有隻又大又黑的鳥兒在竹林裡，叫的聲音好嚇人，她只好飛奔回家。

媽媽坐在客廳等她。「妳去哪兒？再不回來，我要報警了。」

李又又還是沒吭聲。轉頭要走，媽媽左手揪住她衣領，右手高舉，似乎又想打她，手在半空中軟掉了，長長的嘆了一聲氣：「妳就從來沒有替我想，妳這樣對她，我怎麼活？」

李又又僵立著。

「來吧妳的飯還沒吃。」媽媽嘆了口氣，掀開餐桌上的紗罩子。

上頭有一碗飯，一碟配菜，李又又看見一隻雞腿。

「今天，衛妍不肯吃雞腿，留給妳……妳看她多貼心！」

衛妍？眞的是她？

她又耍什麼心機？衛妍……

李又又忍著口水，看著面前油香香的雞腿。該吃嗎？

雞腿上面那層油光好誘人。李又又實在受不了。

掙扎了一會兒，她還是理性的吃得精光了。她的心裡五味雜陳，衛妍到底是敵是友？

吃完，呆立客廳。

媽媽說：「晚了，去睡吧……」

回到她和衛妍的房間。從媽媽嫁過來以後，她就被迫和衛妍睡同一間房，她的「敵人」每夜睡在她身旁。

衛妍睡了，又又輕輕躺下，沒忘狠狠瞪了睡著的衛妍一眼。

可是……她睡覺的模樣眞漂亮呀。

天生微鬈的頭髮和雪白的皮膚，睫毛好長。衛妍睡時眞像個洋娃娃。

李又又直挺挺躺下，手放胸前。這是她一貫的睡姿，像在護衛自己。

才剛躺下不久。衛妍就翻了個身緊緊的抱著她。

又把頭枕在她的肩上。暖烘烘的。

推也推不開。

李又又嘆了氣，卻也無法不喜歡那種被擁抱的溫暖感。

睡著的衛妍，是天使。

9

衛妍：如果妳覺得我汙濁，那是因為妳沒有用純真的眼光看我。

衛妍在驚愕中醒來。現實世界的搖晃，在她的夢境裡形成一個大地震。有人在拍她的手臂。用一種毫無同情心的急促節奏。

是李又又：「喂，妳醒醒，有人來看妳了！」

模模糊糊看到一個男人的身影，是她一直要找的人，來看她了嗎？他知道她落難了，來救她了？

他總該給她一個機會讓她說清楚。分手不該這麼不明不白。

「衛妍，我來看妳了。」

熟悉的聲音，是個中年男人，她有些失望。一時想不起是誰？

「你是……？」

「妳真的不記得我了？真可憐，妳真的被撞昏了……不過，平安就好……」

打了太多止痛劑，腦子好昏沉，衛妍一時不記得他是誰。這個上半身穿著西服，下半身穿著牛仔褲和帆船鞋的中年男人，嘴唇上留著一撇山羊小鬍子，似乎和自己很熟？

男人面帶微笑握住衛妍的手。

李又又不認識這人。但在這種狀況下，她明白自己應該出去吹吹風，她咳了一聲說：「沒事，你們聊，我出去一下。」

好一會兒，衛妍才想起來，他是杜建偉，她的老闆。

對衛妍來說，杜建偉絕對是個好相處的老闆。杜建偉容忍她。

她十天有九天沒有準時到班，視打卡機爲無物，多少和杜建偉的縱容有關係。

「妳這樣子，我好心疼妳……」李又又離開後，杜建偉起身拉起了病床帷幕，把他們兩個人隔成兩人世界。嘴唇貼在她耳朵旁小聲說：「妳要好好休息，公司的事就別掛心了。」

他把她的手放在自己的臉上。

我們有這麼熟？她一時又恍惚了。

她的手縮了一下……杜建偉又把她的手抓回來，放進自己手心緊握著。

「妳躺在這裡，好像是個白雪公主。」他說：「就等待一個王子的吻，讓妳醒來……」

好會調情。

衛妍本來很擅長應付這種事，但此時她精力大損，竟然只覺得疙瘩滿身。

衛妍從不覺得自己上班輕鬆。有好大的力氣是耗在和杜建偉周旋上頭。

她在公司裡，掛的是時尚行銷總監，事實上，她從來沒念過設計，嘴裡絕對說不出什麼像樣的行銷學名詞，她有的是偶發的靈感和異想天開，還有只要出馬跟男人談生意通常不會太吃虧的本領。她的團隊目前績效不錯，是因爲有一群努力工作的女同事撐著。

衛妍並沒有太在意老闆是不是醉翁之意不在酒，杜建偉喜歡和她調情，但也不敢硬來。人人知他是「妻管嚴」。

就在此時，刷一聲，簾子被拉開……

「在幹什麼？爲什麼要這麼隱密？」

一個女人厲聲說。「我就知道你會在這裡……」

一個中年女子，光亮的額頭和毫無皺紋的皮膚一看就知道是醫美的傑作，雙眼皮又厚又大像鱷魚眼，一身香奈兒。

這個女人又是誰？似乎看過……

杜建偉往後一退。

「妳怎麼來了？」

「這位是……」

「我已經調查很久了！」女人尖聲說：「我猜得沒錯！她就是你現任的狐狸精是吧？」

杜建偉已嚇得說不出話。

他回了神後，企圖安撫那個女人——自己的老婆，「有事回家說……」

「我不要！我要在這裡說清楚！」

「這裡是醫院，妳別鬧事，好嗎？」杜建偉無奈的說。

「這是什麼?你看看!」

女人揮舞著一疊照片，灑花一樣拋出來，有一張還刮痛了衛妍的臉。

這些照片，都是在杜建偉的辦公室裡拍的。

落在衛妍臉上的那一張，衛妍看到了，正是自己餵杜建偉吃葡萄的照片。

怎麼被拍到的?

衛妍記憶裡的確有這麼一幕戲。這只是開玩笑和杜建偉玩的一個小遊戲罷了，她和老闆要一筆預算，與知名時尚雜誌合作，將自己團隊設計的婚紗帶到巴黎塞納河去拍照……所以她故意逗杜建偉開心……她很會玩這些小伎倆，以達成目的……

她開心地拿起自己剛端進來的葡萄:「那我就學陪酒的小姐，餵你吃剝好的葡萄囉……」

就好玩嘛，又沒怎樣……一定要這麼在意嗎?

老闆的手不安分的往她腰上放時，她像兔子一樣的跳開了。他可沒有得逞。杜建偉的個性，她是明白的，這樣的男人，好色無膽，只是想要有點小小福利，但也還有一種風度，不會對女人耍硬的……所以他很安全，只是這個小小祕密怎麼變成了照片?

還有一張，是他搭著她的肩，這是在電梯裡巧遇，四下無人，所以他親切的問候了一下，這也不行?

掉在地上的那張，是在茶水間裡，他和她面對面十指緊扣……這也只是偶遇，衛妍投其所好撒嬌示好，幹嘛大驚小怪……

處處都有鏡頭對著她……這是怎麼回事？

「我和他……沒怎樣……」衛妍對著怒氣沖沖的女人解釋。

「這些照片又不能夠證明我們有怎樣……」杜建偉顫抖的說。

「在辦公室就這樣了，怎麼還說沒怎樣？忝不知恥！」女人大叫。拿手上的香奈兒包狠打丈夫的頭。

「你們，請出去！」李又又的聲音像一道閃電。

「要吵請回家吵！這裡是醫院！我要叫警察了！」

一片靜默。

杜建偉嘆了口氣，摟著怒氣未消的太太柔聲說：「走吧，妳眞的誤會了……」

衛妍忽然想到，傳說杜老闆的太太也是十年前的小三，小三扶正後最怕別的小三。不管怎樣，她覺得自己很冤枉……

「再鬧下去，妳連在這醫院也混不下去！」人一走，李又又撿起了照片，瞄了一眼，立即血口噴人：「妳怎麼時時刻刻都可以搞得天下大亂？」

「這眞的是誤會！妳一定要在這個時候還往我頭上丟一塊大石頭嗎？」衛妍的眼淚又在眼眶中打轉。半是委屈，半是氣憤。

「妳的文明程度眞的很低，連落井下石這句成語，都不會講……」李又又哼了一聲。

「妳對我說的每一句話，都代表對我的成見，我……對，我從小就品性有問題，水準不高，就是妳在手機裡面登記有案的那個蕩婦，那又怎樣！我就算很爛，我也不願意活成妳那副德性！驕傲的老巫婆！」

衛妍一動怒大聲說話，胸口又疼了起來，痛得淚水嘩啦啦流下。李又又沒再回嘴，衛妍那樣子，連她都覺得有點可憐了。

衛妍並沒有想到她的劫難還沒有完全過去。

護士進來巡房。李又又和她在一秒鐘內停止了戰爭。

衛妍看到跟著護理人員進來的那個人。

王碩君。

他顯然是從辦公室趕過來的，穿著一身深藍色的剪裁合宜的西裝。

王碩君常常不自覺的皺眉頭，衛妍第一眼見到他，心想王碩君心裡一定有一把很難開的鎖，需要她來打開。

由於剛剛還在咆哮，為了調整一下情緒，衛妍迅速拿棉被遮住臉，她全身只剩下兩隻手可以如意的使喚了。

呵，他終於被她喚來了。

衛妍之所以這麼可憐，都是因為王碩君的緣故，如果他沒有突然跟她說，我們之間結束了，她就不會去喝個大醉，不會去碰到一個現在還不知姓名的男人，不會被車撞，不會斷了肋骨，不會被那個大個子男人撿進這個醫院裡……這一切都是王碩君一時生氣和她提分手造成的，所以王碩君應該要感到內疚才是……

棉被的世界之外，李又又和王碩君相視無言。

爲什麼靜悄悄的？

她還想要逗笑王碩君。苦中做樂的頑皮是她的本事。「登登登登，」她哼著命運交響曲的調子，把頭從被子裡探了出來。

「登登登……登……！」

不妙，沒有人被她逗笑。王碩君……他正看著剛剛那齣天女散花後的鬧劇留下來的照片。

「這……這是假的！」衛妍急著想要解釋。

李又又白了她一眼，用很不懷好意的嘲諷語氣說：「對，合成的！老天爺——可——以——爲——她——作——證！」

王碩君看了一遍，嘆了一口氣，把照片輕輕放回床頭櫃上。

完了……怎麼這麼碰巧……

「我敢發誓……我跟他沒什麼！」衛妍急著辯白。

「我——相——信。」王碩君看著她，臉上有一絲硬擠出來的疲憊笑容：「我相信妳。這是妳的自由，因爲：我們已經是……朋友，就這樣了。」

朋友兩個字，眞傷人。衛妍的心又被戳痛了。

王碩君看了看她，無奈一笑：「人，沒事就好！」

李又又的臉怔怔朝著窗外。

窗外是一場夏日的交響曲盛宴，蟬，還是叫得好熱鬧。

「我走了。」這句話是對衛妍說的。他走向李又又：「好久不見，妳竟然在這兒……可以借一步聊聊？」

「好。」李又又簡短回答，一眼也沒有看衛妍。

李又又的心怦怦跳著，她用面無表情掩飾著自己內心的波濤洶湧。

「你們有什麼事……要聊？」說完這句話時，衛妍的頭又開始疼了起來……好像有人拿了磚頭在她後腦勺敲了一記……

「哇，這裡變得好熱鬧，這麼多朋友來看妳喔！」這時候，又一個不速之客闖了進來。

他手上拎著裝了湯湯水水的塑膠袋。「我買了甜湯來！」一臉微笑……

衛妍趁著大家不注意，吃力的把床頭櫃上那一疊繼續惹禍的照片抓起來藏進被窩裡。

「是他在路上救了衛妍的。」李又又輕聲對著王碩君說。接著，又對著什麼事也不知道的朱大丞說：

「那麼，就暫時麻煩你照顧她了，我有事要談！」

「好啊沒問題！」朱大丞一臉陽光男孩的傻笑。

離開時，李又又回眸看了衛妍一眼。在衛妍看來，這個沒有表情的表情比任何恐怖片的壞女人還可怕。

衛妍覺得很不妙。憑她靈敏的第六感……這個時候，讓王碩君和李又又碰上了，絕對不妙……如果這不是災難，什麼才是？

10

李又又：我極少犯錯，也不願失控，怪只怪這擁擠又充滿競爭的城市，忙碌的女人太寂寞。而犯錯的時候竟然是我最不無聊的人生。

那一夜的確是無意。

那是一個月前的事情。

「YOYO SPEAKING！」李又又只是如往常一樣接起了電話。

她的辦公室在中環的黃金地帶，臨海大樓，這一帶的辦公室，大概只有大財團才租得起。李又又有了專屬辦公室、有雙面臨海的大幅玻璃窗，可以俯瞰維多利亞港。入夜，彩燈亮起，好像有人把五顏六色的原料倒進平靜的港灣裡，繽紛無限。

雖然壯觀，但李又又第一眼看到這絢麗夜景時，覺得俗氣。可是，在這個小島上，有資格觀賞這夜景的人，才是人上人。

任誰一踏進這個辦公室，馬上會被無敵海景震撼住。心裡會肅然起敬，想：「這是什麼樣的大人物才能擁有這樣的窗景！」

每一年，這家私人投資銀行前三名的理專就能擁有看海的房間。一個非常殘忍的升遷獎勵。

就算妳是前一年的冠軍，今年業績不佳，就得摸著鼻子去和所有的人共用辦公室。李又又花了四年的時間才擁有這個權利。上一年這個房間的擁有者亞曼達，在搬出去時，對李又又苦笑說：「嘿，妳要好好珍惜在這裡的日子，這椅子有刺，坐不久！」

那是一位混血美人亞曼達，她擁有律師資格，打從進公司以來業績就很出色。

亞曼達坐擁海景辦公室一年，在這一年以些微差距被李又又擠出前三名之外。亞曼達才剛結婚，這一年忙於戀愛，也是業績略微遜色的主因。現實是殘忍的，她一戀愛，某個一向支持她的富商就不再是她的忠誠客戶。有些關係，靠的不只是腦來維持，尤其是男人與女人之間。亞曼達曾經這樣感嘆道。

「我這麼說可沒有惡意，」亞曼達帶著有風度的微笑對她說：「祝妳好好享受這裡的日子……呵，比起這個景色漂亮的辦公室，我更想要一個小小的溫暖的家。」

不久前，李又又也禮貌的參加了亞曼達在巴里島舉行的浪漫婚禮。亞曼達嫁給了一位帥氣的香港華人律師。

此話聽在李又又耳裡，未嘗不是一種諷刺。

人人都知道她孤家寡人，沒有男友，甚至沒有人聽她提起過家人。李又又的客戶大多是女性，她認爲自己成功靠的是實力。

亞曼達搬到小辦公桌上辦公，不卑不亢繼續努力。李又又暗暗欽佩她的情商。

這個辦公室裡的人，處理的都是富人的理財業務。沒有一個不是名門資優生來著。

這一年，買什麼都漲。投資人都在誇口自己有多牛，賺了多少倍……李又又得到一群貴婦的幫忙，以傑出的業績得到前三名，這年終於擁有了自己的辦公室。她一臉的誠懇以及直言不諱，反而得到了某幾位看慣生意場上狡猾面孔的富商和富太們激賞。

在此地，職位越高，辦公室的景致越好，是成規。這裡地狹人擠，想要吸到新鮮空氣，只有更上層樓。

五年前，李又又到香港上班時，本來只是想要離開熟悉的環境，重新開始生活，也就一腳踩進這個往上爬的比賽裡。

李又又的確不知道，自己的本領能在這裡待多久。

正因不知道，她十分珍惜，搬進這裡以後，她更努力了，萬籟俱寂時，還在辦公室裡。她還在桌子下頭藏了一個睡袋。這座大樓號稱不夜城，因為金融業是全球性的，大家睡覺的時候，正是歐洲盤結束和美股才剛開盤的時間，忙到看見日出還沒回家是常有的事。

又是一個睡眠不足的夜。這一天，不太一樣，李又又接到的電話，是王碩君打來的。

「有一些事情要請教妳，以前的同學告訴我，妳在香港投資銀行工作。」

他們之間有許多認識的朋友，不難問出她的訊息。如果他真想找她。接到他的電話，她還是很訝異，畢竟這些年……他沒有認真找過她。

過了四、五年了，第一次聽到他的聲音。既陌生又熟悉。

於私，她可以這一輩子再也不見這個人，於公，她不能拒絕任何業績。

接到他電話，往事一幕幕，無可阻擋的在腦海裡重現，心酸，到底還是有的……

最喜歡的人總能傷自己最深……

沒有理由不見他。

沒有理由。

因爲她還是有一點想見他。

雖然有一些心結，藏在心裡最深的地方，會痛，不想碰。無論如何他是她唯一喜歡過的男人。

她好想有個人可以說眞話。

在往上爬的過程中，她太寂寞了。在這裡她其實沒有朋友。縱然有些富太太與她友誼甚篤，偶爾會邀請她參加家庭聚會，在大花園裡烤肉，但是，她眞的只是認眞的在幫大家烤肉，爲了遮掩自己在人際關係上的手足無措。爲了要跟這一群也有漂亮文憑的家庭主婦好好聊天，特地研究了各種名牌，也自己鑽研了塔羅星座甚至卜卦……李又又，總是下功夫找著生存的方法，此事無關興趣。

還好也多虧這一些本來在炒房的富太太的指引，她在工作的第一年，就用公司給員工的優惠貸款買了一間位於半山的小套房。某富太的朋友移民加拿大，於是她用十分划算的價格買下。這是她爲自己弄的第一個家。

雖然，她還是最常待在辦公室裡，反正都是一個人，沒什麼不一樣。

沒房的蝸牛就是蛞蝓，在這裡是很容易被生活踩爛的，爲了支付貸款，李又又從此成了一隻必須超速前進的有殼蝸牛。

她特意跟王碩君約在辦公室。他一進來就怔住了：「妳，在這裡也做得那麼好。不愧是資優生。」

他穿著白色襯衫和修身的卡其色長褲，身材筆挺，看來這些年並沒有荒廢鍛鍊。王碩君一向是運動高手，以前是學校的足球隊中鋒，這些年，也熱衷於網球和高爾夫。

李又又剛開始不敢正面看他的眼睛。她怕在四目交接時傳遞了太多心事。

他說他公司必須要為資金做避險，於是她嘴裡說的都是國際市場的線圖和數據，他問題不多，要他簽字開戶，一下筆就毫不猶豫的簽了。

王碩君簽完所有文件後，開口了：

「等一下有空吃飯嗎？我人生地不熟，除了你。」

他用含笑的眼神等待她的回應。有磁性的低沉的聲音。

很矛盾，她曾經發誓不想再見到他的，可是這個時候，李又又不想拒絕。

反正下班後也沒什麼事。除了看盤就是看報告。

這幾星期，她一直擔憂全球市場走勢太高調。目前美股在高點附近盤旋，在她的理性角度看來，已屬落袋為安時期，公司卻希望他們向客戶銷售各式各樣新開發的理財商品。她有些煩躁。

如果不從公司指令，她很快會從這個美輪美奐的辦公室搬出去；若聽從指令，那麼，幾年來支持她的客戶極可能在最高點買到包著糖衣的可口毒藥。

最近，就算下了班，她的腦袋裡也都裝滿各種跟工作有關的問題。

她是一條在工作中快溺斃的魚，多麼希望有人能夠把她從無止盡的深淵裡救出去。

她愣了幾秒後就點了頭。

王碩君說他想念的是灣仔的墨魚麵大王，他小時候和母親來香港，母親帶他來吃過的滋味，他一直不能忘。於是她陪他排隊，排排坐擠在人群中，卡嗞卡嗞的吸著麵，咬著墨魚丸。感覺好像回到了他們相識的時候，那時候，他們都還年輕。

外頭排隊的人很多，有個店員對大家虎視眈眈，在店裡指揮若定，讓人把空位補上，也暗示著大家吃完就快走。

「你看這就是生存壓力，永遠有人在等你位子。」李又又感慨的說。

她和王碩君兩人在五分鐘內將麵吃完，識相的快速走出店門，相視而笑。

「眞難爲妳在這裡待了這麼久。」王碩君看著她：「妳比以前更瘦了！」

「在這裡工作，壓力眞沒小過。」

「那麼，再陪我喝一杯酒，行嗎？」

王碩君住的飯店也在附近，飯店有個著名的高空酒吧。洗手間是透明的，從內看穿到外，連上廁所時也可以將無敵海景一覽無遺，算是知名觀光景點。

李又又只聽過，沒來過，反倒是這遊客帶她來朝聖了。

穿著上班族的黑色套裝的她，跟著王碩君進入這個一樣可以遠望維多利亞港的高空酒吧，看到的景色其實和辦公室沒什麼不同，波濤如常盪漾，霓虹五彩同樣在波光中亂舞，只是心情不同，眼前人不同。

他叫了一瓶波爾多紅酒。

不知道該說什麼，只好借酒精之力。

靜默了好一陣子，王碩君開口：「妳，有對象了嗎？」

她搖搖頭。

「那你，過得好嗎？」

他也搖搖頭。

忽然，王碩君嘆了一口氣說：「這些年，其實，我常想到妳。」

李又又怔住了。

他這麼直接，爲什麼？

「你不是……還跟她在一起？」

李又又用一種故作鎭定的口氣問。

「又又，我不想說什麼背後話。妳應該明白，我和她，實在不適合。……妳知道……」

我知道什麼呢？我什麼也不知道……

她其實不想知道。她的心在五年前死了，這一對其實被她重重詛咒過。

她沒有故意探聽他們的消息，但相關的朋友不少，總會有人傳來一些照片什麼的，上次看到他們兩人連袂出現，是在她一位學姐的婚禮的照片，三個月前的事吧，衛妍像無尾熊抱著樹幹一樣的緊勾著王碩君。

李又又是真的沒想到這兩個人，可以在一起這麼久……

「又又，」他苦笑：「我不是來找妳做心理諮詢的！我最近的確遇到一些問題，可是我不想跟妳訴苦。我沒有權利跟妳訴苦！」

王碩君拿起酒杯一飲而盡。

「能夠再看到妳，眞好。」他說。微醺之後，王碩君眼睛發亮，專注的打量她。

李又又輕輕嘆了口氣。的確，她也不想提起那個人，她不要辜負這個只有他們兩個人的夜晚。

對她來說，嘆氣已經算是享受了。這些年，在香港，她活成了一個機器人，滿嘴都是投資經，連說夢話也是。

李又又默默啜了一口酒，正視眼前的這個男人。

她曾經多麼喜歡他。

他那低沉的聲音，常常深鎖的兩道濃眉，她曾經那麼喜歡過。

「對不起，我不說了。」她說。

「該說對不起的是我。」王碩君說。

他後悔了嗎？他是來表白嗎？他和她分手了？

不，不，不，別想太多。已經不關我的事了。李又又告訴自己。

越不想提的人越會在腦海中出現……然而，衛妍又像山一樣橫亙在他們之間。

不聊她，那麼能聊什麼呢？衛妍在李又又的回憶中，像幽靈一樣，不時會出現……。

「和你安安靜靜對坐著，眞好。」

王碩君說。

王碩君想說而沒說出口的是：和衛妍在一起，從來沒能如此舒適。衛妍像一隻蝴蝶，永遠有新的花樣，在他眼前東飛西舞，一刻不得閒。起初，衛妍的各種不按牌理出牌的想法，以及她對任何他覺得沒有意義的事情的超級熱衷態度，還有她那非常重視自己外表的積極進取心，都讓他覺得新鮮可愛……可是，他已經吃不消了。

當然，還不只這些……

他的確心裡有事。三個月前，參加某個婚禮後，衛妍跟他表達：「我們還是結婚好了，」而且提及各種婚禮安排的時候，他的腦裡就不斷響起刺耳的警鐘。因爲忙，因爲某種不忍心，他一直沒有痛下決定……他也不知道該怎麼辦。在他鎮定的外表下，其實藏著一個惶恐的小男孩……

說是公事，其實他也是借故來見她。在記憶裡，和她在一起的時刻，都是平安而美好的。所以他來找她。

兩人只敢聊著那些其實並不重要的舊人與舊事……不知不覺喝完一瓶紅酒。

「不累嗎？夜深了。」不知不覺，也朦朧著眼對看到午夜。

離開酒吧的時候，他們不自覺的手牽著手，像一對戀人。

「我的房間就在樓下，也有一面看海大窗……陪我聊一下再走？」

明明看煩了這海。她卻像跟著牧羊犬的羊走進了房間。

也是一間看海的房間。好大的落地窗。這對李又又來說並不稀奇。她忽然想起一段往事。多年前，曾有那麼一天。

……他要她閉起眼睛，把一個小小的冰冰的東西放在她手掌中。

一顆當時在海邊撿起的小小白色圓石。

他曾說：「這顆石頭不簡單啊，在海浪裡滾滾撞撞了幾千萬遍，才變成這麼圓，來，送給妳。」

她一直視如珍寶的藏著，如同藏著一個永世的盟約。

雖然，當時並不是訂情之物，只是他隨手的一個驚喜。

她對這段感情絕望時，把石頭丟回海裡去了……

就在那一剎那間，李又又所有的想法都被打斷了，因爲他的唇忽然封住她的，好緊實的一個擁抱。

「我眞的是想來對妳說對不起的……只有和妳在一起的時候，時間是安靜而美好的。」

她多麼不想離開他的臂彎，也不想再一次失去她老早已經遺忘了的擁抱的滋味。

雖然，在短暫的那一秒鐘內，衛妍的臉曾在她的腦海裡閃動了一下，又像一個無意義的浪花打在礁石上，消失了……

李又又一直以爲自己很有自制力，但那個晚上，她覺得失控是件美好的事。

11

王碩君：最困難的是選擇，最痛苦的是被選擇。

李文又整個晚上沒有眞正入眠。人躺著，意識漂浮在半空中。她覺得自己像從遙遠外太空乘著飛碟來到地球的外太空生物，打開了門來到另一個世界，這個夜晚華麗得讓人焦慮，讓人渴望又讓人徬徨。

稍一入眠，就醒來，看著身邊的男人。一個現在離她很近，可是又似乎很陌生的男人。一個曾經讓她覺得生活充滿了意識，但又曾經打碎了她所有的夢的男人。

把很多寄託都放在一個人身上，就好像把所有資金都投入一個項目一樣，身爲金融界的一員她非常明白，可是她就是天生死心眼。

「現在，他應該還是衛妍的男友……我這樣做，是不是太過分了？」似睡未睡，似醒未醒的時候，有微細的罪惡感提醒她。

她的心情的確有愉快的成分。

「這個男人，本來是我的。」另一個心裡的聲音說。「是她不對，她老是來搶走我的東西。」

她十六歲的時候，就很喜歡這個男人，雖然他剛開始並沒有注意到她的存在。

他們念同一所高中。他在她家的上一站搭公車上學。

如果她搭上的那班車，王碩君剛好也在車上，那麼她就會暗自高興好久。

他是她高中學長。他成績優異，又是體育高材生，學校的風雲人物。而青春期的她只是一個戴著厚眼鏡，因爲一直在長個子所以顯得手腳比例和身材極不協調的瘦子。

曾有一次，車上人好多，她企圖下車，瘦弱的她擠不過人群，前頭的人又不讓。她只能害羞的發出微弱的聲音說：「對不起，我要下車……」眼看車子要開走了，王碩君替她大聲喊：「還有人要下車！」

她小聲的對他說了謝謝，臉紅到耳根。他對她微笑示意。

這麼小的事，王碩君不會記得。李又又很難忘。

李又又少女時毫不起眼，不像小她一歲的衛妍，像個洋娃娃，又總是帶著甜美的笑容。從小學開始，收到的情書就不斷。

認識王碩君，對李又又來說是件很勵志的事。唯一接近他的方法，就是把書念好。他們讀同一所學校，班上成績最好的同學，可以加入風紀小隊。風紀小隊輪流在早自習和午休時間，負責評定教室是否乾淨、午休是否安靜。早她一年的王碩君剛好是隊長，李又又非把自己擠到風紀小隊裡不可。

於是李又又把考試當成人生最大目標……總是念到衛叔叔來勸她說：妳別再念了，再念怕妳眼睛瞎了。她那時還被迫和衛妍住同一個房間，衛妍老早呼呼大睡，又嫌她亮燈吵了她，李又又只能在小客廳裡挑燈夜戰。

女兒那麼用功，蘇老師一半兒高興，一半兒擔心。她嘴裡老是嫌著：「人生不是只會讀書就能成功的……」講這話其實是在安慰成績徹底見不了人的衛妍，但聽在李又又耳朵裡，又是打擊。

李又又苦讀之下，成爲班上唯一能到風紀小隊的人，那一天，是她人生中罕見的值得開心的日子。

他是小隊長，而她是他的隊員。該她輪值檢查清潔工作的那天，她總會比平常還提早一個小時到校，默默的坐在風紀小組的專用小區裡，等待著他進來，分配一天的工作；有好幾次，剛好和他分到同一小組，一起執行工作，她總是把路走得筆直，故意不看他。和他說話，她總是緊張到口吃。

「麻煩妳去女生廁所檢查是否打掃乾淨！」他說話的聲音很好聽，超乎他們年齡男生的成熟，悅耳的慢板。

「麻煩妳去檢查這一排教室窗戶，我去上一層樓，五分鐘後樓梯間會合！」

感覺像約會。她聽了臉紅心跳。

「嗯。」

「妳可不可以……除了點頭，或說嗯之外，發出別的聲音，這樣我才知道妳有什麼意見。」王碩君對她說。

「嗯……」

看著他雙眼認眞的凝視她，她臉紅到耳根。

「妳不要那麼緊張，我又不會罵人！」王碩君說。

王碩君的聲音比一般男生來得渾厚，講話不急不徐。

和王碩君一起執行學校的公務，是李又又青春時光中最燦爛的一件事。

李又又認眞執勤，學期結束的時候，她和他一起領服務獎。

前一天晚上緊張得睡不著。

雖然只是一分鐘的事情，李又又把它當成人生大事來處理。爲了那一天，她鼓起勇氣要求媽媽買隱形眼鏡給她。很多女同學都有了，只有她，還戴著厚厚的近視眼鏡，連近視度數比她輕很多的衛妍也老早換成隱形眼鏡了。

蘇老師那個時候懷著孕，挺著大肚子，全身浮腫，李又又覺得媽媽已經變成另外一個人。

那天，她鼓起勇氣開了口。好長的一段時間，她和母親處在一種靜默而緊繃的氣氛之中。

「妳爲什麼要戴隱形眼鏡？在眼睛裡放東西，眼睛容易發炎……」

「衛妍已經戴了。」李又又答得簡單。

「我問妳理由。」

「我戴著厚眼鏡，體育課沒法跑，會不及格。」

李又又記得，衛妍要買隱形眼鏡時，媽媽沒吭一聲就說好。

衛妍會撒嬌，要什麼都很容易。小李又又一年級的衛妍，拿回來的成績單，總是紅字，衛叔叔開罵，母親還護著她。

衛妍好不容易吊車尾進了一所學美容的職校，每學期成績還是紅通通的。老師給衛妍的評語是：上課不專心，老是照鏡子，請家長關注學生偏差行爲！

這時候，衛叔叔回來聽到，說：「沒關係，就給她買嘛。」

「你就會寵壞她。」

蘇老師的口氣其實是愉悅的。

「這個年紀的女孩子，誰不愛漂亮？我們家另外那個，是太愛漂亮了！」衛叔叔說：「我等一下帶妳去買，眼鏡行就有吧？」

衛妍也出現了：「要去買東西？我也要！我想要一雙靴子很久了……」

「妳是憑什麼拿禮物？」衛叔叔看到衛妍就來氣。

「妳不要對她那麼兇，兩個都有，才公平。」蘇老師說。

無論如何，李又又在那一天擺脫了厚眼鏡的威脅。這一天也是她和衛妍有史以來最融洽的一天，衛妍聽說她要上臺領獎，特別幫她吹整了一個髮型，讓她脫離了原來的形象。

「妳可不可以笑一下？」衛妍打量著李又又說：「妳上臺，要保持微笑，才漂亮。」

那天她緩緩走上臺時，下頭的同學都發出竊竊私語的聲音，大家都不敢相信，這是昨天那位公認的書呆子。可是那也是李又又悲劇的一天。

她剛戴隱形眼鏡，淚流不止，看起來好像是因爲得了獎太激動。下臺時，又因爲太緊張，少踏了一個階，一個踉蹌在全校同學面前連摔帶滾跌到地上。

李又又很想挖個地洞，把自己活埋起來。

明明可以完美演出，可是，戲演壞了。對她而言像是天崩塌了。她從不起眼的煤渣變成了氣質女神，卻把自己毀滅了。李又又得什麼獎，大家都不記得，但只要提起那個在領獎臺跌倒的，大家都知道是她。

整個高中生涯，除了聽王碩君下號令，她學會了應好之後，她並沒有主動跟王碩君說話。只在他畢業前問過：「你打算念什麼學校？」

他打開了話匣子。他說他希望當律師，可是媽媽覺得律師整天要跟人吵架不是好工作，爸爸希望他念化工，繼承家中的工廠。

「我對工廠沒有興趣。」王碩君說：「如果我真能自由選擇，我選足球系。」

李又又笑了。

「咦，第一次看見妳笑。」

「不……不會吧……」她又害羞的笑了。

「妳笑起來比較好看。」

「是……是……嗎？」

「我現在也說不準自己想念什麼，總之，考好一點，進去以後，反正可以轉系。」

李又又早該看得出來的，王碩君有選擇困難症……

他後來還是遵照了家裡的意思念了化工。

李又又和王碩君考上同一所大學。她如影隨形的跟在他的選擇之後。下了很多苦功來讀書，才達成她的願望，她念了同一所大學的外文系。念大學時，她常常坐在操場上看王碩君踢球，他是足球隊的中鋒，鋒頭很健，遺憾的是，他早已有了女友。

王碩君高她一年，一進大學就被好多女孩看上，他的第一個女朋友是一個開著血紅色跑車來上學的富家女。李又又聽過很多傳奇。保守的校園裡，這個女孩是個異數。她大剌剌的開著車追上王碩君，把他攔下來，要他上車。她也調查清楚他的課表，到教室門口來載他回家，不容他拒絕。

校園裡津津樂道著這一則女追男的故事。

當李又又是個校園新鮮人的時候，她常看見女孩開著敞篷跑車載著他揚長而去。有時候，方向盤會在王碩君手上。就算她努力進了同一所大學，跟上王碩君的腳步，王碩君並沒有變成李又又考上理想大學的獎品。

李又又每一次望著揚塵遠去的車，都感覺到自己像是一個被南瓜馬車拋棄的灰姑娘，這個世界上無人知曉她的傷心，也無人在意她的失落。

她只能關心著他的傳說。

傳說，富家女十分驕縱，脾氣不好，王碩君若不肯哄她，她會當眾拂袖而去。

傳說，富家女妒意極深，不許王碩君和其他女生說話，無故就猜疑他，找他麻煩。

李又又始終是他感情故事外竊聽著茶餘飯後話題的閒人。心是冷的，血是熱的。

又高又瘦的李又又在大學老是穿著白襯衫，像一朵白蓮，吸引人注意到她的清新脫俗。只是她總是冷淡沉默，又不擅長寒暄，系上領成績優良獎狀少不了她，但在聯誼活動裡總沒有她。

王碩君到底喜歡什麼樣的女孩？

有一天李又又在圖書館裡看到這一幕：王碩君在圖書館裡，女孩來了，伸手拉著王碩君，要他到外面去，王碩君不肯，兩人就爭執起來。「別這樣，我沒空，我要交報告！」

大家只是假裝低頭在看書，其實都在注意這一幕。李又又仔細看著傳說中的富家女。她留著長長的鬈髮擦著深紫色的指甲油，就算不講話也很引人注目，因爲她穿著當時很流行的超低腰牛仔褲。讓人側目的是她的背後，低腰牛仔褲上，丁字褲的形狀露了出來。

女孩持續拉扯著他。王碩君只好闔起書，恨恨的和她走出圖書館。

李又又偷偷跟了出去，聽到他們在門口叫嚷。

「我眞的要寫報告，妳該不會希望我被當掉吧？」

「不管，我無聊，我要你陪我去聽演唱會，我是要給你驚喜，你這是什麼辜負人的態度？這票很難買到的！」

無論如何，王碩君還是跟著女孩走了。

怎麼可能有人強迫起人來那麼肆無忌憚？

李又又終於等到了王碩君和富家女分手。

王碩君提分手時，富家女到王碩君教室等他下課，當眾給他一個耳光，連老師也愣住了。

12

衛妍：我只是順著我的本性，選擇過我想過的日子，妳不想嗎？

李又又和王碩君一前一後，走到醫院的中庭，天氣十分燠熱，待在戶外的人不多。她徐徐在一棵巨大的老榕樹樹蔭下的涼椅上坐下來。

這家醫院，曾是半個世紀前最輝煌壯麗的建築之一，甚至有部分樓臺已近百年，並未全部翻修過，外觀上維持著一種縫縫補補的古意，這棵老榕樹應該已經見過數千萬個病人來來去去。它像一把傘把陽光隔絕在它的勢力範圍之外。

「妳後來爲什麼不再……接我的電話？」

王碩君終於開了口。他把自己的手覆在李又又的手上。

李又又輕輕的推開他，看著頂上的巨大樹蔭。

「爲什麼？」他又問了一遍。

「……我想，你還是……當成我們之間，什麼也沒有發生比較好。」李又又說。樹上的蟬，擾人心神的叫著，熱騰騰的微風，與樹蔭的涼氣，交互吹拂著她的臉頰。

王碩君說：「妳……這是在懲罰我！」

「我能夠怎麼樣呢？就在你離開後不久……她傳了一個訊息來了……」你們要結婚了，不是嗎？

李又又接到衛妍發的一個訊息。說是王碩君求婚成功，請大家祝福她，她會成爲全世界最美的新娘。麻煩大家從現在開始準備紅包喔，確切日期會進一步通知大家！

她顯然不是只發給李又又的，那是一則發給所有朋友的通稿。王碩君也是被告知的。那天他接到無數恭喜，自己卻在五里霧中，衛妍的逼婚，直接坦率。

李又又默默的，把手機裡頭王碩君的電話……

「唉……她的個性，什麼都是她決定的……」

衛妍感覺王碩君從香港回來後，對她變得好冷淡。爲了刺激一下王碩君，衛妍想了這個妙計。王碩君對於她所做的事情，不都是配合行事的嗎？如果沒有她，王碩君會過得多無聊呀……

他回來的那個晚上，一進家門，衛妍就一直說著她的度假計畫。她說了好久，說得興高采烈，才發現王碩君都沒有反應……

「怎麼了？你最近都不理我……」

「對不起，我工作太累了。」他悶悶的說：「我想休息，改天再說……妳先睡……」

太累？但接下來的事情太詭異了……

衛妍先睡，到第二天早上發現自己身邊整晚沒有人……王碩君趁她睡著，整理了書房，安置了一張很像床的太妃椅在書房。她氣急敗壞的打電話到辦公室問他，他說最近公事繁忙，晚上要和美國開視訊會議，要挑燈夜戰，怕吵了她，他住書房比較好。

這房子位於都市的最昂貴地段，是一位名設計師設計的建案，只租不售。王碩君接掌了公司之後，怕每天回家與老爸有溝通衝突，就搬了出來，只周末偶爾回老家。

幾年前，李又又離開了老家，衛妍的父親也離開了，叫衛妍不用找她，衛妍覺得好寂寞，某一天，她把所有的家當「自行」搬過來。這種不請自來的舉動讓王碩君啼笑皆非，但也沒辦法說什麼。自從衛妍搬來，本來的極簡設計景象已經完全不同，她的行頭占據了衣櫃鞋櫃的龐大空間，也將一些充滿可愛氣息的擺飾放在空間裡，KITTY貓的腳踏墊與小玩意兒，到處都是，王碩君覺得非常有違和感，但衛妍卻覺得這樣才是人住的。

他一向是很遷就她的。

他忽然搬到書房住，衛妍並不習慣。

「可是，身邊沒有人，怪怪的，我喜歡你的溫度嘛！」

她抗議著，但他說：「妳這樣更自由了，妳的手機常忘了關，半夜裡都會響，說了也不聽，妳也常追劇追到半夜，沒人管妳了，不好嗎？」

聽起來好像也有道理。

某一天半夜裡，她被噩夢驚醒，感覺身邊涼涼的，好希望有人可以擁抱，她企圖到書房裡和他擠一擠：書房的燈是滅的，分明人睡了，但是書房的鎖卻打不開。

書房曾經有鎖嗎？還是新加上的？

衛妍從沒記得這些小細節。還好她從來不怕吵醒王碩君。她所能做的，就是狠命敲門，讓惺忪著眼的他來開門。

「我來了。」

「妳……來做什麼？現在天還沒亮吧。」他又回到貴妃椅上。

「我睡不著，我們擠一擠。」衛妍不由分說的倚在他身上。

「妳回去睡，這裡只有一個人的位置……」

「那我躺你身上！」

她不管，整個人像棉被一樣覆上去。

她並沒有規規矩矩躺著，她企圖挑逗他。但他不斷拂開她的手，說：「我明天一早還要開會，妳別鬧了。」

這不是他平常的樣子。

衛妍的確覺得王碩君有點奇怪。她爲了這個，還趕緊去找了塔羅專家算牌。塔羅專家說，他們應該是遇到了一個瓶頸。那是一張錢幣五牌，畫著兩個人，一個瞎子，一個拄著拐杖，大風雪中，通過彷彿是教堂的五彩玻璃窗下，淒涼前進。光看牌面上的情境，就知道那不是一張好牌。

「那要怎麼辦？」衛妍問。

「一定要有突破，才能夠繼續前進，會發生一些挑戰，接著，命運就會柳暗花明！」

「突破……」衛妍想，那就是要往前踏一步，結婚。她先打電話給王碩君的媽媽，跟她說，兩個人終於要結婚了，爲了尊重王媽媽，黃道吉日讓她選。

向來以書香世家閨秀出身自居的王媽媽不疑有他。

她年紀不小了才生下王碩君。兒子在成長期過後變得沉默，不要她關心，所有的溝通能仰賴女朋友進行，也算是一件好事。現在的女孩子，都不理長輩。還好兒子這個女朋友屬於熱情一派，很會察言觀色，懂得討長輩喜歡。說眞的，剛開始她也反對王碩君和這個在她看來實在過度外向，而且學歷又不是他們家所肯定的女人在一起，衛妍雖然漂亮，但長得實在嬌小了點……，但是也只能安慰自己「年輕人有年輕人的想法。」王碩君在想什麼，她不太懂，接了事業之後常和父親意見相左，至少眼前這個活潑的女子，會跟她說兩句話。她聽到兩人要結婚，就趕緊研究了一番，又問了命理界的朋友，推算出幾個黃道吉日。

「喏，登登登登，看！」過兩天，衛妍便拿著日期猛敲書房的門：「妳媽幫我們算好結婚日期了！」

她自認爲小有謀略。軟的不行就用硬的，你媽逼婚，你沒辦法了吧！

她覺得很高明。

王碩君從來沒有說一聲好，身旁的友人卻都接到了兩人的結婚預告，衛妍也瘋狂的拿著各種婚紗照，請他選擇一款給她當「全世界最美的新娘」，還說還好自己在婚紗公司上班，花費省多了。她這幾年來在婚紗公司工作，眞正的目的是爲了要讓自己能夠有最輝煌光燦、最像公主、眾人豔羨的那一刻。

此刻蟬聲暫歇。

這則即將辦婚禮的簡訊，像一記悶雷，打得李又又全身無力。她又遭到了一次背叛……李又又好恨。他在娶衛妍之前，還故意來沾惹自己？這是什麼意思？

他只是來香港，借公事之便，來製造單身最後的羅曼史狂歡曲？

這一刻，李又又看著王碩君的眼神的確哀怨又兇狠。

「不是妳想的那樣……妳不要用仇人的眼光看我！」他說：「眞的不是我……唉，是她……是她要的……」

這一句話，他也不是第一次講。

自己多麼天眞！多麼傻！怎麼又會掉進這個昔日就讓她受傷過的陷阱裡？

那一刹那，李又又的眼神更是落寞而哀傷了。

「所以妳不理我了，我懂了。我沒有要結婚，我已經和她說了分手……」王碩君又執起她的手：

「她的個性，妳最明白的。給我一點點時間，我已經在解決這個問題。妳不能讓我因爲一時的錯誤，承擔一輩子的後果。我眞的……我……幾天前我眞的告訴她要分手……而，我也搬走了……」

王碩君搬走了。他和衛妍鄭重說完分手決定之後，立即請人收拾了所有東西，並且宣告退租。

「我搬走了，妳相信我，我不是什麼都沒做！」他說。「妳，可不可以原諒我？不管妳相不相信。我，這些年來……心裡最掛記的人是妳。我只是自覺沒有資格再和妳聯繫……」

他這麼說，語氣多麼堅定。李又又的眼神變得比較柔軟，殺氣削弱了。

她多麼願意相信他。

「我想要重新開始。」王碩君說：「我欠妳的，會還。」

他握住了她的手。好扎實溫暖的手掌。

「爲什麼，是我？」李又又心裡還在掙扎，她的眉輕輕挑了一下。

「這些年，妳，妳就像夏天裡的蟬聲，每年，夏天都會出現的旋律，那種平和且穩定的旋律，讓夏天冷靜了下來。她不適合我……我錯了……我不想因爲一個錯誤一直錯一輩子。」

不是那麼會說情話的王碩君，在李又又面前，說了他所能說的最好的情話。

「妳，不用答應我什麼，妳只要看見我的心，好嗎？來，手機拿出來。解除我的封鎖，重新輸入我的電話，不要在我的生命中，再一次消失，好嗎？」

李又又心裡有一面怎麼黏貼也無法復原的破鏡子，但是，她多麼渴望，再相信他一次。

「我們去那邊坐下來。」王碩君，要李又又和他一起坐在那棵大榕樹的大板根上。

「這裡，像不像我們的祕密基地？哪一天，我們找一天回學校去，我們去看看，那裡變什麼樣了？每到夏天，聽到蟬鳴的時候，我總會想起這一件事。」

他們就這樣坐著，兩個人都沒說話。

和李又又一起默默的坐著，他覺得很舒服。他的確常在記憶裡溫習那樣的畫面。

就在這時候，有人從遠遠的病房那一棟的窗口探出頭來，瞇著眼打量著這一幕。那人扯開嗓門大叫：「原來你們在這裡聊天……對不起，我要去工作了，我得走了，你們誰快回來替我的班！」

他是把衛妍從路上撿回來的朱大丞。

話說完，他也自覺，病房內不該說話太大聲。伸了伸舌頭，對躺在床上不能動彈的衛妍說：「那是妳姐姐的男朋友啊？來找她啊？他們眞浪漫，還在樹下談情說愛呢！」

他完全不知道，這句話是手榴彈，忽然之間炸開了衛妍心裡的某一道門：我懂了，應該是這樣吧，難怪，他變了！

李又又，有妳這樣的姐妹，誰還需要敵人！

她痛得呻吟了一聲，不只是身上劇痛而已！她很想從床上跳起來，但是……頭好重，全身不聽使喚，像一隻被釘在框框裡的蝴蝶標本……

13

李又又：我一直看妳不順眼的理由，其實是因為妳做了我心裡想做卻做不到的事。

並肩坐在樹下的兩個人，並沒有理會那扇窗子傳來的吶喊聲，這棵榕樹的樹頂很厚很大，似乎連外面來的雜音都吸得一乾二淨，不讓那些雜音打擾到樹傘下的兩人世界，兩人仍然並肩坐著。

「妳害羞的樣子很美。」王碩君說。

「嘿，妳沒有做過瘋狂的事吧？」

他緊緊的握住了她的手。「我不想讓妳再逃開了……最近，我覺得我自己像一個囚犯一樣，很多事情，無法解決……我真的很煩，我們一起做一件瘋狂的事情好嗎？」

「什麼事？」李又又驚訝的望著他。

「我欠妳很久的一件事。又到了海洋音樂節，記不記得？」

是的，剛剛她到餐廳買午餐時，還看見了南方音樂祭的海報。

那是南方小島每年在最熱的夏天裡辦的音樂祭活動。數萬人擁入，把南國的海邊擠得水洩不通，到處是穿著比基尼的少女和陽光膚色的健美少年。最後一天晚上，有漂亮的花火秀，當時，他們一起看見的貼在校園裡的廣告上是這麼寫的：和心愛的人手牽著手看著花火，許下願望，就可以一輩子幸福⋯⋯

所謂一輩子的幸福，只有在很年輕，不知道世界上有很多波折的時候，才會深信。

多年前，他曾經答應要帶她去那兒。

她爲了那個約定，還不惜鉅資挑了一套很適合她高瘦身材的泳裝。

然而那是她最不想回憶的日子。她在那個約定裡失去他。

此時她的心痛了一下，但是她抿緊了嘴，她不想舊事重提，毀滅自己的心情。

她本來打算在那兒度過七夕的情人節，然而，遺憾的是，過了那個七夕，她的愛情比牛郎織女還慘。

那個美麗的盛宴，被衛妍搶走了。

「妳原諒我，好嗎？這麼多年過去了，我也⋯⋯也受到教訓了⋯⋯」王碩君苦笑說：「我們⋯⋯去完成那個沒有完成的約定？」

「可是⋯⋯」

這樣好嗎？可是⋯⋯衛妍還躺在床上。李又又遲疑了一下。

顯然很不道德⋯⋯但是衛妍對她，何曾有過所謂道德？

她心裡的另一個聲音鼓動她：「妳不能夠再錯過了⋯⋯」這些年，她像一個在金錢世界裡打滾的清教徒，她悶透了⋯⋯她再也不想錯過可以美好的時刻。

她是眞的很想給自己一個假期⋯⋯爲什麼不？她孤單到沒什麼好損失。

可是……她什麼都沒有準備……

「可是妳什麼都沒準備，是不是？」王碩君猜出來了：「我們要買什麼都很容易，買不到的只有時間！」

她眞的好想說好。

她什麼都不想管了。

「就這樣走了？有點瘋狂，是吧？」她乾笑了一聲。

「對，現在就走！我們什麼都不帶，說走就走……做一件瘋狂的事好嗎？」

李又又抿一抿嘴。的確，她並不想留在醫院裡和衛妍鬥嘴，她可以爲她找特別看護，不省錢，就省心也省力，她也幫她訂了醫院的餐食。剩下的事情，她愛莫能助，只能祝福衛妍早日康復。

「在這裡等我一下！我回去拿包就好。」

李又又不再猶豫了。

總是陰錯陽差……那一年……

王碩君和富家女分手後，本來就該是她的。如果她勇敢一點的話。然而，她又錯過了。

李又又觀察到，和富家女分手的那時候，他心情不是很好。他提了分手，富家女來甩他一巴掌，覆水難收，富家女很快在校園裡頭找到新歡，王碩君的初戀成爲校園裡的笑話。

這讓王碩君更難堪。

踢足球時，他常發愣，不是很專心，有一次，還被飛來的足球撞到額頭，被送進醫護室。

李又又在心裡預演了很多次，想要去安慰他什麼。

一個像王碩君這樣的男人，沒有人喜歡是不太可能的。不多久，她看見一位戲劇系的學姐常和王碩君一起出現。這一位女同學，一頭又直又長的秀髮，眉目清秀，個性卻不讓鬚眉，大家都說她很有才華。她叫劉媚兒，負責在話劇社裡導戲，說話相當粗獷，沉思時嘴裡常叨著菸。但是頭髮半遮臉的樣子又有一種渾然天成的嫵媚。

很特別的女生。又是讓李又又自慚的另一個類型。

傳說，是因爲劉媚兒看上王碩君，要他當某部戲的男主角。他本來不肯。王碩君在和富家女分手後，時間多了出來，答應了劉媚兒的邀約。

李又又也去看了那幕戲。

老實說，她看不懂劉媚兒的戲，沒頭沒尾，好多人走來走去喃喃自語。王碩君打著赤膊自言自言的時間實在太長，然而，她覺得好看。

爲了這部戲，王碩君特地練了一身肌肉線條。那一陣子他很少在足球場上踢球，都在學校的健身房舉重和做重量訓練。

看完那戲，本來想要在謝幕後過去找他，向他道賀：你還記得我嗎？可是，在演員後臺，她又看到了不想看的一幕：

劉媚兒撲到正在穿上衣服的王碩君身上，對他說：「親愛的你表現得太好了！」

劉媚兒和她們這些清純女大生不一樣，傳說她自小在美國長大，她很有個性。

這一幕比臺上精采，李又又吸了一口冷氣倒退一步，默然離去。

劉媚兒比王碩君早一年畢業，接著又是另一個傳說。

劉媚兒和某導演在一起，被偷拍到了，登上了某個八卦雜誌的封面。導演已婚，劉媚兒是小三，導演太太對著記者破口大罵。

某一天，當李又又前往她的校園祕密基地、學校農學院人跡罕至的竹林時……裡頭竟然有一個人，那是坐在石椅上發愣的王碩君。

周圍沒有別人，鼓起勇氣的她和他打招呼。「啊，你怎麼在這裡……」他抬起頭，臉上有未乾的淚痕。

他躲在這裡，無疑是不希望有人發現他。但她發現了。

「啊，對不起。」看到他的淚痕，她慌了。可是，現在想假裝沒有看見，或拔腿就跑，似乎也不太好。

「我，沒事。」他先開口了。

「眼睛不舒服。」他低著頭說。

「有砂子嗎？我……我幫你吹一吹？」李又又說。她還沒有想到男人的自尊是怎麼回事。

「不用，不用……」他羞澀的揮手，眼前這個高瘦的女孩是在哄小孩嗎？呆了一會兒之後，又笑了。

李又又心跳得很快。靠得這麼近……只有兩個人，該說什麼？

「我先自我介紹，我是……」李又又覺得應該來個開場白……

「妳是跟我同一個高中的，李又又。」他接了話。「我認識妳。也常常看到妳。妳不太愛理人。高中時我還記得那一天，妳沒有戴眼鏡，跟我一起站在臺上。」

他竟然還記得。李又又的耳根都染成了紅色。「不太愛理人……就是他對我的印象嗎？」她想。

「妳可以陪我聊聊嗎？」

「嗯。」她怯怯回答。

「請坐！」

她乖乖的筆直坐下。

「妳喜歡過一個人嗎？我指的不是家人。」

她沒有回答。

「沒有？」他一副失望的樣子。如果沒有，跟她說話，不是對牛彈琴嗎？

「有，眞的有。」她低聲說。

「那妳失戀過？」

她先搖搖頭，之後，又狼狽的點點頭。就算是暗自喜歡一個人，而那個人又和別人在一起，那也叫失戀吧，還是痛的。

「很好。」他說：「那麼妳可不可以告訴我，爲什麼女人在愛你的時候，想要牢牢管住你，不愛你的時候，又要狠狠的擺脫你？」

「愛之欲其生，恨之欲其死，不是嗎？我們讀過的。」她回答得很快。

「妳這個人還眞是好學生，引經據典的，我服了妳。

「妳一定不知道心碎是什麼滋味，我眞的感覺心臟變成了豆腐渣。」

他講了自己失戀的故事給她聽，李又又知道，他說的是劉媚兒。某日，他去找劉媚兒，劉媚兒緊鎖房門不出來，他知道她一定是和一個男人在裡面。她在門內冷冷的跟他說：「感情有用完的時候，我有我自由的時候。」

那一天，是她和王碩君變成朋友的開始。

說完心中事的王碩君露出大孩子的笑容。「我再也不要談戀愛，好費力，好傷神，妳做我的朋友，好嗎？爲什麼女人這麼難做朋友……」

王碩君說。

她用力點點頭。

就算只是朋友。那年，李又又蛻變成一個開始飄散女人味的女人，她學會了薄施脂粉，她其實滿心期待著，這默默進展的友誼，有一天會修成正果……她表現得很矜持，矜持是她的本色，她不要讓王碩君覺得她和其他的女人一樣。

李又又吩咐了人，爲衛妍找特別看護，然後走進病房，拿了她的包，轉身就要走。

「妳就是兇手，對不對？」

衛妍先是恨恨瞪著她，然後叫住她。

「妳說這話什麼意思？」

「妳自己明白。」

「我不明白……妳好好休息，我有事出去。」李又又不想再跟衛妍吵架，盡力保持語氣溫和。

「是妳拐走他的對不對？」

「我聽不懂。」

「妳心裡明白！」衛妍尖叫起來。「妳才是蕩婦！妳不要臉！」她平時看起來像羊，忽然激動起來的時候，就變成一隻瘋狂的豹子。

「我眞的不懂妳在說什麼。」李又又對她優雅的冷笑說：「妳不要老是把別人想成跟妳一樣邪門歪道！」

其實，她眞的想對衛妍說，江湖上出來混就要還，妳自作自受。呵，親愛的衛妍，妳有想過，五年前是怎樣對我的？

妳總是想要搶走我最寶貴的東西。

她沒說出口。反正衛妍已經很慘了。她轉身離去，任由衛妍咆哮，咆哮到連護理師都來了兩三個。

李又又頭也不回的離開病房。

李又又對自己說：管她怎麼想，我都不該有任何罪惡感……

她欠我一個公道。

14

衛妍：好男人不下手搶，就會被旁邊識貨的女人搶走了。這才是硬道理。

可憐的衛妍，大鬧了一陣昏昏睡去，然後醒來。

醒來仍然是一隻被釘在標本盒子裡的蝴蝶。有個男人對她說著話：

「他們說，妳激動到昏過去了……他們後來給妳打了鎮定劑……」男人說：「發生什麼事呀，妳姐姐去哪兒呢？他們問我，妳到底還有沒有家人？」

「你是誰？」

睜開眼睛，一張年輕男人純樸的臉。

「我眞的那麼難被記住嗎？我是朱大丞，是我從馬路上把妳送醫的。」

「喔。」衛妍的神智還未完全恢復。

「妳還好嗎？」

「不好。」只要清醒，一切的不愉快記憶就回來了。

「我可不可以求求你，幫我辦電話？」衛妍用楚楚可憐的聲音說：「我的電話，被一個可惡的女人摔壞了，她就是要讓我完全沒辦法連絡任何人，然後，她又丟下我不管……」

「為什麼?」

「這個故事很長,如果你以後想聽,我會說給你聽,現在不要問,好嗎?乖,幫我申請我的電話號碼……我現在沒有錢,沒有卡,拜託你……」

身體仍然虛弱的衛妍,說起話來比正常時還楚楚可憐……用示弱來撒嬌這一招,她常用,對男人而言,幾乎是戰無不克。

朱大丞拗不過她,幫她弄一支電話來。

拿到了電話之後,她奮力的撥給李又又。

李又又顯然是懂衛妍的,她老早封鎖她。樹立了隱形銅牆鐵壁,令她難以穿越。

掙脫了現實的李又又,鐵了心要度個逍遙世外的假期。

她和王碩君,花了七個小時的時間,邊玩邊開車,到了他們要去的南方海灣。兩人有種默契,一起把所謂現實丟到九霄雲外去,好像回到了青春無憂的那一年……

那裡,樂聲如火燃燒,無數少男少女青春的胴體在沙灘上舞動,沒有人在擔憂未來。

他們準備來赴約,雖然遲了。

他們離那約定好的那一天,已經晚了五年。

一路上,因為疲憊,有好一陣子她睡著了。她是個敏感小心的人,能夠這樣睡著,對身邊的人必然有相當安心感。

恍恍惚惚掉進了那一年夏天。

王碩君後來答應要繼承家業，爲了替自家的傳統行業轉型，大學畢業後念了ＭＢＡ。李又又也追上了他的腳步，棄文從商，晚他一年進入研究所。

爲了怕引起校園的閒言閒語，她在眾人面前，和風雲人物王碩君保持距離。

王碩君的新聞已經太多了。他交往的對象都是奇花異草，不像李又又，她就像是一株本來就該長在安靜園地裡與世無爭的小草。她不想成爲話題。

李又又不要那種容易開又容易謝的愛情。

王碩君決定把心思用在讀書上，應徵了沈教授的助理。沈教授六十多歲，教的是管理會計學，當年教授拿到了一筆獎助金來寫教案。這位教授以治學嚴格著稱，大家都知道當他的研究助理壓力很大。沈教授希望助理是一男一女，李又又一看王碩君去應徵，也報了這個工作。

那一年，除了上課，他們一起幫教授去採訪他指定的企業，整理資料，統計數字。

兩個人常有看見彼此的機會，在老教授的家裡。

老教授獨居，中午時間會睡一個長長的午覺。他們兩個人留在書房，各自伏案整理資料。

那是一間老得不得了的幾乎要名列古蹟的老房子，被樹海包圍。又又滿喜歡這間房子的，踩在木製地板上，還不時會發出吱吱響聲，一進到裡頭彷彿回到了上一個世紀。空間裡常只剩他們兩人，除了書扉翻動的聲音，打字的聲音，外頭的蟲聲和鳥叫，壁虎偶爾發出的長鳴，她只聽見自己的心跳聲了。

教授要求的這些教案很難寫，數據好多。表面上，她認眞的統計山一般高的資料。工作告一段落後，她的眼尾餘光從來沒有忘記看看王碩君在做什麼。

在曖昧不明的時候，愛情是最美麗的。因爲那時候的愛充滿未知的渴望和憧憬。

那一天，她請他來看一筆資料登記有無錯誤。他在她背後俯身，聞到了來自她頭髮上的清香。於是，他把他的下巴輕輕靠近她的頭頂上，輕輕摩娑著。

然後，他情不自禁的用手扳過她的臉頰，就要吻她。在這四目相對的時候，李又又不知怎的，睁開了眼睛，說出：「可是……你說過，我們……我們……只是朋友……」

王碩君愣住了。

他害羞的說了聲：「對不起。」然後回座。

李又又心情很複雜。她想說的話其實通俗：「我不是一個隨便的女孩。」

她滿心以爲他會說：「我想做的不只是朋友。」

沒想到，他像被警告嚇著了似的，就這樣，裝成什麼事也沒有的回到座位。

爲了這一件小事，她有好多個晚上翻來覆去睡不著覺。

到底該拒絕還是該接受？總不能跟他說：「我後悔了，現在你可以吻我了。」

當時她和衛妍未完全交惡，兩個人只是小吵小鬧的姐妹花。她曾很朦朧的問衛妍說：「她的朋友」遇到一個這樣的狀況，到底該怎麼辦啊？

衛妍在談戀愛上，經驗絕對比她豐富，從小學開始，衛叔叔不知爲她掛斷過多少通男生打來的電話，甚至還曾經到校門口等她放學抓她回家，深怕女兒又跟著誰鬼混去了。

衛妍狂笑：「做人幹嘛要那麼假？一個Kiss，想要就說嘛，會少一塊肉嗎？何況是自己喜歡的男人！好男人人人要啦！」

「他會不會誤以爲……一個女的如果那麼容易就範，一定很隨便？」

「我看妳是讀書讀壞了，妳以爲這是古代呀，接吻又不是上床，那麼裝正經幹嘛？」

「喔。也是。不過妳也講得太隨便了吧……」

「我說……這該不會是妳的故事吧？」衛妍的眼珠故意轉呀轉的。

「才不是！」

「我告訴妳啊，」衛妍說：「根據我的研究，一個男人如果妳拒絕了他超過三次，他就會覺得妳很假，很沒趣，除非他條件很差，臉皮很厚，否則誰還死纏爛打的跟妳和下去？」

聽起來，好像有道理。

「我告訴妳，我有研究過，爲什麼老一輩說，好女都遇到纏郎？因爲像妳這種乖乖牌，就是喜歡人家一纏再纏，希望男人永不放棄的追妳，其實那些死不放棄的都是壞男人，壞男人才不怕被拒絕！好男人妳不下手搶，就會被旁邊識貨的女人馬上搶走了！」

她做的更後悔的一件事，是因此讓衛妍和王碩君認識了。

某次老教授犒賞了他們四張免費電影票。王碩君邀了他的同班同學，問李又又有沒有哪個女同學一起去？

很遺憾的，李又又的確沒有什麼閨密，老實的她只好找衛妍。

衛妍說：陪妳看電影，好啊，給我錢，我就去當電燈泡！

李又又的確給了衛妍一張大鈔，當成「車馬費」。

「妳只能說是我朋友，OK？」李又又不想太早跟他解釋她家裡的複雜關係。

「那有什麼問題！我曾經叫妳姐嗎？」

見到人了，衛妍開心得花枝亂顫，興奮的抱著她說：

「哇，你那個同學，長得不錯，正是我喜歡的類型。」說的正是王碩君。

「妳不要亂動人家！」

「怎麼？妳鎖定的對象？」

「胡說些什麼？」

「既然又不是妳要的，那我爲什麼不能要！」

李又又聽了，氣急敗壞，漲紅了臉。

整個過程中，衛妍不顧任何道義的和王碩君非常親近。選擇座位時，她硬要搶坐在王碩君旁邊。

電影看到一半，她的頭已經在王碩君的肩膀上。

她花了錢請衛妍來，挖了洞埋掉自己。

「對不起，我不知道我那個……朋友……是那樣的人，你一定嚇到了吧？」下一個周日，在老教授家裡，她問王碩君。

「不會啊，她還滿活潑的，很率眞的一個人……只不過她好像好多劇情看不懂……」

那是一部法國藝術片，並不好懂。

回家後衛妍還問她，那個男的不錯，「呵，可是我現在剛換男朋友，否則啊……」

「妳不要什麼都想要沾惹！妳又不是蒼蠅！」

「講話眞難聽……」衛妍媚笑著說：「看起來，那是妳的菜，不然幹嘛要阻止我呀……」

「我不想跟妳聊天！」李又又說。

幫教授做這個案子，花了一整年的時間，結束的那一天，領到了酬勞，李又又終於鼓起勇氣，問王碩君：要不要開個慶功宴？

「做得這麼辛苦，不能只是慶功宴。」王碩君說：「我打算下個月要去海洋音樂祭，妳想去嗎？我請妳……」

「還有……誰？」

「妳，和我。」王碩君說。他的臉上帶著羞澀表情。他知道，她會有一點驚嚇。

「我……」

「騙妳的，當然有找朋友啊……一起去玩才好玩……」

「不……不……不是，我是說……是說兩個人去也沒關係……」李又又這一次鐵了心。

下這個決心不容易。

「眞的?」

「眞……的……」

他第一次面對面握住了她的手。

衛妍說得對。如果她不把握這一次機會，下一次，要等多久才能聽到他的邀約?

「我會把一切都訂好，妳放心，我會安排好，」王碩君說:「給我住址，我去妳家接妳。」

那年王碩君家裡買了輛小車給他，他打算和李又又一路玩到南方去……

期盼已久的那天清晨，她早早醒來，沒想到衛叔叔出事了。

才剛起床，她聽見一聲悶響，有人砰一聲跌倒的聲音。

衛叔叔趴在地上，說是頭很昏沉，胸口好悶。

她叫衛妍幫忙，但衛妍前一天很晚才回來，半夜才睡，大清早根本喚不醒。

她急忙打電話叫車，送衛叔叔到附近醫院。

衛叔叔整個人無力，她怕衛叔叔是所謂的中風……那就要把握黃金急救時間……現場可以救他的人，除了她還有誰?

救護人員來了，她和衛叔叔一起上了救護車，醫生說衛叔叔是心肌梗塞，要裝支架，她忙著張羅衛叔叔緊急動手術、住院，塡了好多表，慌忙一陣，忘記了自己這天爲何這麼早起床的目的……也忘了時間。

想到時已經晚了。

李又又早應該知道衛妍是個什麼樣的人。

她在努力救衛妍的爸爸的同時，衛妍正努力的恩將仇報——衛妍，就是這樣的人……

那天八點鐘整，有人按門鈴，打開門，剛起床的衛妍，看到了王碩君。

「妳怎麼在這兒？李又又呢？」

衛妍用她那迷濛雙眼笑著：「你說我室友啊，她有事一大早就出去了。」

「怎麼會？她跟我約好去音樂節的……」

「喔……可是她眞的不在……她應該有事出去了……」剛被喚醒的衛妍用惺忪的眼睛環顧了空盪盪的屋子。

「我也很想去，我可以去嗎？」用的不是徵詢同意的語氣，而是半帶著撒嬌的語氣。

「這……」王碩君一時怔住了。已經籌畫了這麼久，而邀約對象失約了。顯然，她後悔了？他的確搞不清楚，李又又到底在想什麼……她是否眞的喜歡他？還是一如她平時所強調的，他們只是尋常朋友……所以她脫逃了？如果她喜歡他，爲什麼要臨陣脫逃呢？

「我眞的很想去嘛……」

另外一個漂亮的女孩，又適時補上這個空位，好難拒絕的一個懇求……

那一年他太年輕，不知道怎樣拒絕一個女人千嬌百媚的懇求……

那一天李又又在冰冷的醫院度過，睡在看護床上，腦裡塞滿焦慮與不解。她連絡不到任何人，包括王碩君、衛妍，卻沒想到這兩人是在一塊兒的……

和王碩君進入兩人世界的，是衛妍。

衛妍總是搶走她要的東西。

此時，迥然不同的情況……

在醫院裡用新弄來的手機瘋狂打電話的衛妍，找不到李又又，也找不到王碩君，因爲，他們根本不想讓她找到。

李又又睜開眼，望著掌握方向盤的王碩君，不遠的遠方，就是海洋……一望無際的海洋……夏日的海洋，交織著夢幻的藍綠色，彷彿在對旅人發出誘人的呼聲，好美，雖然她是來遲了……但是，總比未曾擁有好……她已經不是當日那個想太多的少女，她的人生並沒有什麼好失去了……

15

衛妍：妳不能怪我，每個人都有權利追求自己要的幸福，更何況他並不是妳的。

眼看著衛妍只要清醒時，要不大發電霆，要不就淚流滿面，朱大丞實在不放心，除了他必須到健身房當教練或值班的日子，他都會來醫院看看衛妍。

眼前這個女人，看起來是眞的沒有親人了。

「妳姐姐看起來很斯文，人就這樣消失了……還滿狠的。」朱大丞忍不住抱怨了起來。

「你不知道的事情還多著！她就是個冷面冷心的人，惡魔！」

如果沒有朱大丞陪著聊天解悶，衛妍在她的清醒時刻，就瘋狂的打著電話，只可惜，王碩君沒接，李又又沒接。

衛妍以女人的直覺預測，他們兩個人一定在一起！

她的腦海裡上演著一連串關於這一對「姦夫淫婦」的影片。

他們太邪惡太可怕了。

同一個時間，在遙遠的暑氣逼人的南方海灣溫暖海水的擁抱中，王碩君和李又又，的確在度著看似愉快的假期，卻各自有沉重的心事。

他們的旅行像逃亡。

「蜜月旅行嗎？」兩人坐在濱海的飯店吧臺時，酒保問他們。

「是啊。」王碩君先回答。

他們倆已經換上了新買的棕櫚樹花紋的亞麻情人裝，從頭到腳都是新的。

李又又喝了兩杯雞尾酒之後，臉頰緋紅，比平日添了許多嫵媚。

這些年有好多話要講。如果他們都避談起衛妍這個人，除了老教授、除了工作，篩選起來能講的又有限。

王碩君說他創業維艱。

父親的老公司雖略具規模，但是不轉型就沒有未來，轉了型，父親留下來的老臣又沒一個贊成，沒有人跟老闆一樣意識到公司已面臨嚴酷的競爭。

李又又苦笑：「我活著也不容易，每天面臨掙扎。到底要好好爲公司做業績，還是要爲客戶留意他們的財產安全？公司要我們告訴客戶，哪些東西多買可以養老，萬無一失，而客戶百分之百沒有仔細閱讀那些除外條款，都說信任我能爲他們賺錢，並不知道，他們可能血本無歸……」李又又擔憂的說。

「結果，妳怎麼做？」

李又又嘆了口氣說：「如果我不賣，等於違抗上意，那些東西，是最爲公司賺錢的東西，公司給的獎金也很豐厚，我只能祈禱，不要出任何問題……」

這一趟，從香港回來前，她才拜訪了幾位客戶。這些客戶都是想要拿積蓄退休養老的忠實戶，大家已經厭倦了在股海殺進殺出的日子，都選上了某公司所推出的「保證有穩定報酬」的債券，問她意見。

能做一大筆業績，她心裡當然高興，心想，今年或許可以保住那個漂亮的海景辦公室。可是心裡老覺得怪，世界上有「永遠穩賺不賠」這碼事嗎？她是謹慎的人，並不眞的安心。

「你們兩個人眞是工作狂，度假還在聊工作……」酒保插嘴說。

「謝謝你提醒我們……這個時候，我們還是不要聊工作……」王碩君笑說。「我們到沙灘上看星星……」

他們在這裡度過兩個浪漫的夜晚。

王碩君牽著衛妍的手走向海邊。遠離了音樂節的舞臺區，他們在沙灘上躺下來，南方的天空，星星好亮，夜裡的風好溫柔，這一刻，的確是他們生命中最寧靜的時刻。

「這些年，妳辛苦了。」他捧著她的臉吻著。

他在她身邊，有一種世界變得安靜的感覺。這個女孩和他相識很久了，不是那種一見面就會有天雷勾動地火，翻天覆地的戀愛感的女孩，他心慌時總會想起她。她不在的時候，他好像遺失了某一種安寧的心情。

他心裡有一些內疚感。五年前，是他背叛他們的約定的。

可是，他並不眞的知道到底發生什麼事？李又又明明答應他，卻爽約了。

衛妍肯定的說，李又又出去了，不知道什麼時候回來。

他心想，飯店訂了，不能取消。年輕的他有點急了。

衛妍勾著他的手甜蜜蜜的問他：「那我可以去嗎？」的時候，他保證他的心思是純潔的。他呆住了。

他答應衛妍時，並沒有任何歹念……李又又曾經找衛妍和他一起看電影，又住在一起，她們應該是好朋友吧。誰知道她們之間的關係，其實是姐妹，李又又不曾聊起，衛妍當初也有意隱瞞……

「那我可以去嗎？」

眼前的那個女孩，雪白肌膚，嫵媚眼神，多麼可愛，讓人不忍心拒絕，也是他匆促點頭的原因……當時他比現在年輕很多，當日只是一個傻呼呼涉世未深的青年。她臉上無邪純眞的笑容在那一刻充滿說服力。

這一趟旅行，他訂了李又又在看雜誌時曾經不自覺發出感嘆的說：「能在這裡過一夜多好！」的五星級度假酒店，還訂了海景房。

不是約好了嗎？當衛妍睡眼惺忪的告訴他：「李又又出去了，不在」的時候，他傻了。籌畫已久，他本來是騙她他訂了便宜的民宿旅店，他問她要不要緊？李又又說：「有什麼關係？」

王碩君喜歡她這種好伺候的個性。他在之前的感情裡，實在過得不怎麼順心。

荷爾蒙是沒有腦的，所以年輕時候在尋找感情時，跌跌撞撞是必然。

他從小長得好，很能得到女孩的垂青，但是，不知道爲什麼，會主動靠近安靜的他的，通常是充滿主控力的那一型。他在感情中常常不知不覺就陷入控制力強旺的女人的蜘蛛網中。

不久他就感覺到自己被綑縛了，他並不是眞的那麼順服，那麼容易就範。要離開這些蜘蛛網，總是要經過很多掙扎。

在嘗到甜蜜滋味之後不久，情場就變成了戰場，讓他的生活不安寧。認識李又又，他才知道自己之前談感情談得有多累。

他不知道李又又正忙著帶衛妍的父親急診，心急如焚，沒有時間接他的電話。電話不通。

「我會告訴她啦。她不會怎樣的，是她自己人不見了呀……」

衛妍眨眨她的長睫毛說。

總之，他那天帶著衛妍出發。

衛妍是一個會創造歡笑的女孩，她一路吱吱喳喳，講著一些小事，逗他笑，還體貼的在他開車時餵他東西吃，餵他水喝，不時把手搭在他的肩上。當她看到那間漂亮的房間時，她高興得尖叫，還在房間裡拉起了被單，放在身上當披風，表演了「得到世界小姐冠軍」時繞場一周那種既驕傲又感動的表情。

她很可愛，他眞的被她逗得很開心。

她嬌小，身形婀娜，皮膚白皙，像一顆成熟的蜜桃一樣，暗暗發出誘人的芬芳。

然後她跳到他身上去，把他緊緊抱住。天哪，那一年他才二十多歲，怎麼能夠抵擋？那一刻他眞的把李又又全忘了。

「不好意思，我想問，李又又是不是有別……男朋友？所以，她失約了……」

衛妍板起臉，聳聳肩說：「我不太了解她，其實……」

她的表情好像在說：你的確是個傻瓜。

青年王碩君承認自己不懂得女人，之前的經驗並不是太好。被背叛的滋味不舒服。

衛妍並不知道李又又去了哪裡。

她不在，正好……如果這個男人跟李又又在一起，在衛妍看來，那就是傻了……李又又，在她眼裡兇巴巴又不近人情，冷漠，一點女人的魅力也沒有……如果有男人喜歡李又又，那麼他的心靈必將留下陰影。

那一趟旅行之後，衛妍成了他的女朋友。

李又又從那一天起，心碎了。

爲什麼自己老是要錯過？她喜歡的男人，在她多年的不斷默默靠近之後，在離她最近的時候，給一個小人搶走了，那個小人住在同一屋簷下。

衛妍已經搶走她好多東西，這一招更是在她胸口直接插一刀！衛妍從小就很會討好人，自己的母親完全把衛妍當成了親生女兒，這已經是舊恨了，李又又沒有想到，在她此生最期盼的感情之中，衛妍還可以衝進來當掠奪者，不擇手段的攬爲己有。

陰錯陽差，又把他送回她眼前。

此刻這個男人就在她眼前不到十公分的地方，在星空與浪聲的陪伴下，與她互相凝視。

她怔怔望著他的眼、他的眉，希望這一刻就是叫做「永恆」。

這些年來，她不是沒有人追求，只是還眞的沒有任何男人入她的眼。

王碩君握著她的手，把一個小東西放她手上。

她的眼眸變得比南國最亮的星星還亮。幾乎要屛住呼吸。

「這是……」

一個深藍色的天鵝絨盒子。

在黑暗中，她的指尖探索著，打開，那顆小小的無色的透明的小石頭，映著月光，她的心跳比波濤還洶湧。

「送給妳。」

「這……是不是……太快了？這……這……這……哪裡來……？」

王碩君來看衛妍時，並不知李又又就在這裡。

她想起來了。途中他們經過一個百貨公司，在裡頭吃午飯，王碩君消失了幾十分鐘，讓她獨坐在咖啡廳裡。他回來的時候，神情變得有點調皮。

她緊張得口吃起來。

就在這個時候，他堵住她的脣，以一個很深很深的吻。

「現在答應我？」他帶著喘息聲問：「李又又小姐，請問妳是否願意和王……王碩君先生白頭偕老，不管是貧窮，疾病，大地震，大瘟疫，大飢荒……發生……」

她笑了。

「妳知道，妳不常笑，但妳笑起來好美。」王碩君說。「讓妳笑使我有成就感！」

「我……我……一定要現在答應你嗎？」

「是啊，因爲，有太多陰錯陽差在我們之間，我怕這一次錯過，要再等一百年！」

「我……可是……我……」可是她一向是謹愼的人。

他忽然搔起她癢來。她咯咯笑。

「若不答應，我不饒妳！」

「我……你怎麼可以這樣嘛……我……」李又又也變回一個少女。

笑聲停下來的那一刻，她說：「我，答應你！不過……」

爲了堵住她的「不過」，他又給她一個很深的吻。戒指牢牢套在她的指上。

不過……有好多事要先處理吧？……她總得想想未來，她是認眞的，如果答應他，自己是否還要孤身在香港工作？忙碌的生活以及聚少離多，會謀殺她的幸福。好不容易得到的海景辦公室和豐厚的收入，是不是該這樣捨棄？

一想到現實，少女心就被消蝕……她的心在現實與浪漫中如鐘擺般……

她沒有眞的放心……李又又是個想很多的人，她怎麼會不明白：貧窮，疾病，大地震，大瘟疫，大飢荒……發生，這個男人或許挺得住，但他眞的有三番兩次的紀錄，在那些災難都還沒發生前，被一個猛獸般的女人奪走了他的心。

她沒有把自己的猶豫說出口。

而她的顧慮比海水還洶湧。

他們手牽手進房時，卻發現已經有人坐在裡面……撕毀了他們的夢……

16

趙芝：幸福總是意志不堅的，我必須捍衛我的幸福。

李又又一下飛機就忙瘋了。

金融指數變化詭譎。她服務的富人有個共通的特性：賺錢了，覺得自己英明，賠錢了，都是理專害的。

一堆客戶的抱怨擠滿了她的辦公室電話的留言機。

他們抱怨「妳上一次要我別買的基金，可漲瘋了，幹嘛阻擋財神爺進我家門？」這還是屬於比較有幽默感的。

那位和她稱姐道妹的富太太安妮，乾脆在她休假時間，打電話給她的總經理，要求把自己的帳戶讓給李又又海景辦公室的前任擁有者亞曼達管理。她責怪李又又看法太保守，害她損失了賺錢的機會。

還有人留言：「你放假期間，我少賺了好幾千萬。」

顯然她的同事也各懷鬼胎，在她怠忽職守的缺席期間，各展神通來挖她的牆角。

這就是這個辦公室裡，大多數人不敢理直氣壯休年假的理由。

怎麼辦？那也只有卯足了勁，既然客戶想要財富險中求，公司也苦苦相逼，李又又也只能和自己的腦袋妥協，拿起電話，千道歉萬道歉，責備自己太過保守，開始用愉悅而樂觀的語氣來推銷公司熱門的可轉換債產品。既然，辦公室裡所有的人都從冒險進取中得到好處，她又何必孤芳自賞？

「這是百年公司，絕對沒有問題！」她說了好多遍同樣的話，說到連她自己也相信自己了。

某日她恰巧繞過亞曼達的辦公桌，聽到她用極幹練而充滿信心的語氣，跟某位熟客說：「你放千百個心，我甚至把我自己的房子拿出來抵押貸款買這個商品，因為它報酬穩定，比貸款利率高很多！機會難得，不懂數學的傻瓜才不買這個產品，額度眞的很有限……」

她那鷹眼似乎正以不懷好意的眼光看著李又又的海景辦公室。

李又又不想輸。

她需要工作，心思才不會混亂。

「當妳感情上眞正愛著一個人，但理性上又知道愛他不會有好結局，究竟應該要怎麼辦呢？」

她偷偷的在一位著名的兩性專家開設的網站上問了這個問題。

那人竟回答：「愛和傷害，同一命脈，害怕的人得不到愛情。當妳聽到愛情的召喚時，就勇敢的去吧！」

這個答案不能夠讓她信服。

如此沒腦，會不會屍骨無存？

如果她眞的很勇敢，她就不會一直等啊等的，等到今天。

盲目而勇敢，那麼，她和衛妍有什麼不同？

她只要一勇敢，就出錯，就被懲罰。

一起看完星空，他爲她戴上戒指的那一夜。回到房中，竟然有人已經坐在裡面等她。

她是誰？飯店的人，不會這麼沒有禮貌……

女人嚴肅的表情像木頭刻的一樣。

「王總，有重要事，請即刻跟我回去。」

站在王碩君眼前的，是他的祕書趙芝……

「妳……怎麼會在這裡？」

「我收到你的刷卡明細了，我發現你在這家飯店。並不難。」她泰然自若的說著。「明明是上班日，但是你沒來上班，什麼也沒交代就消失了，手機也沒接，這不是好現象，明天的重要會議，你不能缺席，所以我來接你。跟我回去吧。」

「妳……」

李又又看著王碩君，她只能從對白裡聽出，此人是他的特別助理之類。心想此女也未免太敬業，發揮了柯南的精神千里迢迢來尋人……

還是……他們之間，有什麼關係？

眼前的女人，身材高䠷，表情嚴肅，一看就知十分幹練。

「妳這樣……太過分了……」王碩君低著頭，咬牙切齒，卻不敢發怒……

李又又看明白了……這個女人，顯然將王碩君視為囊中物。不管他們是什麼關係，那一刻，她看見了王碩君的懦弱。

王碩君似乎明白她在想什麼，對她說：「我可以解釋……」

他的嘴唇囁嚅著。

李又又知道，如果完全沒有任何關係，這位祕書不會肆無忌憚的來尋人……

趙芝以銳不可當的眼神看著李又又，李又又忽然發覺自己捲進了一個本來與她無關的風暴裡……

「還給你。」她迅速脫下還在手上的戒指：「什麼都不必解釋了。」

「……不是妳想的那樣……」王碩君結結巴巴。

「沒關係了。」李又又恢復了她的冷漠與冷靜。

她該走了……

李又又飛快的帶著她的東西，衝出了門……

李又又心裡已經明白，她是不可能在這個男人身上找到她要的安全感。

她直接在離飯店最近的機場買了機票飛回香港。她沒有辦法再容忍這一些節外生枝！

五年不見，王碩君的世界，枝枝節節有多少，她不敢想像。

「不准想！」她命令自己！想起來太難受，也太難堪。

當一切看起來很美好的時候，老是有「怪獸」出現，把一切搞砸，把她的心搗碎，讓她傷痕累累。

那個晚上她衝出飯店時，眞的有股衝動想跳到海裡去。

但尋死尋活，不是李又又的風格。

她會把不想回想的事都鎖起來，丟進心裡的垃圾筒，盡量當做什麼都沒有發生。

回來香港的這一段日子，她卯足了勁在工作，反而渴求工作壓力趕走自己的胡思亂想。她開始遵從公司的指示，放棄自己的固執，使命必達的推銷那些「保證獲利」產品。

這一年市況欣欣向榮，五花八門的金融商品不斷推出，她所任職的投資銀行，要求他們說服客戶買單，也給予他們相當豐厚的紅利。

但風向轉變得很快，接下來一個月，市況忽然變差了。由全世界最聰明的人組成的金融圈又推出一種叫做「累計期權」的新商品。

也就是，最近有幾支看起來不錯的美股，已經跌到歷史新低，看起來再跌有限，例如美國知名的銀行，如果現在買，只剩十五美元，知名的國際分析師出了報告，說是再跌有限，請大家趕快進場撈底，如果買的是「累計期權」，獲利更加可觀，按照最樂觀估算，可以百倍獲利。

以小搏大，風險不高，而且可以坐收財富重分配的利潤，好誘人的說法。

亞曼達曾把這個新設計的商品說得很神奇：「……李太，如果它漲回原來價格，也就是現在價格的話，妳不只可以買賓利車，甚至可以買私人飛機！」

可是，萬一跌了呢？雖然已經掉到歷史新低之下，華爾街說，千萬不要接往下掉落的刀，就算到了歷史低點，誰能保證它不會再低？

而且，這個商品很吊詭，如果投資人願意仔細看說明書的話，會發現他們所購買的某股票累計期權，實則是：當這股票漲到某個數額，莊家可以停損出場；但若意外的一跌再跌，顧客必須加碼一直買進，毫無停損點……萬一虧了，恐怕屍骨無存！

可是，沒有人恐懼著風險，大家都在拚了命買這紅火的產品。本月業績超出李又又的人甚多……

「嘿，妳正閒著呀……」

此時一位體態肥滿的富太太，提著她的鱷魚皮愛瑪士柏金包進來，打斷了她的思緒。

從來不認爲自己必須敲門的董太。

董太是地產商之妻。年輕時參選過香港小姐，生了三個孩子後，地位牢靠，身材也日益穩固，此時的體重已經是年輕時兩倍。

「我說妳休假還休得眞久啊，我們都以爲妳結婚去了呢……怕妳不回來了！」

「您大駕光臨，一定是有貴事吧？」李又又馬上堆出笑容。

「妳看我新買的紫色鱷魚皮柏金包漂不漂亮？」

「漂亮呀。」李又又認眞的瞧了又瞧，心想，這個至少要一百多萬港幣！

「這個顏色這個款全球只有三只！」董太太說。一臉驕傲。「妳看，中間還鑲鑽……」

「我看到了……這是珍品！」李又又也擠不出什麼太過誇張的形容詞來，她切入正題：

「妳來，不是只來讓我欣賞妳的包吧？」

「瞧妳，心裡只有公事，我多說幾句就嫌煩？」

「哪裡敢？」李又又忙陪笑……

「我的朋友趙太太說，最近你們公司在推什麼A字頭開頭的商品，如果賺了錢，搞不好還可以買架私人飛機？怎麼沒跟我說？」

「董太，妳也了解，我個性謹慎，一定要好好研究才能告訴妳……」

「我還以爲妳休假休到忘了我這個老客戶了！」董太太說：「妳知道，妳休假的時候，妳們有同事來拉我，要我把戶頭轉給她管，我都沒依……」

李又又聽了，一愣，又深呼吸了一口氣，維持鎮定，其實，這種搶奪客戶的伎倆，確實常常發生。客戶有權利更換理財顧問。

「董太……謝謝妳這麼幫我……」

「我這個人做人是最有義氣的！妳快幫我買，多賺點我請妳客。」

「嗯……，也有風險，萬一無限下跌……」

「又又啊，妳怎麼這麼悲觀！我從不悲觀的，妳知道……我可不能讓趙太比我先買私人飛機！」董太咯咯的笑了：「你們不是都說要低買高賣？危機入市者是英雄，對不？我要讓我老公對我另眼相看……這樣，他就不會老笑我只會花錢！」

「可是……」

「別可是可是了！妳呀就是老實，沒關係我看上妳，就是妳這人接地氣！但是，妳也太猶豫了，財神爺可不太喜歡猶豫的人！」

「可否小買一些就好？」李又又說。「先看看狀況安全點？」

「妳眞是跟別人不一樣……我想幫妳做業績啦，這樣吧，我買……」

董太比出了一個數字，比李又又想像中多十倍。

「妳……」

「妳眞可愛，我知道你們公司有獎金給妳賺，妳還這麼小心，不入虎穴，焉得虎子，別怕！」

董太太拍拍胸脯說：「就這樣決定了！」

這個新產品，李又又能分得的業績紅利，比平常還高幾倍……她該高興才是。

也許眞的是自己想太多了。李又又照著董太的意思做了。

「您以後不需要專程來，有什麼需要，打給我就行……」

「妳也別客氣，我是剛好跟朋友約在隔壁飲茶，順便來看看！」

董太太走了以後，李又又看著窗外遠方的海洋，深深嘆了一口氣。

考慮太多，裹足不前，然後，所有的好東西都搶不著，眞的是自己的問題嗎？

考慮太多，到底是她的優點還是缺點？

她已經說服了自己，寬容的看待已經成為過去的事實，她是眞的想要原諒王碩君和衛妍的那一段，這忽然殺出來的另一個女人，到底和王碩君是什麼關係？王碩君是因爲這個既兇悍又充滿控制手段的女人，才和衛妍分手的嗎？她原以爲，王碩君是因爲自己……她苦笑，多荒謬……

啊，說是不在乎，但是想到他的時候，爲什麼她忽然感覺自己掉進了地獄裡頭？而且直下十八層，心都摔裂？以前看到人家爲愛傷神，她都覺得好笑，那樣的男人，值得嗎？放棄了，不就一了百了，但當事人變成自己的時候，心裡的思量千迴百轉，想忘又不能忘……

有很多畫面，不時進入她的腦海。

縱然她以爲自己已經心情康復。

那一幕同時浮現在李又又的眼前：那是一個不祥的星期天，高中生的她當家教去了，趕到醫院時，母親已經剩下最後的一口氣。

母親高齡意外懷孕。

母親即將有衛叔叔的孩子。

宣布那個孩子的到來，衛叔叔和她的母親蘇老師其實興奮。母親生李又又時，雖然年紀還輕，卻已經有胎盤剝離的大出血症狀，當時李又又的爸爸和蘇老師都嚇到了，蘇老師以爲自己不能夠再懷孕……。

不過對於家中將有新的孩子誕生，兩個異姓姐妹各有各的擔心。

母親懷孕使愛面子的李又又覺得難爲情。她長大了，升上了高中，好不容易脫離了以前那些最愛八卦的老師和同學。學校離家遠，她的人生刷新了，本也是一件可喜可賀的事。

但是，蘇老師懷孕後，那些鄰居媽媽又開始說出刺耳的言語，即使聽起來像開玩笑：「呵，你們家以後會變成：你的孩子、我的孩子，在打我們的孩子了！」

眾人哈哈大笑，但李又又和衛妍都笑不出來。

李又又是母親帶來的「拖油瓶」，還好衛叔叔對她不薄；衛妍在衛叔叔眼中是逆女，還好有李又又的親媽在護著她。如果有一個新的孩子出現，那麼她們兩個人將顯得更不重要……。

李又又在青春期時，常與母親嘔氣，而衛叔叔對於衛妍的不長進，動輒打罵。甚至為了衛妍的「不倫」戀愛事件，幾乎將衛妍逐出家門！

李又又為了不要與衛妍同住一房，清理了雜物，在樓梯下的空間擺了個床墊，弄成屬於自己的小天地，兩個青春期的少女雖生活在同一屋簷下，但連點頭都懶得點。

為了這件事，兩人忽然開始有些對話。

「我希望我爸不要讓我當免費保母就好，我對嬰兒徹底沒有耐心，也沒有愛心！」衛妍坦白說。

那時蘇老師已有八個月身孕，肚子比正常大得多。常說自己喘不過氣來，已無法上班，成天躺在床上。

她只說：「唉，畢竟年紀大了，不行了。」

李又又再怎麼也想不到，自己唯一真正的親人，母親，會因為生產而送命。

忽然早產，失血過多，蘇老師在搶救無效下離開。

她趕到醫院時，母親已經回天乏術。

「媽……」

母親虛弱的張開眼睛，看了她一眼……

只聽見母親對衛妍說：「小妍，妳要好好的……」

連最後一句話都不是跟她講……

前一天，母親跟她講話她不應，母親大發雷霆。母親是故意的嗎？

自從母親和衛叔叔結婚，她就感覺母親刻意的把愛大部分都移到衛妍和衛叔叔身上，討好這個新家庭，把自己排擠成一個外人……

爲什麼母親眼裡只有衛妍？衛妍明明那麼糟，母親卻什麼都護著她！

連最後一句話也沒有她……。

恍惚中，電話又響了。這一回，是她的大客戶之一周董。

「又又啊，最近有沒有什麼推薦的？我可是靠妳才能有一些零花錢的……」

周董是久住香港的臺灣人，妻管嚴，早年做製造業成功，積蓄頗多，喜歡哭窮。李又又的公司只爲擁有五百萬美金以上的客戶服務，周董的財富遠超過底線，誰是眞的窮？

他也是讓李又又搬進海景辦公室的大功臣。李又又想，他和董太需求應屬一致。

「周董，這樣吧，最近公司推了一檔商品，叫做累計期權，風險不是沒有，可是你知道那個瑞旗銀行嗎？最近股票已經破十年新低，可以賺個幾倍……」

李又又瞄了一眼那些坐在大辦公室沒有擁有自己空間的同事，尤其是亞曼達，他們都努力的打著電話……神情好認真，說話好懇切，似乎都在聲嘶力竭的勸說客戶購買「一定不會賠」的公司推薦商品，她深呼吸，急忙收拾好自己混亂的心情，告訴自己：我也該努力一些。

生存眞是一場戰爭，感情也是一場戰爭，那麼，和平在哪裡呢？李又又問自己……那個微小的「自己」，只能無語問蒼天……

17

衛妍：真的沒辦法了嗎？那我也會做一隻打不死的小強，我總有辦法活下去的。

病床上的日子在夾雜著對復元的期望與失落的沮喪中過去了。多虧了朱大丞介紹她玩的電玩，讓衛妍得以爲了「破關」而有點事做，忘了現實生活中她的確身陷前所未有的困境。

被李又又放棄的衛妍，在二十天後終於出了院。重獲自由出院也不代表痊癒，她全身疼痛，仍不良於行，就算躺著也酸麻不已。

醫生警告她，她還不能動作太大，處處都要小心。她只能保持行動緩慢，像個老太太。

王碩君的祕書趙芝主動打電話來。

「衛小姐，王先生要我告訴您，」趙芝用冷淡而客氣的聲音說：「他搬走了，原來的房子退租了，您的所有行李早都打包好了。全都送到光明路四段十五號十樓一〇一二室！如果您需要有人幫妳整理行李，請吩咐我一聲，我會請人幫忙。我知道妳現在並不方便勞動。」

這是什麼的什麼！這是預謀，趁她住院，就把她掃地出門。「妳叫那隻縮頭烏龜來跟我說話！」她在憤怒之下立即由淑女變成潑婦，咆哮道：「這是什麼意思！」

「衛小姐，妳冷靜一點，您還沒有完全康復，」趙芝仍保持著同樣的語調：「您的房租是王先生付的，已預付半年。這是全市最好的長租套房，有非常好的管理，也有游泳池健身設備和管家服務，相信您會滿意。噢，不好意思，我另有要事，祝您早日康復……」

趙芝像念稿一樣把話講完，掛斷了電話。

衛妍忍不住哭了起來，她感覺自己受困了，四周是冰冷的牆……

她很想罵一連串髒話，她才不要住到被安排的小籠子去！

但是……如果她不住，她能去哪裡？

醫院的臉色也不好看，一大早有人來通知她出院。中午就有新的患者搬入這床。

李又又離開前幫她付了手術費，但是李又又離開後的住院費還沒有完全付清。

她硬著頭皮打電話給李又又，很明顯，李又又也不理她。

她打電話給公司同事，想要調一點頭寸，平時和她最要好的張小瑜，推說婚禮花太多錢，手頭不寬裕。把電話轉給那位高個兒李菲菲，李菲菲平時常會誇她兩句品味好的，說老闆娘發了一陣火，要老闆讓她走路，離職通知書正放在她桌上，如何寄給她？

反倒是那位說話毒辣的倪湘設計師，答應幫她收拾她琳瑯滿目的辦公桌和私人物品，以免她得回到辦公室收拾東西十分尷尬，這已經夠義氣。

啊，怎麼會這樣？失去了情人，連朋友也沒有，這世界上，到底還有誰是眞心關心她的，她竟然還走投無路？

她努力的從床上爬起來，全身都還在痛，頭也還有點暈，心裡想，我現在還這麼嚴重，你們就逼我出院，實在沒有同情心！

結果還是朱大丞解危，雖然他面有難色。畢竟是他省吃儉用下來的錢，又不知衛妍會不會還，還是幫她搬了家。

她被安排的暫時棲身之處，果然是高檔公寓。

算起來王碩君待她不薄，並沒有用一間有老鼠和蟑螂的貧民區小房把她打發掉。這算是不幸中的大幸嗎？

衛妍苦笑。

其實，趙芝精算過，如果給衛妍住得太差，衛妍恐怕半夜又想回頭找王碩君！不如對她慷慨點以絕後患！

「妳沒有錢，還訂這麼貴的公寓？」朱大丞說。

「要你管！要不然，這樣吧，我把我這一間打八折租你，你把六個月的租金給我，我就有錢還你了，如何？」

在這麼糟的狀況下，衛妍還滿佩服自己，還可以如此和朱大丞抬槓。不然，這忽然掉落谷底，又迭遭橫禍的人生，要怎麼樣呢？

「我怎麼會連找個人請我吃飯都找不到？」

不出幾日，衛妍已經寂寞到對著鏡子自言自語了。

衛妍其實是個慷慨的人，只要她口袋裡有錢。

她對自己和朋友從來不小氣。在辦公室裡叫咖啡，從來不會只買自己的那一杯。搶帳單的時候，也很豪爽，她實在不認爲自己該這麼倒楣。

如今沒有了工作，沒有了朋友，沒有了情人，也沒有了親人。

夜裡她會作噩夢醒來。

同事裡只有倪湘來看她，倪湘爲她送來了辦公室裡她的東西，還有老闆給的資遣費。至少，這一小筆錢救了點急。

「小妍，妳的事全公司都知道了……」倪湘說。

「什麼事？」

「就是妳和我們老闆的事……」

「唉唷，我和他根本沒有事……我本來……我本來……唉，我本來就沒有眞和他怎樣，他不是我的菜……」

「我知道……是有人去通報老闆娘，說妳和老闆有那個的……」

「啊？」衛妍震驚了。

「妳走了之後，有人馬上坐上妳那個位子，她想要企畫總監的位子很久了。」

「誰？」

「李菲菲……」

怎麼可能是她？李菲菲看起來多麼溫和良善。

「我知道妳跟她不錯。但我曾聽她跟別人說，妳既沒有學歷，也沒有能力，在這公司裡做主管，是老闆點的……」

唉，衛妍生氣歸生氣，也沒辦法。

衛妍在這公司不很久，資遣費不過是一個月薪水。男人果然不會對不再期望什麼的女人大方。她窩在家裡，走路會痛，不方便出去，靠資遣費叫外送過活。眼看著，那點錢也快花完了。

不久，信用卡又刷爆了。欠著卡費，開始有催繳電話打來。雪上加霜。

她也知道自己必須要找到工作，要謀生，雖然她對於推銷自己向來很有把握，但她的確不知道自己還能做什麼工作。

衛妍不得已，只好打電話給前老闆——那一位曾經來病房探望他，卻被太太拎回去的杜建偉。杜建偉接電話時，說話很小聲，聲音戒慎恐懼：「現在……現在家庭時間，我只能簡短說話，妳找我，有什麼事？」

「親愛的老闆你可不可以借我一點錢？我現在一窮二白了。」衛妍撒嬌。

「我現在也一窮二白了，」杜建偉說：「我太太現在一天只給我一張鈔票，說夠我吃中飯就好！小妍妳要知道，我很想念妳，可是我們家那隻母老虎，實在不講道理，要妳離職，可是她的主意……這樣吧，我們約個時間私下碰面，她下周就要出國了，我再跟妳連絡喔……」

衛妍掛掉了電話。這個色鬼，恐怕只是想要「私下碰面」揩她一點油也行。本以爲相交滿天下，現在發現能夠求助的人實在不多。她只好又找那個倒楣的新朋友……那個傻大個兒朱大丞。

「喂，你可以請我吃頓飯嗎？」衛妍覺得好委屈，說起話來楚楚可憐……

他大概是她所認識的，最沒心眼的人了。

「吃頓飯，沒問題呀。不過我要告訴妳，我們公司不知道出了什麼問題，一個月沒發薪水了，我只能請妳吃便當喔。」

「我眞的快餓死了……」衛妍故意發出虛弱的求救聲。「我沒有錢吃飯……」

「眞的假的？」

朱大丞半信半疑，但不久後還是熱情的拎了餐盒來看她。

衛妍打開餐盒狼呑虎嚥。

朱大丞瞄了她一眼：「妳怎麼看起來像饑民似的？有錢租這麼漂亮的房子，沒錢吃飯？笑話！」

「對，這個笑話就發生在我身上！不過你別再問，我現在沒心情說……天哪，我怎麼沒有發現超商的排骨飯這麼美味！」

「我覺得妳好可憐，妳的樣子好像落難公主。」

「我就是……」衛妍眼眶裡又閃亮著晶瑩淚水：「我如果不是快餓死了，也不會打電話給你！

這世界上眞的沒有人理我……」

「妳姐姐呢？眞的就這樣子不見了？」

「別再提這個人！我沒有姐姐！」衛妍憤怒的說。

「別那麼兇，嚇我一跳，嘿，我還有帶水果來，我去削給妳吃喔。多吃水果，妳會健康。我不問就是了……」

「你人眞好……」衛妍看見朱大丞帶來了蘋果，又高興起來。

「不是我說妳……妳好像已經搬進來好久了，但是妳的衣服都還在紙箱裡，這麼漂亮的屋子裡堆滿了紙箱也很奇怪。要不要我幫忙呀？」

也好。半因還不能搬重物，半因衛妍本來也沒那麼勤快。她的東西總是一團亂，從小被爸爸罵，被李又又嫌，在辦公室裡連找個小東西都要同事幫她，只有她一個人不對此感到困擾。她也沒有整理東西的心情。

朱大丞幫她整理東西。不打開這些包得穩穩妥妥的行李就算了，一打開，往事像土石流一樣好像要把她活埋。

「天哪，妳是蜈蚣啊，妳有幾雙鞋？一，二，三，四，四箱，一箱三十雙，四箱有一百二十雙……哇，還不只，而且每一雙都是Bling Bling金光閃閃……」朱大丞不認得那些名牌：「每一雙看起來都不便宜……」

都是義大利的名牌鞋……這些是她的珍藏！衛妍懶洋洋的說：「我覺得還好啊，我平均起來每個月只買一雙新鞋而已喔。」

「天哪，我快昏倒了，衣服有七八箱……妳是電影明星喔，每場戲要換衣服喔？」還有……「哇，這是什麼，這兩箱全是被單！哇，這被單好滑喔……睡起來會不會黏黏的，好像躺在蝸牛黏液上面……」

「絲的，你不懂啦。」衛妍眼裡又有淚光。太狠了，王碩君，連我們一起睡過的被單，你都全部掃地出門。這眞是狼心狗肺！

以前，每到了相識紀念日，她或他的生日，甚至是情人節……她都會採購一組新的床套和被單，怕住在一起久了，情趣也變得索然乏味了，她喜歡整個人掛在他的背上，摀著他的眼睛，要他揹著她到臥房，要他猜，今天她準備了什麼顏色款式的被單……她還會搭上同樣色系的情趣睡衣……衛妍曾經以爲王碩君非常欣賞她這麼會製造情趣。

王碩君總讓著她，讓她毫無警覺，不曾想過有一天會懸崖落馬。

王碩君也曾爲她還過信用卡的欠款……不只一次……他本來都不在意的，不是嗎？雖然，王碩君也曾笑過她：「我眞不懂妳，連床也需要這麼多衣服……？」

「對我來說，顏色不一樣，感覺就是不一樣嘛……」她撒嬌的說。

王碩君接掌父親的化工廠之後，極忙。他工作得越努力，事業越成功，她就花得越兇。王碩君曾經給她副卡，也沒過問她花了多少錢……但兩年前，當他想要換車，發現帳戶裡連頭期款都不夠的時候……他臉色一沉，彷彿自己剛被詐騙集團搶奪一空。

「怎麼可能沒有錢？」怎麼可能一個女人在那些被單啊，衣服啊，鞋子啊花上那麼多錢？

王碩君才明白自己養了一隻咬米袋的大老鼠。

他嘆著氣幫她還掉了欠款。限制了她的副卡刷卡金額。

衛妍自己的薪水，當然不夠用。她每天穿在身上的行頭，總比一個月薪水還要高。上班只是讓她有個地方去展示她的美學品味罷了。

衛妍還偷偷的在以卡養卡。

種種細瑣的事情……

王碩君忍得非常久，忍到已經覺得自己超凡入聖。

他不是一個會表露眞實情緒的人，這一切，衛妍都無知無覺。

當王碩君在醫院看到衛妍和其他男人的曖昧照之前，他的愛早已經死了，她那些愛對別的男人亂送秋波而產生的瓜瓜葛葛，連最後一根稻草都不是。

朱大丞整理她的衣服時，衛妍整個人斜倚在沙發上打電玩。朱大丞想：的確，她還不能太勞動，但她也眞是個特別的女人，對於別人爲她付出的勞力覺得理所當然……眞不知自己爲什麼要來幫她的忙……

他心裡一邊嘀咕，一邊打開下一個紙箱……

「天哪，這麼多內衣，喂，拜託妳私人衣服自己整理好不好？」朱大丞走到她面前來，站住，一手擋住了她的手機螢幕。

「我的天哪，妳至少有一百套內衣！每一種顏色都有！拜託妳自己來吧，我沒法配成套，這比拼圖還難！」

那些內衣……這個時候出現在她的視線中，彷彿在譏笑她，她這些年來付出的心血都是徒然……她還清楚的記得，那一套豹紋是他們到沖繩度假時穿的，另一套黑色蕾絲有吊襪帶的是她硬跟著他到巴黎出差時，她在老佛爺百貨公司買的，那一晚，她還把好大的海鮮盤叫進飯店房間裡來，還開了全世界最昂貴的香檳王，那粉紅色的美妙泡泡的滋味彷彿還停留在舌根之上……

她想著想著又淚流滿面。

「怎麼了？妳也別那麼誇張，叫妳整理妳就哭，不然我整箱幫妳放衣櫥，妳高興穿妳再自己拼圖好了……」

「我不想要了！全部！都不想要了……」

「不想要了？可是穿過的內衣拿去網拍也沒人要呀……」朱大丞還一本正經的就事論事。「除非……拿去什麼奇怪的情趣網站，哈哈……」

衛妍一拳打中他的胸膛！朱大丞倒是文風不動，衛妍自己出力太猛，反而弄痛了自己，唉喲了一聲。

「妳又怎麼了？」

衛妍無力的坐在沙發上，淚眼汪汪的看著他說：「喂，你覺得我到底哪裡不可愛呀？為什麼會有男人不要我？」

「妳要不要先告訴我，妳到底……哪裡可愛呀？」

朱大丞本來只是和衛妍抬槓，沒想到衛妍又傷心了起來：「連你也覺得我不可愛，我完了……」

「妳最後變得自信心很脆弱喔？我只是隨口說說……妳不要當眞。」

他只能傻傻的拿出衛生紙給她擦眼淚。

「我感覺是……妳失戀喔？」他摀住了嘴：「對不起，我沒問。這樣吧，喔，我忘了，水果老早削好了，妳快吃……」

衛妍張大嘴巴又嚎啕大哭，朱大丞忽然塞了一大片蘋果進她的嘴裡。

18

李又又：我們不管如何用力在爭奪喜歡的位子，我們終將還是一個過客。沒有人能永遠贏。

「嗨，又又，好嗎？」

李又又轉頭一看，喔，是史蒂芬張。一張俊帥的白種美男子的臉，一口漂亮的北京腔。

同一個電梯，好巧。

雖然辦公室都在同一層樓，她極少和史蒂芬張相遇。打從五年前她進入這家投資銀行，史蒂芬張就是超級業務，自己擁有一間辦公室，沒有什麼人能夠動搖他的地位。超級業務員史蒂芬張的辦公室最好，還有個獨一無二的海景陽臺。陽臺的屏障也是透明玻璃，雖然離海還是有點距離，卻是最好的看海之處，站在上頭，讓風吹起衣角，像是在萬頃碧波上凌風飛行。

那是第一名的權利，李又又不敢想。

史蒂芬張的確是這家投資銀行的王牌業務員，這幾年來，一直坐擁最特殊的那間海景辦公室，他大不了李又又幾歲，是個中英混血兒，在北大讀過書，也在美國念過華頓商學院，能說非常流利的中英文還有法語，母親是華人，家世極好，或許因為如此，史蒂芬張永遠遊刃有餘的握著大批香港鉅富信託的財富。

「嗨，你好……」李又又正對著電梯裡頭的鏡子匆促塗上口紅，讓睡眠不足的臉多一點氣色，被他這麼一叫，口紅差點掉到地上。

她對自己的狼狽感到很不好意思，史蒂芬張笑了。

「我知道妳最近成績很不錯，加油！」穿著黑色修身緞面西裝的史蒂芬張客氣的對她說。這是客套話。最近，李又又還在費力追趕眾人業績中……其實並不理想。

她不太好意思與史蒂芬張正面接觸。史蒂芬的確帥，看人都像在放電。

女同事都很愛談論史蒂芬張，她們會注意到他身上穿的是最時尚的名牌衫，開的是最拉風的跑車。史蒂芬張有個專屬停車位，彷彿周一到周五每天都在換衣服似的，他周一到周五開的都是不一樣的頂級車款，紅綠黃黑藍，名下至少有五臺超跑。

在這彈丸之地，開超跑應該還是寸步難行吧。李又又忍不住這麼想。

最厲害的人永遠深藏不露。史蒂芬張一臉溫文儒雅，說話比許多香港女人斯文，實在看不出他是業務悍將。李又又在這個都市裡生活著，很快的明白那些看似兇悍的其實都是紙老虎，那些一臉柔笑，溫開水般的斯文人，才是眞正狠角色。

「謝謝。希望能夠有你的十分之一。」她自知回答得有點僵硬。

「妳客氣了。」他說：「喔，看妳最近又瘦了，壓力很大？」

「還……還可以……」。

「有時候，妳要放鬆一下，不要太認眞……最近美股波動度挺大的，如果睡前開了電腦看盤，晚上會睡不著喔……像我，幾年前，我就悟到了一個眞理……」

「什麼眞理？」李又又難掩好奇。

雖然是同事，但在競爭關係裡是敵非友，她不相信史蒂芬張眞的會主動來跟她獻上良計。

「我不想過那種追高殺低的日子，我悟到了，乾脆勸客戶買最穩當的債券。有錢的客戶，年紀都不小，他們都希望能夠平穩過日子，幫他們買一些高配息的債券和基金準沒錯，就是那些倒不了的公司，或歷史績效一向優秀的基金……風險不大，而他們嘗到了固定配息的好處之後，還會介紹其他不喜歡高風險的客戶來……此後我只要以逸待勞就行了……」

細思來，史蒂芬張的說法，並不是障眼法或煙幕彈。他所說的那些「相當穩固」的避險基金和配息債券，也給了他們投資銀行非常高的佣金，所以史蒂芬張創造的業績也就相當驚人。只可惜，李又又的客戶恐怕不是同一群人，她手上的客戶正是喜歡追高殺低的，想「幹一票」多買幾克拉鑽戒或柏金包……

那些固定配年息三到六趴的債券是董太太看不上的……

「哪天下班後，我們去喝一杯，好好聊聊？光做同事多無聊，做朋友有趣得多。」電梯門開了，辦公室到了。史蒂芬拋下了一句話給李又又，調皮的眨了眨眼睛當告別。

「好啊。」努力堆出誠意笑容的她，心裡認爲這個邀約只是客套而已。傳說亞曼達曾是史蒂芬張的前女友。亞曼達當時能夠在李又又之前，先坐擁海景辦公室，也得到過史蒂芬張的面授機宜。

那個時候，每次亞曼達走進史蒂芬張的辦公室，總會待好久好久才出來，外頭的女職員交換著神祕的微笑，李又又也忍不住注意過，亞曼達走出辦公室時頭髮其實比走進去時整齊，看得出是刻意重新梳理過。

觀察人，是打發沉悶的方法。這裡的工作，忙碌，高壓，沉悶。

史蒂芬張曾是這家公司的金童，而亞曼達是玉女，兩個人都優秀，又都有混血基因，長得十分體面。相傳兩個人交往過，但他們都不承認。亞曼達當時有別的男朋友，而史蒂芬張的心思也飄搖不定，公司裡流傳著他是雙性戀，是某位本港富二代男士的「摯友」或「情婦」的傳言，所以才能有那麼好的「裙帶關係」，史蒂芬張從來不做任何的澄清和分辯。

他有深棕色的眼睛和高聳的鼻梁，笑的時候很愛眨眼睛，好像在暗示什麼，又像在故意顯現出一種「只有妳懂」的感覺，說話不急不徐，很溫文儒雅，看著他，好像看到瀏覽櫥窗裡漂亮的假人。李又又想，或許這才是他可以得到客戶的憐愛和信任之處。他看起來如此貼心、柔軟，讓人沒有壓力。

然而，亞曼達已嫁做人婦，不知從何時起，流言變成歷史，她也不再進史蒂芬張的辦公室討論些什麼東西，就算見面了也不寒暄，都是冷面相逢，好像兩個人從來沒有認識過，斬釘截鐵的了斷了。

只要當事人都選擇閉嘴，旁人過了些時日後就會忘了這一段。

忙碌是多麼好的朋友。李又又給業績和客戶追著跑，也一直追著客戶和業績在跑。這些日子，澳幣漲得快，利率又高，有許多相關商品相當好賣，而董太和她那一幫富太太，最近賣了些房，手上餘錢很多，一直要她推銷些更能賺錢的商品。

這些日子好忙。好多她之前從來沒聽過的金融期貨商品被「發明」了似的，都急急推到臺上來販售，讓她得加緊腳步做功課，以免客戶知道的比她還多。

然而她越仔細盯著這銀行近日她賣得最好、每周都讓老總開香檳王請大家喝的累計期權的金融商品時，她就越心驚膽跳，這個遊戲規則偏袒莊家，因爲，就算投資者看對了市場行情，合約在某一定程度，就會提早終止，投資方獲利有限，但如果看錯了，就完了，不但沒有止蝕的規定，還會以等比級數擴大虧損，一直被要求補差額進來，如果市況一直不好，投資人會把所有身家都賠上，根本就像掉入無底流沙洞一般。

或許，史蒂芬張是對的，計息債券才是穩穩的王道。

她不是沒有坦白說過這個風險。

董太說：「瞧，妳做這一行，卻老像報喪的烏鴉。我自己也是有研究過的，這個澳元，很穩啦，全世界都在炒，那些堅強的日本太太們，就會先幫我們把澳元穩住，畢竟比較起來利息還很高！」

董太說：「我自己可是有聽專家說，做好資產配置了，沒問題的。」她說完，一群喝下午茶的太太點頭稱是，笑聲連連：「我們跟著董太準沒錯！」

李又又陪著笑。

「不過啊，又又，我就是喜歡妳老實，不像某些人，勢利，吃人肉不吐骨頭，所以我才把姐姐妹妹都帶給妳當客人！」

的確，在這沙丁魚般幾乎沒有出頭日的異鄉，能有今日，李又又靠的是董太等幾個熱情的大客戶的提拔，但不管業績多好，她不敢忘記，心裡也明白，她們是一群羽毛鮮豔的五色鳥，她只是一隻暫棲於此的小烏鴉。

炒外匯的日本太太們，被戲稱爲渡邊太太，是投資外幣最瘋狂、動作最一致，但也是隱性的一群。她們或許是一群烏合之眾，卻是朝向同一個方向努力投資的烏合之眾，匯集成全球金融市場裡最可怕的力量。

全世界重要的股市大概只有凌晨時段那幾個小時是休市的，市場上沖下洗，李又又把自己搞得茶飯不思，比之前更瘦，颱風來時，連自己都懷疑自己會不會被風吹走。兩眼都有黑眼圈。她在這時候才明白遮瑕膏妙用無窮，可以還給自己一張容光煥發的臉，如果不近看的話。

早上八點，日本開盤。李又又早就坐在辦公室裡，打開電腦，粗略瀏覽了一下財經新聞並約略估算業績，擬定投資計畫，據「辦公室裡大家都知道」的祕密消息，這個月，她剛又擠進前三強，這一間辦公室，盤算起來，以現在的獲利態勢，在下一個季度，前三名應該還是她的。

近來食不知味的李又又知道自己無論如何只是一顆棋子，公司給她高薪高紅利，純粹因爲她還有利用價値，她只是一個擁有高學歷的售貨員，她有專業的有關錢的知識，但是對於是否眞能賺錢，並不管用。

公司發派業績指令時，李又又也覺得自己好像後宮奴婢，不管主子給的命令合不合理，賜下燕窩得吃、砒霜得吃、斷魂湯也得喝，就算是賜白綾一匹，她也得自己了斷。

她一邊用遮瑕膏掩蓋黑眼圈，一邊想，我晝夜不分的看盤下去，只會老得越來越快！或許，應該考慮史蒂芬張的建議，讓客戶買報酬率比較穩定的理財商品，心理壓力才不會這麼大。李又又向董太等客戶提出自己的看法，董太她們也從善如流的將部分資金買了這些固定配息、波動目前看似不大的債券……

李又又心裡感謝史蒂芬張的提醒。

她沒有想到的是，黑天鵝來得如此之快。就在這一年，九月，夏日還沒有結束，空氣仍然燥熱，一股風暴忽然在無預警的狀況中襲來。與他們投資銀行關係非常密切的巨大的投資公司，宣布倒閉……

一百多年來，歷經各種風暴，九一一事件時損失慘重卻也沒有被摧毀的公司，就在後來的這一個月，輕鬆的宣布，他們倒了。各國股市一敗塗地……

市況不佳，連本市平時總是停靠名車的幾家豪華酒店，都門可羅雀。沒有人知道，那像海嘯般襲來的金融恐慌何時結束……

受最大影響的，竟然是那些號稱穩定，每月配息少少，打著避險名號的L公司商品！公司倒了，沒有人保證要理賠，都成了無頭債，停止交易，不知道什麼時候可以回到市面上來……

激進的累計期權使客戶損失如無底洞。沒有想到，史蒂芬張釋出的善意：所謂保本又避險、穩定配息的債券也隨L公司倒閉全數歸零……董太每天打電話來罵，憤怒得像隻母獅。

害怕失去財產的客戶打來的電話多到接不完，而且語氣多帶驚恐和不耐煩。不想負責任的乾脆在這時候請年假去南方島嶼度假。

李又又只能用心理學那一套說法，勉勵自己要充滿同理心的接聽一次又一次那摧心摧肝的電話鈴聲，市況急劇變壞，她自己也不知道這公司可以撐到何時。有時她會看著海景發呆，不知如何將自己救出水深火熱之中，她不知道……她來不及為自己理財，俾保全身而退，但是客戶快要來把她殺了……

這天到了黃昏，連那個本來最常說「妳辦事，我放心」的老伯也翻臉了，用他濃厚的山東口音罵她：「萬一出了什麼事，讓我的老本全沒了，就算是妳跪在我面前，我也不會原諒妳！殺千刀的！」

她的頭好痛，腦血管應該在爆裂的邊緣。

一整天，連水也沒空喝幾口。

這些日子，市場扭身直下，像一部踩足了油門往下衝的巴士，想把當時熱情如火搭上車的投資人全都甩下車。李又又提心懸膽度過每一天。

「嘿，又又……」史蒂芬張一臉疲憊。原來是他，他也還沒下班。

一股濃厚的酒氣和他一起飄過來。

「妳最近還好嗎？」美男子史蒂芬張的臉通紅。

「不好，怎麼可能好！你呢？」李又又的回答依然鎮定。

「是啊，大家怎麼可能好？但是我好佩服妳，妳好冷靜！」

「我……裝的！」李又又嘆了口氣，何必說假話？

「裝得出來也很厲害，哈哈。」史蒂芬張仰臉看著天花板，輕輕笑了一聲。

「這個狀況你看會怎樣？」李又又勉強擠出了這一句回應，表示她也在同一條快要傾覆的船上。近日她活得並不冷靜，只是此刻累到心冷了。

「老實說，我不知道該怎麼辦。不是我誇口，我是華頓商學院全A的畢業生，但是，我不知道……我以爲我很聰明，看得懂所有的金融操作，但是這一次，我承認我看不懂了，我以爲最安全的地方，成爲最可怕的殺戮戰場！」

配息債券，已連本金都無處索賠。

史蒂芬張的語氣激動了起來，表情蒼涼。

「坐一會兒吧。」李又又起身離開辦公桌，坐在他旁邊的單人沙發上。這沙發，是愛馬仕沙發，辦公室落成時總裁夫人挑的，說是可以承傳百年，每座單人沙發的價格可買一部小車。造型優雅簡練，但不管多舒服，上頭的確很少坐人，李又又的客人，除了董太會忽然殺進來找她之外，其他的都極少大駕光臨。

「任何股災，都有回復時，只是不知此次時日多久，我撐不撐得過……我不知道市場什麼時候回升，妳知道嗎？我沒有錯，我是爲顧客著想，請他們做最穩定的投資，坐收回酬，我幫他們選最可靠的產品，但是，錯的是那家公司不可靠，不是我……」史蒂芬張的眼眶裡有閃動的淚光。

他此刻來找李又又，或許因爲李又又看起來挺得住，不多話，不會惹麻煩。而此時也只有李又又和少數幾個人，還留在辦公室裡處理問題。

李又又忍不住拍拍他的肩：「會過去的，什麼事……都會過去的。」

史蒂芬張握住了李又又的手。李又又本能的震動了一下，並沒有收回來，因爲感覺上，史蒂芬張只是在找一點溫暖，並不是在找一個異性。

「謝謝妳安慰我……請問妳有空嗎？我可以請妳喝一杯……說了好久，始終連一杯也沒喝成，我怕……萬一沒有機會，就遺憾了！」

「我……」李又又覺得好累。

這時候，她的手機又響了，接起來，嘩啦嘩啦一陣罵，又是董太！

「我看了新聞才知道都是妳叫我買那些該死的債券，出事的公司是我那家嗎？我根本沒有看清楚是哪一家，就買了，現在好了……」

沒錯，董太買的，正是今日宣布倒閉的L公司……

「董太，妳等一下，我查一下妳的帳戶。」

她對史蒂芬張苦笑：「不好意思，我還有事要處理，改天了，好嗎？改天請你吃飯……」

史蒂芬張攤攤手，給她一個「我明白」的微笑，落寞的轉身走了，把空間還給李又又。

李又又當時並不明白，這世上未必每一件事都能改天再做，每一個人都可以改天見。

他寂寞離去的背影始終停佇在她腦海。她後來非常後悔，是不是該陪他多聊一會兒？那時他的面容如喪家之犬，他多麼需要一點友情的溫暖，雖然，他們之間共事了好些年，仍然是陌生人……

19

衛妍：人生本來就是一連串意外所組成的，我只能學會勇敢。

啊……不會吧……這種時候偏偏……

衛妍的麻煩來了。

她坐在馬桶上，盯著那一根小小的白白的棒子看，整個人都傻住了。

兩條線。

怎麼會這樣？

「一個人倒楣的時候，會什麼都一起倒楣，天哪，連這個東西也欺負我？」

她嘆了口長氣，懷孕了？這……

啊，怎麼可能？她又在玩和自己對話的遊戲。

怎麼不可能？

她常忘記吃藥，但也沒出現過問題。這次已經晚了一個多月，她本來還天真的以爲，只是因爲自己最近很累，又給車撞了，躺在病床上吃了太多的藥，打了太多的針，所以……生理期晚一點來打擾也理所當然。

「喔。那麼，或許會有轉機也說不定！」她心裡另外一個樂觀的聲音回答。「電視劇不都是這樣演的？男主角懺悔了，然後和女主角一起建立快樂的家庭……」

但是她的樂觀沒有超過三秒鐘，她就開始頭皮發麻，想到了更糟的問題。

「完了，完了……這是誰的？」她開始問自己……

腦海裡。鬧哄哄一片。

完了。該不會是喝醉酒的那個晚上造成的……

還是……這幾個月發生的事情，還眞的太多了……

該怎麼辦呢？

她剛剛只是抱著「最好不會是」的心態到樓下超商買驗孕棒試試的，結果……

衛妍抱著自己的頭躲在廁所。

「喂，妳在家對吧？」電話響，又是朱大丞。

「對，怎樣？」

「妳幹嘛語氣那麼兇呀？我知道妳很喜歡吃東西，今天我們公司附近有一間很有名的甜甜圈開幕了，我幫妳買了一大盒，本來想放在你們樓下，但管理員說妳在，妳剛回家了……我就拿上來了！」

他倒是這世界上唯一沒有放棄她的人，一個好心的「陌生人」。

心情極壞的衛妍病懨懨的開了門。因爲沒打算出去，她在超商買了東西之後，就換上了睡衣，

「妳的精神不太好，」朱大丞笑出一口白牙：「吃了甜點會變好。」

衛妍的確連早餐都沒吃，她咬了一口甜甜圈，的確，剎時感到人生並不完全值得絕望。

朱大丞左看右看，在餐桌上看到一幅畫：「哇，妳還會畫圖。」

「怎樣，不行嗎？」衛妍從小到大，就美術一科得甲。

「哇，這個畫太陰暗了吧？」

朱大丞拿著畫一看，「呵，挺有創意的，一個瘦瘦的女生，長著獠牙，被十字架釘進心臟！哇，這個女的是吸血鬼嗎？」

衛妍一把搶過去。

這是她昨天百無聊賴畫的作品，她畫的就是李又又。她心裡認爲：李又又必是破壞她幸福的殺手……一個可怕的瘦瘦乾乾的吸血鬼，不管她逃到天涯海角，她要李又又爲破壞她的幸福付出代價！

只是，她怎麼畫，連吸血鬼都是卡漫版的！

「這吸血鬼滿可愛的，妳滿有天分的！」完全不知情的朱大丞一邊吃甜甜圈一邊說。

「你吃完快走，我等下要出去了！」衛妍催他。她只是想把這人趕走，一個人安靜下來，想想該怎麼辦？

「要去哪兒？要不要我載妳？」

「我才不要坐你的破機車！」上次他好心載她，一路上她的肋骨的舊傷被震得好疼。

「省一點錢嘛。」朱大丞說。

唉，他的確看出了她的窘境。

這幾天，手頭上連搭捷運的錢都快要沒了。而且，吃了甜食反而餓，她其實已經靠便利商店的食物活一天了。

「那你，等下請我吃碗牛肉麵可以嗎？」

「可以啊。妳該不會已經餓了好幾天了吧？」

既然要出門，就不可邋遢！等她更了衣又化好妝，朱大丞已吃了大半盒的甜甜圈。

出門，也好。心裡的那個想擋也擋不住的聲音指導她，她要去的方向，是王碩君的公司。

她要找王碩君聊一聊。

他欠她一個交代。她不能夠接受恩斷情絕。她要問問，是不是因爲李又又那個巫婆下了什麼迷藥，他才會失去理智。

先解決肚子的空虛要緊。她不只吃了一碗牛肉麵，還順便吃了一碗紅油抄手，三碟小菜，才心甘情願的離開了麵店。朱大丞看著她狼吞虎嚥的樣子一直笑，調侃她：「原來現代社會也眞的有快要餓死的人！」朱大丞笑道。

衛妍一路還是被他的機車震得很不舒服，不時責問他：「你到底會不會騎車啊？」

「妳不要一直念，我已經慢到像在騎單車了！」

他們在一棟氣派的黑色帷幕的辦公樓前停了下來。她騙朱大丞，她收到了面試通知書。朱大丞以爲她要去求職呢。

「要不要我在樓下等妳？」

「不用！」

她婀娜踩著細高跟鞋走進了王碩君的辦公室。著急的總機小姐攔不住她。

她一路衝到王碩君的那一間辦公室來。這些年，她很少來此。這是王碩君的公司，他三令五申希望公私分明，不要她「沒事」到辦公室裡來。但她有時候就會故意在完全沒有通知的狀況下來等他吃飯，王碩君以前也奈何不了她。她又不是見不得人的小三，是正宮女友，爲什麼不能堂堂正正來找他呢？

她其實不懂這個男人。現在想來，或許，他很早就沒有眞心……想到這裡，眞是傷心……

王碩君的私人辦公室外頭坐著板著臉的趙芝。

「衛小姐，有什麼事？若有事……妳可以撥個電話給我就行！不需要到這裡來，這裡只是談公事的地方。」趙芝語氣嚴峻。

「是私人重大事情，不方便告訴妳喔！」衛妍聲調輕柔，但表情也是凜然不可侵犯。

「王先生不在。」趙芝的臉色更加難看。

「我可以進去等他嗎？」

「不可以。」

「爲什麼不可以？」衛妍逼問。她要看自己是否能惹毛這個她素來不喜歡的女人。

「王總有吩咐，誰都不可以進他私人辦公室。」

「我偏要！」衛妍豁出去了。

「妳再不講理，我要叫保全了。」

「叫啊。」

「衛小姐，有臺階下就要下，王總已經待妳不薄！」

怕引起同事的騷動，趙芝再兇也得放低了聲音。

「我就要看他可以沒有良心到什麼地步！」這一句說得咬牙切齒，果然已經有同事注意到辦公室深處有小小的衝突了。

「是誰？」

偏在此時，有人送客出來，正是王碩君。

他的上海客戶來訪。此時公司正碰到新一輪的融資問題，他正焦頭爛額的處理中。一家美國公司，發現他公司的某個產品成分和該公司某專利雷同，控告他侵權。他已經好幾天沒有好好睡了。心裡一邊急，一邊氣。

這些日子，還好有這些新的困難，讓他把其他的事擺在一邊。

衛妍急著殺進辦公室找王碩君，並沒有注意到，剛剛搭機車來的時候，自己臉上的妝已經凌亂，不掉色的口紅完全溢出了嘴型，剛摘下了安全帽，髮型整個場陷零亂。

怎麼看就不會是一個該出現在安靜辦公室的女人。

王碩君看到怒氣沖沖的她愣住了。

只是一小段時日不見，眼前這位曾經甜美俏皮的枕邊人，此時已經像一頭闖進平靜動物園裡的獅子。他只能努力在客戶和員工面前保持鎮定。

「請等一下，讓我送客，好嗎？」他客氣的說。

接著，他請她進了自己的私人辦公室。就在衛妍想要轉怒爲喜的那一瞬間，王碩君卻朝趙芝使了個眼色說：「妳也進來聊聊。」

很明顯的，王碩君怕自己控制不了場面。

這是什麼意思？她心裡咆哮著。「懦夫！」

「請坐，妳說吧。」

他故作鎮定，她知道。

「你確定，我們兩個人聊私事，你的祕書要進來？」

「但說無妨！」

雖然語氣壓得很平穩，但王碩君沒有太勇敢，也沒有太會處理女人的情緒，他怕。

「好，既然你不怕別人聽見，那我就說了。我……」衛妍咬著嘴說：「我……我……懷孕了……」

空氣如同冰庫。三人一時都沒有表情。

應該說沒有什麼太美好的表情。

「這……」王碩君並沒有把心裡要講的話講出來，他也咬著牙，暗自提醒自己要有風度。

「妳打算怎麼辦？」發言的是趙芝。聲音如冰塊。

衛妍吃驚的看著她。這時她有何權利發言？

「衛小姐，不瞞你說吧。你以前公司的老闆娘，曾經打電話給王先生。」趙芝不吐不快。

王碩君無奈，但並沒有阻止趙芝講下去。

趙芝說：「她請了徵信社調查了很久，查妳和妳老闆間的事情。」

徵信社，這三個字，她還故意念得發音清晰。

「徵信社拍的照片，王先生老早就收到了。」

陰險！沒有人告訴她，包括王碩君。「王先生爲了這個很心煩，妳知道吧？」

「我們收過很多照片……」

趙芝從某個櫃子裡拿出來一疊照片，放在衛妍眼前，開頭的第一張，是她在某個朋友生日宴會中的照片，她和一個細皮嫩肉的男人，當眾接吻，面對鏡頭擺pose。

那個男人，是他們設計界知名的同志設計師啊。衛妍本來就是一個在Party中非常玩得開的人。那是爲了炒熱氣氛呀……

「他是Gay呀！」

衛妍忽然有種奇怪的感覺。那個房間，沒有別人，只有她和自己同一部門的同事。她記得這照片是李菲菲堂而皇之拿著手機拍下的……怎會出現在這裡？

「那這一堆都是Gay囉？」跟蹤者顯然跟蹤了一段時日。每一張照片，都是她和某個男人有點親熱的照片。有的照片看得出是偷拍的，有的不是。

倪湘那天暗示，李菲菲嫉妒她很久了，看來不是胡說八道。

「那這一張是怎麼回事？這又是和一個Gay？」

天哪，原來幾個月前她就被跟拍了？

沒想到也有人拍了她。照片中的男人是她學生時代學英文認識的Robert，一個外國人，他出差來本地搭計程車送衛妍回家，隔著車窗吻別……只是吻別呀。

「外國人本來就是熱情的……」連衛妍也無力解釋自己過去的行爲了。那張照片的確像戀人……

這世界上的人，都用有色眼光歧視她的熱情！

她眼前的女人，用想把她吃掉的恐怖表情看著她。

王碩君臉上半是難堪，半是驚嚇。

怎麼了？

趙芝厲聲說：「妳自己行爲不檢……現在找上門，說妳懷孕了，妳覺得我們該說些什麼！」

「趙芝，可以了。」王碩君嘆了口氣。

這世界是怎麼了，我只有講了一句：我懷孕了，而已呀，怎麼就惹出了這麼一長串事情？衛妍本來是想要看看王碩君是不是會因此而心軟，而懺悔的……

衛妍奪門而出。

她跑到了樓下，朱大丞竟還在那兒，傻傻的等著她。

不管朱大丞怎麼叫喊，她舉足狂奔。

她跑了一陣子才停下，細高跟鞋承受不了跑的重力，右腳的跟卡在紅磚道的夾縫裡折斷了。最近一直折斷鞋跟，是壞兆頭……其實是這些日子她忘了控制體重，也豐腴不少。

她抱著頭蹲著。

「怎麼了？找工作，人家不用妳，妳也不需要這麼抓狂啊？」

他拍拍她的肩：「沒關係的，我請妳喝珍珠奶茶，妳不是最喜歡珍珠奶茶嗎？」

衛妍用衣袖擦乾自己默默掉下來的眼淚。

與其說是難過，不如說是被嚇到了。她自覺像一隻小白兔，亂蹦亂跳一派天真，從來沒有想到在看不到的地方，有那麼多陷阱，那麼多看不見的獵人想要用亂棒置她於死地……

怎麼會這樣？

她好累。一回住處，倒頭就睡。晚餐時刻，有人到住處找她。

穿著睡衣蓬頭垢面的她，開門一看，又是趙芝。

她並沒有打算請她進來坐。但趙芝說：「這房子是用我的名字幫妳租的，衛小姐，妳應該知道我有權利進來！」

「有何貴幹？」

「妳懷孕了這一件事，王先生很困擾，今天下午他把所有的約都推了，看得出他在發愁。」

「跟妳何干?」

「我替他做事。這樣吧,我就開門見山的說了,」趙芝仍然一派幹練,絲毫不畏懼衛妍夠難看的臉色:「我想,妳也不知道小孩是誰的吧?這樣吧,如果生下來,驗個DNA,若是王先生的,那麼,他會撫養!如果不是,那就大家一拍兩散別再連絡了……」

衛妍臉色發青,一句話也說不出來:這個女人,怎麼這麼欺負人呢?

「是他……叫……妳……來這裡……這樣說的嗎?」她的嘴脣發著抖。

趙芝沒有回答她的問題:「我講完了。」

就在這個時候,洗手間砰一聲打開,裡面走出來一個身材健壯,一臉無辜的男人。「啊,妳有客人在呀?對不起,我剛肚子不舒服……」

趙芝把朱大丞從頭到腳掃描了一下,冷笑道:「妳找男人倒是很快,每一張臉都不一樣,這個又是新面孔……驗驗看,孩子是誰的?妳自己也沒搞清楚吧……」

衛妍氣得拿了桌上的面紙盒,往趙芝身上丟過去:「擦乾淨妳的嘴!」

「若要人不知,除非己莫爲!」趙芝留下了這句話,風一樣的走了。

「我要搬家……」衛妍對朱大丞說。

剛剛,她陷入昏睡中,不知家裡還有人。

「妳又餓了吧……我這就去買東西給妳吃……剛剛那個女的是誰?怎麼感覺像仇家似的?」

衛妍氣到失去了飢餓感。

爲什麼她這麼倒楣？她不認爲王碩君會把話說得這麼絕……他怎麼會來放狗咬人！那個女人，李又又，一定是她企畫的陰謀！……衛妍想，我一定要復仇才行……

20

李又又：工作，妳努力，應該就會有收穫。愛情，妳很可能越努力，傷害越多……

大家都說景氣不好，大街上待售的房子多了起來。

衛妍從不關心經濟趨勢，只是發現，她找工作好像變困難了。

這陣子她也真的有努力在找工作，一努力起來才知道困難重重。

她把所有的倒楣都算在李又又身上，找不到李又又，她想到了一個出氣的方法……

「我刺，我刺，我刺！」

她把手上的米老鼠當成李又又。她記得，李又又十歲生日的時候，自己的爸爸送給李又又一隻米老鼠，那個年代進口玩偶稀有又昂貴，李又又一直當成至寶，放在床上抱著睡覺。

爸爸沒有買給她，衛妍想到就氣。她看李又又有，跟爸爸開口，爸爸說：「哪一天妳的成績和又又一樣，我就買給妳！」

天方夜譚！聽到這話，衛妍已經斷念。

她要報復，要洩恨！

她拿著一把水果刀，奮力把眼前的米老鼠插得千瘡百孔……

「去死，妖婦，橫禍上身，不得好死！」

念念有詞，不遺餘力的摧殘米老鼠。這就是痛快報復！

上周衛妍生日，朱大丞問她要什麼禮物。衛妍說，買隻米老鼠給我吧。朱大丞還挑了一隻做工最精美的特別款……沒想到，這天他來看衛妍，竟然發現這隻米老鼠已經變成一堆廢布，丟在沙發下。

「怎麼了？」朱大丞好震驚，說話都結巴了：「它……它哪裡得罪妳？」

衛妍還冷冷踩了它一腳：「你不要管，它就是可惡！」

「妳瘋了？」朱大丞生氣了：「你這個女人，是不是腦袋有洞？這一隻玩偶到底妨害到妳什麼？妳該去看精神科！」

此時，他眼中的衛妍，已經從馬路上昏倒的男裝麗人，變成一個眼裡都是血絲的微胖瘋婦！

「這是我辛辛苦苦應妳的要求買給妳的禮物……」

「它是我的，我高興怎麼對待它都可以，不是嗎？」衛妍說。

朱大丞自問：我對她這麼好，她卻變得越壞，到底怎麼回事？

這些日子以來，朱大丞每天都會來看她。因爲他怕衛妍眞的沒飯吃。他實在放心不下……

衛妍的身邊，沒有其他朋友和親人了。朱大丞不忍心走。

她有時很潑辣，有時很會撒嬌，他喜歡看她吃飽飯的時候那種非常滿足的笑。他無法抵擋那種天眞的笑容，很想一看再看。

可是，當他發現自己為她辛苦挑的米老鼠被她滿不講理的摧殘成那個樣子，納悶不解的朱大丞也生氣了。

「妳……怎麼可以這樣對待我送妳的生日禮物？」

被刺破的彷彿是朱大丞的心。

「我要她死掉，壞掉！」衛妍詛咒的當然不是米老鼠。

「妳瘋了，我不想理妳了！」朱大丞瞪著她說。

「沒關係，全世界反正都不理我，也不缺你一個！我高興怎樣就怎樣，你管不著……」

「妳這個人一點自我反省能力也沒有！妳再這樣下去，不只會失業、失戀、失去親人，也會失去朋友，妳根本是自找的……」朱大丞怒吼了。

朱大丞不是一個容易發脾氣的人。他曾經當選健身房服務最佳的教練，情商一向令人稱道。

他說完這句話，就頭也不回的拉開了門，本來想重重關上，用巨響表達他的憤怒，但最後那零點零一秒，他還是用小指頭把那即將撞上門框的門緩緩擋住，只發出了小小的沉悶聲音。

他還是走了。

衛妍嚇到了，的確，她的世界只剩下自己。

她冷靜下來了。看著那隻受傷慘重，棉絮已經飄出身體的米老鼠，她看見的不是李又又，看見的是可憐的自己。

衛妍只看見自己的委屈。她並不知道，在另一個城市裡的李又又，的確像隻受傷的玩偶。

李又又看見像旋風一樣來訪的董太。

一早，在大部分人還未進入辦公室時，一位豐腴的婦人，穿著細高跟鞋，像一隻踮著腳尖疾行的熊，衝進辦公室來，把手裡那個沉重的鱷魚皮柏金包，往李又又臉上揮過來：

「看妳做的好事！現在我要怎麼辦？爲什麼我要賠這麼多錢？」

包包在李又又眼前半公分停住，在李又又差點被擊中前，這包像迴力鏢一樣回到董太手上：

「我去歐洲旅遊兩個禮拜，一回來就發現豬羊變色，妳要我買的那個債券，公司倒了？倒了我們投資人怎麼辦？如果拿不回來，妳賠我嗎？」

「妳先別急啊董太……」李又又盡量不要被她的情緒牽著走：「最近的市場的確很糟，但也不是全無轉機……」

李又又只能這麼安慰。

打開董太的帳戶，一目了然，董太在一個月前買的債券並非她最大的損失，最大的損失在於董太幾個月前堅持買的累計期權產品。這個產品本來叫做「Accumulator」，幾天前已經被驚恐的業界稱爲「I kill you later」，慢慢殺死你……

只要和這個累計期權掛勾的，不管是澳幣還是美股，在股災中都成爲最大的受害者，參與者就算把全部財產都扣光了，也無法止損。那種感覺就好像即使把全身的血都流光了，仍沒還完血債……

連李又又也沒想到，本來市場是來來回回、起起伏伏的，而近來市場的一路長黑，幾乎沒有剎車過。董太買的澳元累計期權掉入無底懸崖，至今仍被迫一路花錢買進加倍又加倍的分額，連斷尾求生都沒有辦法，董太太看到要她補款的通知，衝到銀行來。

「沒有辦法停止嗎？我不要再買了！妳快叫它停！」董太尖叫。整個辦公室都聽見了，但是沒有人抬起頭來，人人自顧不暇。

「對不起，這個沒辦法叫停……」李又又吞了口水說。她也欲哭無淚。

螢幕上，她看見董太的虧損一分一秒在擴大，幾個禮拜前還非常受歡迎的金融產品，像一大群旅鼠，從高高的崖上往下跳，喚都喚不住。

「不只是我的問題！」董太繼續尖叫：「跟著我的那一大票朋友，也一起被妳拖下水，我該怎麼辦，妳說呀？」

這時候李又又當然不能說：「董太呀，這風險我跟您報告過的，可是妳沒有聽……」她不想要火上加油。

顧客不會承認錯誤，都是她的錯，這是私人銀行理專的原罪，他們賠大錢了，只會怪理專嗜佣金如命，沒有善盡告知責任，把羊送入了虎口！連銀行也會怪他們：對，就是你們沒有詳細告知客戶，是你們的錯，和我們公司無關！

「算我倒楣認識妳！妳快想辦法把這個賠錢的東西，那個吸血鬼賣掉！不然我要告妳！」又是尖叫……

李又又無助的看著電腦螢幕，手指無助的按點著鍵盤，她知道，董太的要求是不可能達成的，除非天降神蹟！

「董太……抱歉，目前狀況……的確是……賣……賣不掉……」

李又又用死刑犯看著法官的表情看著董太。

「妳說什麼？」董太這次真的把皮包甩到她臉上，李又又的鼻子火辣一陣痛，她的聲音之尖銳幾乎要畫破玻璃。

「我找你們總經理！」

董太推開她辦公室的門怒氣沖沖跑出去，本來在外頭隔岸觀火的同事，一見老虎出柙，生怕自己也惹上了是非，很一致的專注看著眼前的電腦螢幕。

「我找總經理……他辦公室在哪裡……」

董太太對著坐在李又又門口附近的新進女職員麗莎喊。

「妳是指CEO……嗎？」麗莎的聲音也顫抖了。

「我管他叫什麼ABCD的！就是你們裡面最大的是誰？老娘要找他！」

董太太怒目圓睜，擺出一副武松要打虎的姿勢。

「他……他……他去……去馬爾地夫……度假……還……還沒有來上班……」麗莎也想要趕快擺脫這個悍婦，橫著心往最裡面的辦公室一指：「他……他的特助……在……在那邊……有……有話可以跟她說……」

ＣＥＯ特助是位見多識廣的中年女士，已經迎了過來：「不好意思，我們總裁上周休年假，一個月才會回來……」

「什麼，還要等他一個月？那我們不就屍骨無存了？」

這特助本周已經遇到無數的客人，指名找總裁。她也在擔心總裁這一度假，永遠不會再進辦公室來，近日總裁連她的電話也沒接，事有蹊蹺。

這種狀況，不是常態。

董太不相信李又又的老闆不在，她堅持推開那辦公室的門，發現裡面沒人，又急驚風似的再度衝進李又又辦公室，大拍桌子說：「現在，我們該怎麼辦？」

「董太……我真的……很想要解決妳的問題，可是……這個商品的設計的確……有瑕疵，它……它沒有停損點……」

李又又還是得說真話。

她可以體會，算來這一周，董太的損失已達數千萬港元，誰不著急？

「我們只能等市場反轉，有可能……回本……」

她也不確定，但總得往光明面講。

「什麼時候會反轉？」怒氣揮發得差不多的董太，瞬間變成無語問蒼天的表情。

李又又很想回答：我們只能祈禱，請諸神保祐……

大風暴已經成型，大家都成了龍捲風裡無助飛揚的塵土。

電話聲此起彼落，像火災警鈴響起。

方才又有一家知名銀行「疑似」宣布倒閉的消息傳出，網路傳遞著各種黑色訊息。

「董太！妳知道妳是我最重要的客人，我會把妳的事當自己的事處理……」李又又能說出的最體貼的話不過如此。

「呵，我丟錢，妳怎麼會痛……」董太太喃喃自語……

李又又從來沒有像此刻這麼沒信心過。她連說話都微微發抖。

「我也希望這場風暴趕快過去……全球若進入熊市，平均只九個月……」她再也想不出更好的安慰話。

「九個月？」董太太忽然傻住了似的：「太長了，九個月……以這個速度，我早已屍骨無存……我把我的錢都放在這裡……我辛辛苦苦委屈了這幾十年，才從我家那個守財奴手上攢下這些錢，這是我全部的青春，妳懂嗎？」

李又又看著她失魂落魄的樣子，也不忍心。

是，誰不是？我們都是拿青春換鈔票的……我怎麼會不懂？凡是成人，誰沒簽過隱形的賣身契？李又又會意，連一個苦笑也擠不出。可能又有什麼消息發布了吧？數人盯著電腦，眼神空洞……李又又和董太一起看著辦公室外越來越忙亂的人群……有人索性拿紙箱收拾起東西要走了……這代表他把自己Fire了嗎？

「董太，我會盡力……」雖然臉上還有痛覺，她伸手握住董太的手。董太太忽然抱住她的肩，抽抽噎噎的大哭起來。

好不容易哄董太回去……

災難並未平息。過了幾天，又有一個客人來辱罵李又又，說她比雞還不如，就算她下跪，他也不會原諒她。

李又又像戰場上的傷兵，在前線支撐著……一直等到那一天，每個同事都收到一封措詞簡短的信，說公司已經倒閉，很遺憾……

辦公室一剎那間寂靜無聲……有人低泣，有人失神，有人鬆了口氣，站起身來，收拾東西。

「終於可以回家了……」資歷最淺的麗莎抱著紙箱，走進辦公室，和李又又告別：「我本來什麼都不懂，這些日子，謝謝妳教我，不知道我的運氣是很好還是不好，一入行就碰到這種事，我還是回老家幫我爸的印刷工廠好了。」

她的表情變得很輕鬆。她的青春承受不起這麼多咆哮、這麼多興師問罪，還好，她只是實習生，還沒有客戶，沒有她必須要直接負責道歉的人。

她只是捨不得此處薪水如此優厚。

李又又也看見美豔的亞曼達疲倦的收拾著所有的細軟。這些日子，亞曼達的遭遇沒比她好，被客人罵翻了，她卻也選擇支撐到最後一刻，亞曼達面無表情，像一個坦然接受裁員的乖巧女職員，很有條理的收拾東西。

不久，亞曼達敲了敲李又又的門，走進這間去年還屬於她的辦公室。李又又還在發呆。

亞曼達點燃一根涼菸，用一種優雅的姿勢看著李又又辦公室窗外的海景……「我來看最後一眼……呵呵呵……」她竟然笑了：「告訴妳一個祕密，我在妳現在坐的這張椅子上做過愛，呵呵……眞懷念啊……」

李又又傻了。不知道亞曼達此時對她說這個做什麼，也許亞曼達認爲，從今之後，大家就是陌路人，說什麼事都沒關係。

亞曼達：「這樣也好……正是好時機，我要和過去所有的事情，和我在這裡浪費的青春，一起告別……」

她好像是在和大海說話。念詩般的喃喃自語。李又又沒有反應，她也無所謂。

「最寶貴的財產，是我的回憶……」

亞曼達說。

「再見了，後會有期。」她給了李又又一個有史以來最友善的微笑。李又又還在想，自己該說些什麼時，她們兩個人一起被一個驚恐的叫聲怔住了……

尖叫聲來自史蒂芬張的辦公室……史蒂芬已經不在他的辦公室，他像一隻鳥一樣飛離了那裡……這是五十三樓，當她們一起趕過去時，已經有幾位同事呆呆站在那兒了，史蒂芬從窗外那個他獨有的漂亮觀海陽臺離開……李又又不敢往外探……

每個人的表情都被冰凍，互望時也只看見彼此的徬徨。

亞曼達比別人更快回過神來，閉了一下眼睛，迅速收整了自己殘餘的魂魄，深吸了一口氣。

她輕拍著李又又的肩說：「我們走吧，但是，千萬不要用這種方法走，好嗎？眞遺憾，我當時是……眞的深深愛過他……」

李又又點點頭，在大樓下刺耳的警車鳴報聲響起的同時，打包自己的所有物。她只想要馬上離開這裡……把思考全關掉，比較安全。她對自己說。

離開前最後一眼的凝視，窗外的海仍然在陽光下天眞而和平的藍著，這其實是一個萬里無雲的好天氣……

21

李又又：任何曾經發生的過去，都是有意義的。不管我多麼想逃，那些沒有度過的難關，都會重回我面前，逃無可逃。

很久很久沒有回到這裡來了。

搬回舊宅的感覺很奇妙，好像要把自己塞回小時候的衣服一樣。

小時候不覺得這種老式建築的洋房小，好久不見，感覺這房子眞的很小。

李又又在拿鑰匙開門前，猶豫了一下。

沒有想到，自己竟然會回到這個地方。

她曾經想過，再也不要回來，因爲與這裡相關的回憶，並不是那麼美好。

之前有更大的挫折。回來，會想到媽媽。她在來這裡之前，失去了爸爸，來這裡以後，失去了媽媽。她和母親的關係變得越來越緊張，然後，過了幾年，李又又永遠來不及彌補的，終於失去了她。

媽媽爲了生和衛叔叔的孩子，難產走了。李又又在這世界上，還眞的沒有血緣之親了。

雖然，衛叔叔努力對她好，好得像一個父親一樣，卻永遠不是她眞正的父親。她永遠不能像一個眞正的女兒一樣跟他撒嬌。衛妍敢那麼衝撞衛叔叔，不就因爲她是他眞的女兒嗎？她從媽媽走的時候，就發誓，只要有能力就要離開這個家，她永遠也不想回來。

衛妍好像是老天爺安排來跟她過不去的。連她喜歡很久的人，都可以毫無心肝的輕輕鬆鬆的奪走。

就在衛叔叔做完心臟導管手術出院後，李又又也畢業了，她收拾了自己所有的東西，搬出這個老屋。

搬出去之後，她的日子平靜多了。

「妳是……」隔壁的一位太太，看著她帶著兩個大皮箱，打量了她一下，問：「妳是什麼人？」

「我是這家的……女兒……」李又又說。

「衛……小姐？」

「嗯。」

跟一個陌生人，何必說得那麼清楚呢？

那個婦人，她並不認識。顯然搬來沒幾年。

「這一家人，好幾年都沒回來了。人家說衛先生好像出國去了……妳從國外回來？衛先生去哪國？」

「嗯。」

李又又苦笑了一下，這是遇到三姑六婆了，不關她的事，她也要知道……好會猜，呵，那就當自己是放洋留學吧。她又點了一下頭，說：「嗯……」

「聽說妳爸爸沒告訴妳們，人就走了，後來有找到沒？」

她實在很難再點頭稱是了。顯然，衛叔叔不告而別這一件事，還是爲鄉里姑婆所津津樂道。大概已經五年了吧，口耳相傳，繪聲繪影的傳說，恐怕只有更誇張而已。

「對不起，我不知道發生什麼事，我是她女兒的朋友。」李又又乾脆撇清：「我剛回國，他女兒借我房子住。」

「我們附近的人，把這裡當成鬼屋喔。」那個用鯊魚夾把頭髮撈起來，穿著起了毛球的玫瑰色運動衣褲的大嬸，仍然不放棄對她說話的權利：「聽說這一家女主人也是……生孩子時莫名其妙就死了，有時候晚上屋裡頭會傳來嬰兒哭的聲音喔……」

那個鄰家大嬸，越說越高興，李又又很後悔她一開始本想敦親睦鄰的善意。

夠了！這是有完沒完……她在心裡喊著，妳有沒有想過，妳講的那個鬼，正是我媽？

「妳自己一個人住要當心一點……妳不怕？」

「謝謝關心！」李又又對她冷冷一笑，好想對她說：「謝謝妳告訴我，再見，請妳自己保重，有時鬼也喜歡串門子！」

沒有幾年時間，旁邊已經有了新的獨棟洋房出現，這裡本來是個破落的區塊，但因爲附近五百公尺處有了捷運，使得這邊的土地變貴了，許多舊房子被人買下來，翻新了。

就只有衛叔叔這一間，還留著原貌。門面是多年前流行過的洗石子，有些部分已經剝落斑駁，門口的燈早就不亮了，芒草占據了二樓的陽臺。走進屋子裡，潮溼的霉味撲鼻而入。

李又又早料到這種情況，所以前一天晚上，她就搭機回來了，還選擇飯店住了一晚，大白天才敢來探險。

屋子現在被夾在兩棟比它高的加蓋三層樓房子裡，室內陰暗，還好屋外天光是亮著的。果然，廚房有窸窸窣窣的聲音。

她拿手機當手電筒。喝，以前的廚房櫃子裡，竟然住著一窩小老鼠。老鼠看到她，驚惶四散。還有一隻野貓，在不遠處的牆上專心一致的凝望著她，看她想做什麼。

她動手整理起東西來，心裡苦笑：「眞沒有想到，會再度淪爲無家可歸的人！現在回來墾荒，也沒辦法……」。

她服務的那家銀行有歷史也有規模，任誰都沒有想到，這麼知名的投資銀行，竟然就這樣宣布倒閉，顧客和員工，一起隨鐵達尼號沉淪。

從史蒂芬張走絕路的下一刻開始，她明白，她要趕快從各種複雜情緒走出來，不然她的下場也一樣。

不管曾經擁有多少、失去多少，活著最重要。

幸運的是她不如史蒂芬張富裕。史蒂芬張把自己的收入也投向他推薦客戶的標的，傳說他還借了不少美元，槓桿極高……一出事，他首當其衝……聽說史蒂芬張那幾天接了無數通責難電話，他的祕書做筆錄時說他情商眞高，仍然溫和有禮的應答，並且答應扛下責任，然而，駱駝還是給無數的稻草壓垮了……

原來，大老闆法蘭克在危機前休年假，就是大略知曉內幕，主帥先遁逃……

誰想到自出生以來從沒有崩裂過的金融世界，會有這樣的局面出現？那一天，爲了避開隨時可能衝進來的客人，她從地下室離開，離開時還看見史蒂芬張的車，一輛寶藍色的法拉利，還停在史蒂芬張的專屬停車格。

那輛車，一樣的光亮、帥氣，又無辜。卻已經沒有主子。

當晚，她買了機票，收拾了行李，直奔機場。她要回家，唯一能想到的這個家。一個她很久不願意回想的家，竟然就在那兵荒馬亂的狀況中，出現在她的腦海，至少，她還有地方可以回去。

這個家，原來後頭有一片竹林，是她的避風港。

現在，竹林已經不見了，變成了一個大社區，一排新的洋房，把冷氣壓縮機全部對準她家後門排放。反正，這一家子沒有人，沒得抗議。有趣的是，可能傳聞這一家是鬼屋，對著他們家門的牆砌得老高，深怕鬼會跳過去似的。

這樣也好，李又又想，不會有人來偷窺她在做什麼。壞處是，廚房的陽光全被擋掉了。

蟲鳴還是有的，側耳傾聽了一下。很細微，來自小小的前院，原來母親晾衣服的地方，那裡已經長出了好幾棵小樹。樹下是遍地雜草，正好是蟲子的樂園。嘰嘰喳喳，像在互相應和著，入夜後彷彿在舉行一場交響樂大演奏。很像白居易寫的：

暗蟲唧唧夜綿綿，
況是秋陰欲雨天。
猶恐愁人暫得睡，
聲聲移近臥床前。

想起小時候讀過的唐詩，李又又閉上眼睛，嘴角自然而然的泛上一抹近日難得的微笑。

這個把月來，天天在打仗，坐在辦公室裡砲火隆隆，能活著已經不錯，誰笑得出來？

這個家，有很多東西要整理呢。

她換了燈泡，買了清潔劑，找到了掃把和拖把，動手清理汙垢，這一些難不倒李又又，她從來不是公主，從小是媽媽的好幫手，那一窩小老鼠有點怕人，她只能將牠們放到院子裡，希望牠們能夠自主遷移。

無論如何，這裡清靜多了。

又買了床單、被子、枕頭，舊的她不敢用了。

「妳真的要回來住啊？一個人，妳不怕？」連白天也穿玫瑰色睡衣的鄰居太太對她一直保持好奇，老在門口張望，看她要做什麼。

「我沒殺過人，怕什麼？」她一笑。

那女人聽不懂她的冷幽默。「不一定要妳殺人，才會有鬼找妳啊。」

「妳聽過誰被鬼殺掉的嗎？」

「沒……沒有！」那女人吐了吐舌頭，一臉尷尬的笑。「是啊是啊，都是人殺的，也沒錯……妳眞是有膽量啊……妳要住到什麼時候？」

李又又發現，如果再跟她交談下去，那眞沒完沒了，恐怕等一下她會來串門子探隱私了，當做沒聽見，又進去了。

鬼？就是有傳說中的鬼也好，如果有鬼，也是自己的娘，那麼，就眞的很想見她一見。

她眞的好想念媽媽。

媽媽就那麼匆促的走了，在她還來不及珍惜、來不及和她大和解的時候離開了。那時，在她看來，母親總特意拉攏衛妍，只想表現得像一個受人稱讚的後母，並不在意當她最親愛的母親。所以，兩人無由親近。

如果能夠再抱一下媽媽，享受她懷抱的溫暖就好了。她還記得兩人最後一次擁抱，就是她的父親過世消息傳來的那天。媽媽幾乎昏暈了過去，跌坐在地上，她抱住母親，那時她才七歲吧，小小的個子，跟媽媽說：「別怕，有我在，有我在。」

媽媽抱住她，深深的。

其實，她的母親蘇老師，也並不是一個很會表達感情的人，這一點，李又又和她像。

暗蟲唧唧夜綿綿……是衛叔叔教的詩吧？她也有點想念衛叔叔。

她曾隨衛叔叔背了幾十首唐詩，隨衛叔叔練過書法，這些衛妍一點也不依，天生來討父親罵……

衛叔叔離開這個家很久了，現在在哪裡呢？

她搬出這個家後的某一天，衛妍曾要人來通知她。

衛叔叔已經兩三天沒回家了。

衛妍比李又又早出社會，高職念完後勉強念了一個專科夜校，也沒畢業……當時一年換二十個工作……主業是遊玩，混到很晚被發現了，通常會被自己父親嘮叨幾句，所以那幾個晚上，她還慶幸爸爸睡了，沒來叨念。

薪水全花完了，想要動爸爸的腦筋借點錢，她才會刻意早點回來和爸爸吃飯……左等右等，等不到父親。她發現父親的房間收得整整齊齊，桌上有一封手寫的字條，說：責任未了，出國處理，不用找我。安頓後自會連絡。

衛叔叔出國了，大家以爲他沒多久就會回來。

後來才發現，他把退休金全部領走。然後就失蹤了。

過了幾個月他都沒回來。

拿了錢失蹤，看起來像謀殺案……

雖然的確有出境紀錄，還是有警察來家裡採指紋、做各種偵測，或許曾有人懷疑，衛叔叔是被殺了埋在院子裡之類的……

可疑者，當然是李又又和衛妍……

一個平時眞的不愛出國旅遊的退休男子，說他出國處理事情，然後不再回國，多麼可疑。

永遠安分守己的父親怎麼會失蹤？失蹤前，又把房子登記爲李又又和衛妍共有。

這讓兩個人像是爲財共同謀害父親的謀殺犯。

處理這些事也夠心煩。衛妍當時知道她得罪李又又太深，到了老死不相往來的地步，可是這時候只能找李又又問：衛叔叔到底有沒有告訴李又又，他去了哪裡？

那一年，衛叔叔六十歲，雖然心臟不好，但行動倒沒有問題。

還好是他自己提走了自己帳戶裡的每一塊錢。鄰居中有目擊者說，他帶著一個皮箱出門，神色自如。

衛叔叔還活著嗎？爲什麼像風一樣的消失了？也許在國外遇到了什麼事……？

處理什麼任務？難不成衛叔叔是小說裡常寫的那種：看來平常，連他的妻小都不知道他是間諜，專門幫情報單位搜集情報的那種人？

李又又和衛妍，都沒有追根究柢。她們自己的困擾已經夠多。

「我爸眞是愛讓人操心，他說他以前年輕的時候，曾經在情報單位做過……」衛妍說。

難道都已經到了這個時代，還有衛叔叔要出的任務？還是衛叔叔像○○七一樣，他眞的是情報人員，有好幾個身分，說不定也有好幾個家，其實，誰也不曾眞正知道他是誰？

李又又一邊擦著地板，一邊胡思亂想。的確，在香港時她看過這樣的新聞，有英國的諜報員，和一個普通女人結婚，結了二十年，忽然消失了，原來他本有另一個家庭，組成家庭只爲掩飾身分。退休後，他就讓自己消失，回到眞正的家去養老了。

「他之前有沒有什麼異狀？」警員問。

「沒有。」李又又和衛妍都搖頭。事實上，她們兩人都搖得好心虛，因爲兩人已經很久很久沒有和「爸爸」聊天。衛叔叔也是寡言的人。他那時已經退休，常常關在自己的小小房中寫書法，頂多和幾個年輕時眷村認識的老朋友吃吃飯。

「我沒事可做，也該來練練書法。」李又又對自己說。小時候，她還拿過書法比賽佳作呢。

她原本擔心自己會睡不著，沒想到，她睡得很好，好到足以發現，原來她在香港這一個月，根本沒有眞的入夢過，除了焦慮，還是焦慮，像睡在戰場壕溝中的士兵一樣，若是入睡，也是噩夢連連。

第二天她開始清除前院雜草，是有些捨不得把那些野樹砍掉。於是她留著那些樹，那樹俗稱應該叫做苦楝子吧，聽起來，就是活得辛苦。同病相憐，那麼就相伴好了。

市況不佳，她也不急著找事，正好休息。清理環境後，她又買了毛筆宣紙，準備要練書法。又買了一本金剛經的字帖來抄，企圖讓心靜下來。

清了雜草，才發現破門後的破信箱……裡頭滿滿塞了東西。

或許衛叔叔有寫信來？他是老派人……信箱裡頭，都是廣告單，有的已經被雨水淋得糊爛，李又又一把把拿出來。沒有信……

隔壁那個太太看見她在收信箱，又發話了：「喂，妳在找信啊……」李又又想，不妙，又來聊天了。

這天大嬸穿著一套花不溜丟的粉紅衣，背後有個釘了亮片的凱蒂貓，那個 Hello Kitty 少了一個 O，變成了 Hell Kitty ——地獄凱蒂，李又又忍住不笑。

「我忽然想到了，我婆婆曾經把衛先生寄給他女兒的信都收了起來，怕風吹雨打把信弄壞了。」

李又又這下子可不能不理地獄凱蒂了。

「那……信呢？」

「我找找……我婆婆三個月前去世了。她中風之後，我爲了照顧她，才搬過來住……這裡環境還不錯，比我們在大馬路旁的家安靜很多，所以就決定住下來……」大嬸一打開話匣子就沒法停下來，東扯西牽，全都是自己私事，絕非重點。不過……信，在人家手裡……只得聽下去。

「本來我想要丟掉了，你們家反正沒人回來……後來覺得是別人家的東西，丟掉了不好意思，我收起來了……啊，收到哪裡，我要想一想……我婆婆活著的時候，什麼都收，連舊報紙也都一份一份收好，眞是很傷腦筋啊……我丟掉的東西，大概有一卡車，希望不要把隔壁家的信也丟了……」

這時，李又又把早上買的一袋蘋果，迅速塞到那位太太手上。那位太太開心得直說謝謝，很有義氣的折返屋裡去找了。

李又又站在屋外等候，她深吸了一口氣，心想：也許，這個世界中有一種冥冥不可知的東西在操弄人，把她逼回原來的房子，說什麼就是不肯讓她和這家人斷了關係，說不定就是要她來完成某個任務？是否媽媽還在某個地方盯著她？

當她再度抬起頭來時，她看見不遠的巷口，有一輛搬家公司的小卡車停著，上面載滿了紙箱雜物，一輛小車朝這窄巷飛奔而來……坐在副駕駛座的那個女人，老天，那可不是衛妍？她，怎麼也搬回來了？

22

衛妍：我以為我是可愛的，不相信竟然有人覺得我是可惡的……直到我自己發現。

「不會吧？」剛下車，衛妍就看到一個熟悉的身影。

小車主人羞赧的和她說再見。他不是朱大丞，朱大丞被衛妍氣走了。而衛妍，在那間豪華公寓的最後一周，被趙芝再三下通牒，要她快搬走。

「需要我爲妳找搬家公司嗎？如果妳逾期不搬，是會被強制驅離的……」對衛妍來說，這世界上如果有任何人比李又又值得痛恨，非趙芝莫屬。

衛妍也不想待在那兒了，繼續待著，不知道還要受多少氣。

「我，雖然沒錢，骨氣還是有的！」衛妍對自己說，她咬緊牙關收拾了她那些龐雜的所有物後，打了個電話給趙芝：「我不住了，我有最後一句話要說，請一定要帶到，他是我看過最孬最爛的男人！」

趙芝冷笑：「那麼，衛小姐，我也有最後一句話要對妳說，妳是我看過最不檢點、最離譜的女人！」

瞬間，衛妍的怒氣沖上腦門：「那妳就是我看過……看過最……」

竟然氣到罵不出來：「哼，我祝他找到一個跟妳一樣陰狠又無趣的女人！也祝你們的公司像鐵達尼號，沉到海底！」

罵完了，掛上電話，結果她發現她連搬家公司的錢都付不出，還是得打回去給趙芝：「妳……要我搬走，我就搬，只要幫我把搬家費付了……」

趙芝巴不得她快消失在眼前，爽快同意。不到一個小時，搬家公司已經到了門口，催著她搬走。

衛妍除了老家之外，也無處可去。找了很久才找到老家的鑰匙。

她不知有多久沒有回老家了……老家在她心裡是個瘤，她並不懷念。父親不告而別後，父親的影子和老家的回憶，全被她丟進垃圾桶去。她一點也不想要想起。

如今，是英雄末路，還好有老家等她回去。

看著一箱行李被工人運走，她問搬家公司：「那我呢？有位子給我坐嗎？」

「沒有，我們不搬人，小姐……」

搬家工人還挺有幽默感：「妳可以自己搭車去。」

她這才想到朱大丞。但朱大丞好一陣子都沒接她的電話。從發現那隻被碎屍萬段的米老鼠之後，朱大丞就沒有再來找她。衛妍本也覺得無所謂。過幾天後，她才有些發慌，這下子真的沒有朋友了，怎麼辦？

他在的時候，她嫌他傻，也嫌他煩。

他不在挺空虛的。不過就是隻玩偶嘛……朱大丞幹嘛小題大作？

不過，衛妍還是衛妍，很能找生路。她知道自己的錢已經必須省著點花，她奮勇在大街上攔下了一部路旁正要開走的車。這車很新，好人選……

「喂，你沒事對吧帥哥？」

看到一個面目姣好的女子攔車，那開車的煞車了……

是個一臉乖巧的上班族，看來就是菜鳥。

「拜託，可以載我一程嗎？」

「妳……妳……妳去……哪裡……？」那人口吃起來。

他可是第一次被一個女人攔車要他載。這個女人一頭披肩長髮，穿著一件紅色的棉質長洋裝，皮膚白皙的女人穿紅色眞好看……她落落大方的問他，讓他好緊張……

「我在搬家……」衛妍指著前頭還未發動的，滿滿載著她家當的搬家小卡車說：「他們沒法子載我……你瞧，我總不能坐在箱子上頭……我身上剛好沒帶錢，你可以送我一程嗎？」

她嫣然一笑。

那人看了看時間，答應了。

衛妍坐上副駕駛座。報了住址。搭了免費的車，正洋洋自得，覺得自己還是有魅力的……卻看到了一個被她咒罵過無數次的人……

李又又……她爲什麼出現在這裡呢？

衛妍看見李又又站在鄰居家門口，從一位微胖的大嬸手中，拿回了什麼東西……

李又又也看見逐漸走近的衛妍了。衛妍火紅的身影飄了過來，李又又的表情比在大白天裡看到鬼更難看……

接著，她看見一輛搬家卡車努力把許多紙箱卸下來，她大概就明白接下來要發生什麼事……衛妍也要搬回來？

李又又簡直不敢相信，自己已經夠時運不濟了，最後一條路就是回到無人住的老家，讓心情好好清空一下，現在竟然還要跟這個人同住一個屋簷下？

穿著一身紅衣的衛妍，眼神帶著殺氣的逼近李又又……

「妳來這裡做什麼？」

衛妍這麼問時，心裡已明白大半⋯呵，李又又，妳會回來窩著，該不會也失業了？可喜可賀，妳也有走投無路的一天，只不過我爲什麼要這麼倒楣，讓妳來搶我的老家住？

「我回來休息。」李又又白了衛妍一眼。

「我碰巧也是。」衛妍也瞪了她一眼，說。「這是我家，妳請離開。」

「這也是我家，我有一半所有權！」李又又說。

可不是？衛叔叔離開家時已經把房子所有權登記在李又又和衛妍的名下，讓她們共有。

衛妍當然很不高興，因爲這是她成長的地方，李又又對父親來說只是一個沒有血緣關係的女兒！結果，竟把房子分了一半給李又又……

李又又看著衛妍語塞的樣子，嘴角不免輕輕往上揚了一下。她覺得好笑。

難道衛妍是因為走投無路才得回到老家？

她明白衛妍的生活習慣。她在自覺倒楣的時候，穿得特別鮮豔。春節，衛妍拿了壓歲錢，總會到附近的周叔叔家去賭錢。每到過年，也只有過年，周叔叔家會有小賭場，玩擲骰子遊戲。小小衛妍曾經要求過李又又，幫她縫一件紅色內褲。當時，紅色的內褲沒有那麼好買。

衛妍去附近的布莊買了碎紅布，自己裁得亂七八糟，縫不起來，要求李又又幫忙。

李又又細心，很小就會縫扣子，家政課每每被老師表揚。

衛妍的狂熱讓李又又覺得好笑。

她拗不過她，答應幫她縫一件紅內褲。不過，她也悄悄的一邊縫，一邊默念著：「輸輸輸，輸到脫褲子。」帶著一種神祕的微笑。

布本來就被衛妍剪壞了，第二天，大年初一，衛妍穿著實在很緊的紅內褲去賭擲骰子，本來贏了好多，但是，她就是一個只懂放，不懂得收的人。

「可以了，走了，走了！」旁觀的李又又拉著她。

「不要啦，我還不夠……」

「都三倍了，夠了……」

「我想要變大富翁，我還贏不夠……我賺到了錢，會給妳一個房間啦……」那年衛妍可能只有十歲。

有時候她說出來的話，還眞甜如蜜汁。

李又又看著衛妍，把手邊的籌碼都推出去，大叫著：「翻倍，翻倍，翻倍！」

那個氣勢，連做莊家的周叔叔都嚇到了：「小妍，妳眞的要玩這麼大，輸了不許哭喔。」

「我才不會，我會贏！」衛妍揮著她必勝的小手。

「那就說定了……」

衛妍輸了。大哭。李又又終於把她拖走：「妳再不回去吃飯，媽媽會罵我的！」

「好啦好啦，」周叔叔眉開眼笑，又來訓話：「看吧，這就是要告訴妳，十賭九輸！過年買到一個教訓挺好的，以後……妳就不會喜歡賭了。」

他拿了十塊錢給李又又：「跟小妍去買糖吃！」

「不要了。」李又又小聲說。

「拿來，我要！」衛妍伸手搶了，放進口袋裡，頭一扭走了，還瞪著李又又說：「喏，妳縫的紅內褲，根本沒有用！」

大概有一整年時間，衛妍看到來家裡找衛叔叔聊天的周叔叔時，都理也不理，好像遇到仇人。周叔叔也總故意逗她：「怎樣，我贏了妳的錢，還記仇啊？」

那時候的衛妍，雖然也常和她吵吵鬧鬧，李又又想，其實還是挺有趣的一個小女孩。雖然，她們小時候兩人之間和平的時光有限。

她想起了往事，竟然忍不住笑了。

「妳笑什麼?」衛妍瞪了她一眼。

李又又轉身要走。衛妍看見李又又從鄰居太太那裡拿的一疊信上有自己的名字……

又又與妍收

「啊,我爸的信!」她看到李又又手上的信,一把搶了過去。「妳沒資格拿,他是我爸,不是妳爸!」

講這話是來氣人的。

李又又聳聳肩:「要看請便!」

「既然妳已經先回來了,那麼,裡面都整理好了,就不用我費心了……」

其實,一路上衛妍還是擔心著,這麼久以來一直沒有人住的家裡,會不會像個陰暗的盤絲洞?看見李又又唯一值得開心的,就是有潔癖的李又又,必然已經把這間小小的破房子打理妥當了。

幾個工人把紙箱全搬進客廳,就要走了……

「喂,就這樣?」

「小姐,妳談的只是把東西搬到這裡的價錢,我們說好,東西是不負責歸位的!」

隔壁的婦人始終站在那兒看熱鬧:「哇,妳們眞的很有默契,都一起搬回來了,這樣也好,再也沒有人會說這間房子是鬼屋了，要不然，我們住在空屋旁邊，這間房子裡沒人，也亂可怕的！」

李又又和衛妍同感無奈。

「妳們兩個長得眞像，都眞漂亮，一個像爸爸，一個像媽媽吧？」婦人又急著打開話匣子。

李又又想，特愛說話的女人，果然都沒腦，所以不會看臉色。

「我們去忙了，謝謝妳！」她虛應了一句。

「東西那麼多，妳們忙得過來嗎？」婦人竟然還沒扯完。

「妳是想要幫忙整理嗎？」衛妍臉上堆滿假笑。

「我……我……我……我要去煮飯啦，我們自己家也很亂，沒空清呢……」

婦人一溜煙縮回自家家門了。

「喂，幫一下忙！妳有沒有良心啊……」

站在堆積如山的搬家紙箱面前的衛妍瞪視著李又又。

李又又撇了一下嘴角：「妳自己來，剛好可以減肥！」她注意到，衛妍那本來纖細的腰肢，已經變寬了。

「我有事要出去！」明明沒事，但此時若不幸災樂禍開溜，更待何時？去看場電影也好！

她想起蠍子渡河的伊索寓言故事。沒錯，衛妍就是那蠍子。蠍子想過河，問青蛙，你可以背我過去嗎？

青蛙說，我怕你，你會螫我，那麼我就死定了。

蠍子說，我不會，我如何螫你，那麼我們不是一起沉下去嗎？

青蛙答應背著蠍子過河。

渡河過程中，青蛙還是感覺背上一陣麻。「你怎麼還是螫了我呢？你不是說不會螫我嗎？這樣我們會一起死掉！」

蠍子說：「我也很無奈，可是我情不自禁，因爲我是一隻蠍子呀……」

這個故事，李又又曾經念給衛妍聽過。

衛妍說，怎麼會有那麼笨的青蛙，還會答應蠍子呢？

此時此刻，李又又要去哪兒她也不知道，但她就是連一點小事也不想要幫一隻蠍子！

23

衛妍：為什麼傷害妳最多的總是看似最會愛妳的人？

看著從李又又手上搶過來的那一疊已經有了「年紀」但未被拆封的信，衛妍心裡五味雜陳……衛妍認得，那是父親的字，父親學書法，自稱是學宋徽宗的瘦金體。

衛妍連字都寫得凌亂，從來不肯一筆一畫好好寫，父親曾經逼她臨摹過帖子，但沒太久，就嘆了口長氣放棄了。

「這些信，眞的是爸爸寫的……也就是說，他還好好的……」

爸爸忽然離家這件事，完全出乎衛妍的預料，難道是對她失望到不想見她？為什麼爸爸就這樣走了……爸爸留下了房子，分給她和李又又，但是，房子又不能吃，除非她賣了人。

這幾年來衛妍也曾想把房賣了變現，奈何另一半的擁有者是李又又，那時李又又甚至不肯留手機給她。衛妍後來才跟李又又的同學要來她香港手機。故意編了謊言，說是房子要被徵收了，逼李又又出面處理。

她發過幾封簡訊給李又又，李又又沒有理會。

爸爸棄她不顧，衛妍有點生氣。但是她心裡也有相當程度的罪惡感，畢竟，身為親生女兒，這幾年來她活得精采，一點都沒有想要關心爸爸，這也是事實……

有爸爸的消息了。她檢視著那些郵戳……可是，最近的一封，也是半年前的事了……

衛妍打開第一封，裡頭沒寫什麼，外頭甚至也沒附上住址。裡面是爸爸的毛筆字，很簡短，大概是報平安之類的話。最末一句還是念了一下衛妍，要她明白青春苦短，蹉跎歲月將會後悔莫及……要開父親的信是有壓力的，她怕一打開，那封信就會像哈利波特裡的魔法信一樣，對她咆哮。

她已經夠沮喪了，爸爸的叮嚀是雪上加霜，心想：等有空再看吧……最近她已經夠煩……她可以猜想到，爸爸一定不忘在每封信裡數落她一番。她看著眼前這一大堆等待著她整理的紙箱發呆，她忽然想起朱大丞的好處，這個傻大個兒在就好了。

先把今天要用到的東西找出來再說……她隨手把信塞進了身邊的櫃子裡。

本來被李又又整理好的客廳，現在看起來像個雜物間。「算了，就讓它們這樣吧，」她對自己說：「免得不久後搬走，又要整理一次，多麻煩！」

找到工作，就可以找到辦法離開，她一點也不想跟李又又常相左右。

從童年期之後，她和父親，兩人就一直是相處在同一個屋簷下的陌生人。自從李又又來了之後，她就不再是父親的掌上明珠了。

可是從父親娶蘇紫雲老師、也就是李又又的媽媽之後，慢慢變了。呵，李又又樣樣比她強，在父親眼中，李又又似乎才是他要的女兒，安靜，乖巧，成績優秀，懂事可愛，性情溫和，從不頂嘴，不做父親看不起的事……

她變成父親眼中的劣等生。

冰凍三尺，當然不是一日之寒。

然後，在她十六歲發生那件事之後，父親更和她反目成仇。

十六歲那一年，李又又的媽媽剛懷上爸爸的孩子。

衛姸沒有太興奮，讓她興奮的是她和姜老師的戀愛。

姜老師教英文，大約三十多歲，比她當時大了一倍。

姜老師是文青，會抱著一把吉他來上課，教她們唱英文歌。

在那一所如果不是在考試上遇到挫折大概不會願意來這兒念書的學校裡，姜老師是非常受歡迎的人物。

衛姸念書念得很無聊。把姜老師的課當成學校裡面最好的生活調劑，她主動幫姜老師很多忙，常常找姜老師，並且有意無意的把家裡遇到的困擾跟姜老師講。姜老師變成最了解她的人。

少女的衛姸，是鮮嫩多汁的水蜜桃，和其他還很青澀的女同學不同，她又有一種特殊的嫵媚韻味，她主動又活潑，姜老師很快的喜歡上這個心思天眞、個性熱情，但戀愛性格早熟的少女。

衛姸常主動找姜老師問問題。姜老師答應她私下補習。

某一次，姜老師情不自禁的吻了她。成年男子溫暖的擁抱變成她枯燥生命中最美好的溫暖。

姜老師單獨住在學校附近。她常到住處找他，他會做飯給她吃。

衛妍總是滿心歡喜的前去。

姜老師說，等她長大，他就要娶她。她實在沒有想到，姜老師是有太太的。

那一天在姜老師的小套房外，有個女人帶著兩個幼兒來按門鈴。還是她開的門。那個女人一看她就大吵大鬧，孩子也嚇到了，嚎啕大哭。

「她是誰？」

「我太太……」

這件事情鬧到學校去了。她的父親也因此被叫到學校，聆聽女兒種種不法行爲。

父親在訓導處，當眾狠狠摑了衛妍兩個巴掌，打得她頭昏眼花，她憤怒的想要反抗，卻被教官給架住了。

「我沒有妳這種女兒！」

她連寫悔過書的機會都沒有，學校要她轉學，並且希望姜老師自動請辭，校長說：「這種事情一傳出去，我們學校就被妳毀了！」

「我是受害者呀，誰知道他有老婆！」衛妍爲自己辯解，可是沒有人聽，每個人都用罪人的眼光看著她。她曾經在班上毫不避諱宣稱她最喜歡姜老師，大家都認爲這一切是她的錯。

「妳這輩子已經毀了！」父親曾用一種看著垃圾的不屑眼光看著她。「有妳這個女兒，是我們家門的不幸，妳丟足了我們家的臉！」

怎麼會，她人還好好的！衛妍並沒有低頭，她還挺起胸膛，大無畏的看著所有的旁觀者。是他們不了解她的愛情！「妳眞是不要臉！跟妳媽一個樣！」爸爸揮來一個耳光。在眾人面前。

衛妍並不認爲自己有錯。這是眞言，姜老師對她的照顧使她在沙漠中看到綠洲，她完全不知道他有老婆。

姜老師從那一天起就消失在她的生命裡。他只託人捎來一張字條，上面寫著非常簡單的三個字：對不起。

她轉學了，轉到一個更糟更遠的學校。足足有一年的時間，父親勒令她一定要在放學後的一個小時後到家，不然就要到學校裡找她。

就是在那個時候，父親再也不肯用正眼瞧她。

戀愛有什麼罪呢？深情的眼神，讓她感覺到自己的存在是有意義的，否則，人生只是陰冷的十八層地獄。在她的生命中，她一次又一次的索求著這樣的感動。每一次的深情擁抱，都是她的動章，閃亮的動章，是她難以抗拒的收藏品。

想到這裡，衛妍全身發抖。

是恐懼還是憤怒？她自己也說不清……衛妍其實也怕跟她媽媽一樣。

媽媽在哪裡呢？她也不敢問。一個很早就有吸毒前科，熱愛賭博的女人，現在想來也老去了，人生能夠混得好到哪裡去？

偏偏同一屋簷下有個對照組，那個永遠端著好學生架子的李又又。李又又念了好學校，是爸爸的光榮；李又又的媽媽去世了，爸爸更加疼她，又又喜歡吃柚子，到了中秋的時候，她看過爸爸一個人辛辛苦苦的剝著柚子，剝滿了一整袋，留著放在桌上，上頭還用毛筆字寫：致又又吾女。那種慎重，讓衛妍不屑。

少女時的李又又看著她的眼神，常常發射著一種看著社會畸零人的鄙夷。

李又又懂什麼？她註定成為沒有人愛的老處女！

井水不犯河水……

當衛妍發現，李又又「可能」有男朋友的時候，她完全不敢相信，有哪個男人的眼光這麼差，會喜歡索然乏味的竹竿型女子！

當她發現，那個男人竟然條件還不錯，她更覺得自己有必要替天行道來解救那個男人。李又又不能怪她，他還並不是李又又的男朋友！

她不過是臨時起意問了來找李又又的男生：「我可以去嗎？」她也不知道李又又爽約是因為她陪自己的父親去醫院！

前晚夜遊到半夜才回來，被電鈴聲吵醒的她還睡眼惺忪，她應門時看見王碩君，看他那麼著急的樣子，衛妍神來一問：「那我可以去嗎？」他竟然傻住，不知如何回答。

王碩君的確比當時追衛妍的男人都強。衛妍看過他一次，印象不錯。當時他那張被她調皮一問有點受到驚嚇的臉眞可愛，衛妍馬上喜歡上這個有書卷氣的男生了。

他，不會喜歡李又又的，除非精神有問題。

他有點遲疑時，衛妍開玩笑告訴他，李又又好像和別的男生出去了，叫他不要等。他那欲哭無淚的樣子，還眞的好有趣。

衛妍深諳讓男人臣服的道理：有意無意的肢體碰觸，柔情款款的仰看眼神，一不小心就把全身的力氣都放在他身上……風情萬種是衛妍的專長。

她在度假期間，替王碩君接過一次李又又的電話，「妳找他呀，他在洗手間，要不要我叫他？」

李又又一聽到接電話的人是她的聲音，馬上意會發生什麼事，就狠狠掛上了！

衛妍的爸爸知道此事後，氣得發瘋，又罵了一次：「妳怎麼那麼像妳媽？妳不要臉！」

衛妍斜眼回爸爸說：「是她沒本事！怎麼能怪我？」

那一瞬間，她感覺到一種難以言喻的快感。又贏來爸爸的兩個耳光……

衛妍有點懷念那個時候的王碩君。這人比當時追她的人都強，這一點，她也沒瞎眼。她旁邊多得是愛玩而不務正業的男人。

就在王碩君接掌父親事業的第一年，爲了不要和同住在一個屋簷下的父親因公司發展而爭執，王碩君在公司附近租了個豪華公寓。

既然衛妍的父親走了，她住在老家也太寂寞，她假借著有東西忘在他那兒，跟他拿了鑰匙，過幾天就主動搬到他的新公寓去了！她一個人住在老房子，又無聊又不舒適，王碩君買了新房，她當然要以女友的身分熱情的去布置，就是因爲她要變成女主人啊。

王碩君一直很忙，忙得沒空管她……他本來就不多話，但是後來越來越悶，她都當成他上班工作太累，反正，她的生活也一直活得多采多姿，她不愁沒法子讓自己快樂……王碩君不是她快樂的來源，只是她安全感的來源……

衛姸一邊整理東西一邊胡思亂想。

忽然餓了，她才想起自己剩下的錢恐怕不夠吃一餐好飯的問題。

她想起了朱大丞，嗯，她，皇天不負苦心人，找到了朱大丞。他肯接電話，應該就是氣消了……

「我要跟你說，對不起嘛，我知道錯了，我搬家了，我怕你找不到我……你不要不理我……我眞的好餓……」

朱大丞只發出悶悶的一聲：「喔。」

「別生我的氣，我不對，我不應該欺負那隻米老鼠……我被趕出來了，現在搬回老家……」衛姸的聲音很輕柔，很可憐，說到連她自己都同情起自己了：「我好餓……」

這個時候，她被包圍在飢餓感中，這時候她的任務，是讓自己好好的吃一頓飯。道歉就道歉嘛……

而朱大丞天生是個有同情心的。聽見她呢噥細語般的哀求，沉默了一下，馬上把這幾天生的悶氣拋在腦後。這幾天覺得胸口悶悶的，做什麼也沒精神，整個人像被鎖住了，很顯然，衛姸帶來了那把鑰匙，讓他心情變好了，朱大丞也不了解自己。爲什麼這個女人老是惹他生氣，但若看不到她，他更是一肚子不高興呢？

既然她道歉，她那麼溫柔，那就原諒她吧……

衛妍的胃咕嚕嚕叫著的同時，她感覺到下腹在隱隱悶悶的作痛著，似乎在提醒她，她人生還有別的麻煩。而在等待朱大丞帶她去覓食的空檔，她仍不忘打個電話給王碩君，竟然又是趙芝接的，她趕快掛掉了。

呵，不要以爲我沒有辦法！靈機一動，擒賊先擒王，她撥了另一個電話。

「喂，王媽媽，這幾年讓妳照顧了，」她的語調很哀怨：「我和他分手了……」

「啊，別嚇我？眞的分手了……」電話那頭，書香世家出身的王媽媽聲音仍然溫婉，不願意透露她的眞實情緒。說實在的，衛妍想盡辦法和她溝通了，卻眞的不知道，這一位王媽媽到底喜不喜歡自己。

「我說眞的，我們大概……是沒有辦法了……」衛妍哀怨的說，說到都哽咽了：「我懷孕了，但是……碩君不高興，我想我還是拿掉好了，眞抱歉，跟您無緣了……我……我搬回我老家了……改天，再去看您……」

「什麼……怎麼可以這樣……懷孕……？什麼？眞的啊？那那……是好事呀！唉，這孩子傻了，他不要妳……別哭，別哭，我來幫妳主持公道……妳可別做傻事……」

聽見王媽媽著急的聲音，衛妍知道，王碩君不能不理她了。

24

朱大丞：我喜歡看她吃飯的樣子，一種充滿求生意志的感覺。

衛妍跟著朱大丞到了離她家不到兩百公尺，大街上一家小小的飯館。

「再來一碗飯！」衛妍餓得可以吃掉一頭牛，叫了一桌的菜，狼吞虎嚥。

不知怎的，最近特別餓。

「妳的食量好像比以前驚人，」朱大丞和她開玩笑說：「不怕胖啊？」

衛妍白了他一眼。

朱大丞滿臉笑。心想，能夠餵飽一個嗷嗷待哺的女人，也滿有成就感的。她眞是他所見過的，吃東西的時候最能活在當下，暢快享受的女人。從這一點來看，她挺可愛的。

不只多添了一碗飯，連桌上的菜都快吃得精光。

「這幾天在做什麼這麼餓？」他又問。

「想你！」

「眞的？」他忽然一臉正經。

「眞的才怪！」衛妍促狹的笑了。「想你來餵我！」

「我眞的覺得很奇怪，妳住那麼貴的房子，卻沒有錢吃飯……」

「我搬出來了！不許再問，因爲我沒空解釋！」

衛妍又把一大口肉塞進嘴裡。

「搬去哪裡？」

「搬回我家！別再問了。」

「喔。」朱大丞最近正要參加健身比賽，除了白水煮雞肉之外都得禁口，節食當然痛苦，特別是香噴噴的菜肴當前，只能堅持自己的意志力，看著衛妍大口大口大無畏的吃東西。

他其實有點佩服她，長得那麼水靈水嫩的一個女人，但是吃飯說話，隱隱然是個女漢子，她外表嬌弱，行爲幼稚，但是氣魄堅強。

叫了好多盤，衛妍一掃而空，隨後發出了舒服的打嗝聲。朱大丞笑了。

「笑什麼？」她瞪了他一眼。

話一出口，她轉念一想，其實，應該要謝謝這個傻大個兒，如果沒有他，今天她搞不好會在屋子裡活活餓死，李又又肯定很想看到她變成餓死鬼的！

「我送妳回家？」這個晚上，朱大丞還打算進健身房繼續鍛鍊自己呢。他一點也不能鬆懈。

「這……我沒有很想回家，」衛妍說：「再請我喝一杯如何？我最近眞的好悶，好想喝一杯啊。」

胃塡飽了，就想到需要一點酒香。

「我……不會喝酒啊，最近要比賽，也不能喝！」朱大丞坦白回答。

「真無趣……」她咕噥著：「那要不這樣好了，帶我去唱歌，解悶……我喝就好，你在旁邊看著……」

「這……」

這打亂了朱大丞的訓練計畫。不過，他不忍心看一隻他剛餵飽的小動物失望的眼神。

「好吧。」

衛妍一進包廂裡，就自顧自的點歌，引吭高歌起來。點了歌之後，也不客氣的點了一瓶威士忌。她想要的，就要滿足。「我點酒囉，不要有意見，我有錢了會還你！」她知道他手頭並不寬綽。

「我什麼也沒說呀。」朱大丞不想當個小氣鬼。

她的歌聲很好聽，很高亢，又和她說話的時候不一樣，她點了〈白天不懂夜的黑〉和一些哀怨的曲子，把他當成分手情人似的，看著他唱，歌聲中透露著蒼涼的哀怨感。

她又點了好些男女對唱情歌，強迫他對唱。「我歌唱得不好……」他害羞起來。

「你……聊勝於無！就唱一下嘛，不然我一個人無聊……」

衛妍這麼說時，有一種解放感，喝了幾杯沒加冰塊的威士忌之後，她仔細端詳眼前這個男人，忽然覺得他很不錯……這些日子她好無奈，就數這一刻她最開心……

……微醺的她忽然坐到他懷裡，靠著他的臉好近，捧著他的臉唱起〈不必在乎我是誰〉……

……幾次真的想讓自己醉　讓自己遠離那許多恩怨是非
讓隱藏已久的渴望隨風飛　……忘了我是誰
女人若沒人愛多可悲　就算是有人聽我的歌會流淚
我還是真的期待有人追　何必在乎我是誰

她看著他，他被她看傻了，她把嘴唇迎向前去，把胸脯壓在他胸前，讓他把她抱個滿懷。朱大丞先手足無措，小小的掙扎了一下，推開她說：「喂喂喂，這樣我會受不了的……」

「受不了，所以？」

她覺得他很好玩，他胸膛上悄然滴落的汗水引爆了她內心的火山，她更加肆無忌憚的挑逗他……

「帶我回家嘛……」她說。喝了酒的衛妍變成無比熱情的雌性動物。

朱大丞已經忘了自己是誰。他和她貼近到他可以感覺到她的心在跳，而他的心跳聲和呼吸聲一樣劇烈。他幾乎沒有過這樣的經驗，一個漂亮而柔軟的女人，如此嫵媚又大膽的和他調情。她全身的重量都在他身上，她的眼神迷離，彷彿有星光寄宿在她的瞳孔中，誘惑著他往前走，往前走去開啓一道奧妙的祕室之門……

他第一次把一個女人帶進他的單身宿舍。他的小小空間在那個晚上變成一個色彩繽紛的夢幻天堂……她的確喝得有點站不穩了，但他比她更醉……他著迷的是她肢體間散發的只有女人才有的一種溫暖的香氣……

同一個屋簷下，兩種完全不一樣的生活。

李又又好不容易睡去，夜裡，她看見衛叔叔了。

雲霧渺渺中，她看見衛叔叔的臉。衛叔叔皮膚很白，鼻梁很挺直，有了年紀的衛叔叔，兩鬢花白，背有點駝，但還是有一副書生模樣。

再看清楚點……她和衛叔叔之間，隔著一條水溝般的小溪，那條溪十分清澈，有許多小小的黑色魚兒，在溪水中優雅游過。

衛叔叔對她笑著，拿出了一盒柚子，對她說：「又又，我幫妳剝好了……」

她眼眶一熱。其實，就是親生父親，也沒有這麼細心。

可是，她怎麼伸手也搆不著那盒剝好的柚子。因爲小溪不斷變寬了……

衛叔叔很著急，說：「又又，妳怎麼不來拿呢？」

李又又撈起長裙，就要渡溪去拿。

誰料，一踩進溪裡，腳就陷了下去，原來溪裡頭是流沙。「啊，救我……救我……」本來淺淺的溪，忽然變成一條洶湧的大河。

衛叔叔也從對岸要涉溪過來。李又又大喊：「不要過來，這兒危險……」

可是衛叔叔還是一臉斯文的笑，好像沒聽見似的。

他越陷越深，表情卻依然鎮定。然後，她看到了一個人，浮在河裡，向她漂過來。那個人不知是死了還是活著，漂浮著，但是臉色蒼白，表情詭異，是她的母親蘇紫雲老師。李又又沒顧自己在往下陷，抓住了那漂浮的母親的手……「不要走，不要走……」

衛叔叔也來抓住母親的另一隻手，然而，他的身體也變輕了，竟然隨著母親漂浮而去……李又又越來越費力，只能隨著漂浮，喝了好大一口水，胸口好悶，好悶……

在自己的驚叫聲中醒來。

呵，是夢。

不知什麼意思的夢。感覺不怎麼吉祥。

這是這些年來她第一次同時夢到衛叔叔和母親。這是什麼意思呢？

六點多她就醒了，她起了床，在衛叔叔的桌子，拿他留下來的筆墨練書法。這些年都在用電腦，本來字跡娟秀的她，覺得自己的字變成了小學生。

這天她忽然想吃媽媽做的紅燒蹄膀。以前從來沒學過做菜的她，靠著網路名家食譜的導引，依樣畫葫蘆的買了材料，反正沒事，就來做個功夫菜，花了一上午在菜市場精挑細選。

又買了黃豆，連豆漿都打算自己磨。

她的積蓄還夠活幾年……如果衛妍不回來，一個人住在老家這樣的日子也挺好的，每一天都是周日。

就在她剛開始聞到紅燒蹄膀的氣味時，這間小房子門口來了兩個焦慮的不速之客。

古老的門鈴，觸電般的鳴聲。

來人是一個老太太，還有一個臉色尷尬的人，王碩君。

「請問衛小姐在吧？」老太太極爲和藹可親。

「她……不在！」

王碩君一臉不情願，手上拎著一籃精心包裝蘋果禮盒。「喏，拿給這位小姐！」老太太對王碩君說。老太太眉眼秀麗，和王碩君有幾分相似，李又又馬上猜出這是何人。

「妳是……」王媽媽問。

「她是衛妍的姐姐。」王碩君小聲答。

「喔，之前沒見過，小妍怎麼從沒跟我說起姐姐呢？那麼……衛姐姐是吧，妳妹妹去哪兒？快回來了嗎？」

李又又很想回答：不知道她去哪兒，夜不歸營是她的常態。但是她忍住了，畢竟是長輩。她一臉狐疑，心想：衛妍又搞什麼花招？怎麼會把這兩個人喚到這個屋子裡來？

「她不在，她從來也沒告訴我她會去哪兒。」她說。

王碩君根本不敢正眼看她。

「那……如果不會太久的話，我們等她吧。」王媽媽看著自己兒子說。

「不好吧，媽，我們會打擾太久……」李又又怎麼會在這裡呢？踏破鐵鞋無覓處，得來全不費工夫，但是，還眞不是該相遇的時候……

「不會不會，您請坐。」李又又深呼吸了一口氣，不動任何情緒，她就是想要看著，這到底演哪一齣戲！「您坐著，喝什麼茶？我剛搬回來不久，只有抹茶和香片。」她看著王碩君說：「你要抹茶吧？」

他喜歡抹茶味的所有東西，她很久以前就知道。

「嗯。」還是沒有抬頭看她。

「什麼味道好香？」

「我自己在磨豆漿！」

「這個姐姐妳眞賢慧！」

「哪裡，才剛學……」就在李又又有一搭沒一搭陪聊天的時候，屋外機車引擎的聲音越來越接近。然後，有人拿鑰匙開門。

李又又砰一聲把門打開：「嗯，找妳的！」

「喔，王媽媽好……」衛妍見到王媽媽之後，馬上變成溫柔婉約，一臉誠懇，李又又在旁看來，只覺得這妖女表情的急速變化是世界奇觀，嘆爲觀止！

剛剛是另一個男人載她回來的？呵，還眞厲害！她永遠不會寂寞的……

「王媽媽怎麼來了？」衛妍當然知道是她自己用一通電話請來這王母娘娘的。這個戲的編劇根本是她，正好李又又也在，她就是一定要演好，至少，要演得讓李又又看了心碎，再也無力翻身，這是最好的報復。如果李又又對王碩君還存有幻想的話，這一擊，足以打碎這個壞女巫所有的如意算盤！

「王媽媽關心妳啊，」王媽媽眼睛盯著她的腹部：「妳還好吧？」

「我，還好，對不起啊王媽媽，我……」兩眼頓時溼潤了：「讓您操心了！」

「我說你們兩個人，不要鬧小孩子脾氣好嗎？這麼大的人了，將來……是要爲人父母的……不要動不動就分手什麼的，妳看，東西都搬回來了……這樣多麻煩，累壞了身體，動了胎氣可怎麼辦？王媽媽替碩君來賠罪，可不可以？發生這麼大的事，如果妳不告訴我，他也不會說，我什麼都不知道，還以爲你們還好好的呢……不是快要結婚了嗎……」

衛妍低頭，紅了鼻頭，淚珠在眼睛裡打轉。李又又想，呵，眞會演。

「碩君，雖然說，你們都是大人了，自己的事要自己解決，可是……我就怕你不會解決……你可不可自己去跟小妍說，請她原諒，要她搬回來？」

王碩君默不作聲。

李又又本來想說：「你們聊，我先出去！」卻留下來看這一場戲，到底爲什麼這麼演？

「你眞的不小了，要負點責任了！」王媽媽厲聲對兒子說。

王碩君欲言又止，剛剛，他的母親硬把他拎來，硬要他陪著去買蘋果，買了蘋果才說是要來看衛妍。王媽媽脾氣也拗，他是個孝順兒子，擋不住。他心知衛妍會要什麼花招，卻礙於做人還是要有一點厚道，不好把她所作所爲告訴母親。

他更沒想到的是，來到衛家的老房子，許久沒有看到的李又又，竟然也在這裡。

「王媽媽，沒關係的，分手就是分手了，我不怨他。」衛妍的樣子是梨花帶雨，誰看了都要可憐她的無助。

「不可以！」王媽媽看著王碩君，義正辭嚴的說：「你如果不好好照顧她，我來照顧她！我會把我的孫子，當成唯一的兒子養！」

看來李又又的自製豆漿是成功的……空氣中都是黃豆的香氣。然而小客廳的氣氛依然凝重。王碩君什麼話也說不出口。旁觀者李又又聽了這話則是五雷轟頂，像看著仇人一樣的看著地板！

「王媽媽，沒關係，我暫時住在這裡……！」衛妍說。「我們處不好，我也有責任，現在剛好冷靜冷靜……我會照顧我自己……」

衛妍自己出來打了圓場。

李又又有一種想作嘔的感覺。

「王媽媽，謝謝妳來看我！妳先回去喔，我會去看妳的，我姐姐……會照顧我……」衛妍用詭異的眼神掃描了李又又一下……李又又聽她這麼說，更加想吐……

「不管怎樣，要好好養胎……你們……不准分手！」

她把兒子的手拉過來，放在衛妍的手上。「妳要知道，王媽媽最喜歡妳。」又看了一眼李又又，「妳看，妳姐姐爲了照顧妳的健康，連豆漿都自己磨呢，眞的是好有心……謝謝妳姐姐……」

王碩君的手，比大理石雕像還冷……

如果讓李又又自然演出的話，一直背對著大家的她鐵定會失聲冷笑起來……她心想，衛妍，我服了妳！爲了挽回妳的感情，妳眞能幹！可惜，妳並不知道，王碩君的感情，是一場爛戲，我不小心加入裡頭，後悔莫及……這一齣戲，好精彩呀，衛妍妳應該得最佳演技獎！她又想笑，又鼻酸，心又被搗成漿！

她不是不在乎了嗎？爲什麼有失速墜落懸崖的感覺呢？委屈在心底洶湧，像燙得痛人的岩漿……

25

衛妍：嘿，因為妳心裡把自己活成個悲劇，所以妳如願以償。

人好不容易走了。關上門的那一刹那，衛妍忽然俯著身，發出了乾嘔的聲音。

「天哪，我好難受好難受……」

李又又冷笑，忍不住發出一句嘲諷：「人都離開了，妳還演什麼戲？」

衛妍忍著，先白了她一眼，才奔向洗手間去。

她的確在吐。

這不是戲。

李又又對自己的毫無同情心有一點後悔了。

她一直覺得自己是一個好人，爲什麼在碰到衛妍的時候，卻活生生變成一個刻薄的人？

或許，衛妍也是碰到她才變妖女。在很多人面前，她天眞又熱情。

衛妍從洗手間出來時，面色慘白。李又又正猶豫著到底該不該問她好不好時，還沒開口，衛妍就對她說：「妳這個人，到底有沒有良心！」

這句話馬上消滅了李又又的所有反省可能。

「我還正想拿這句話問妳呢！妳還先下手爲強？」李又又回嘴：「妳眞的夠了！歹戲拖棚，眞會演！」

說完，逕自上樓去了。

衛妍這時有些後悔，因爲，吐完她又餓得厲害。總不能每次餓肚子，都找朱大丞。何況，現在她和朱大丞的友情，被昨天晚上不小心發生的事搞得有點麻煩。

男和女之間，只要超過了友誼的界線，在她的經驗裡，就是由甜蜜變負擔的開始。她其實明白：兩人相處最愉快的時候，就是在不確定對方心思，彼此還在疑猜，還想把自己最迷人的那一面表現出來；在猜度對方是不是對自己也有意思的時候，那種眉來眼去的感覺，煮沸著所有的細胞，激勵著一個人的生存意志，使全身細胞都因而舒暢無比，被一種神祕感所虜獲，換來一個「不達目的永不休止」的決心。

可是，一旦有了肉體關係之後，厭煩的指數就會在兩人相處的狀況下不斷上升，而且與日俱增……

她和王碩君相處這麼久，難道沒有厭煩感嗎？有，但還好，因爲他本來就不是熱情如火的男人，而且他忙，這些年來，對她而言，他是一個親人。自從父親走了以後，她就沒有親人了，她自己搬到了王碩君住處，給他一個「驚喜」或「驚嚇」，他怎麼命名都沒關係，無論如何，他接受了她的存在，她只是要一個可以棲身的窩罷了。對一隻內心狂野的鳥來說，牠之所以能夠自在歡暢跳躍，在林中盡情飛翔，畢竟是因爲有個窩在。

她曾經以爲他是她世界上唯一可以信任的。她把他的住處當成自己家。父親不告而別，她身邊的人只他最能依靠……

她沒有告訴李又又，其實她在父親離開那天看到了一張毛筆字寫的紙條，貼在她的門口，寫著：汝已成年，吾責任已了，善自尊重。

她還以爲只是老爸鬧來，又莫名其妙在生她的氣，寫了字貼在門口教訓她。她把那張字條撕了。撕了還不打緊，用打火機燒了洩恨。

兩天後她才後知後覺發現父親已經離開家……

這天早上，朱大丞說他得去上班了，把她叫醒，但也堅持不太順路的把她送回家。從他那戀戀不捨的眼神中，衛妍可以感覺得出來，他還在眷戀著那一夜美好的繾綣時光，他們的感覺已經不太一樣了。

這種眼神，對她來說是一記警鐘。再下去……有個內心的聲音提醒她，可能會有麻煩。那個眼神或許可以叫做：期待還會有未來的眼神。問題在於衛妍並不希望和朱大丞有太多未來。

他只是一個好人……

被單純的好男人愛上，是非常危險的，他們會太認眞。

此時又是一陣作嘔感，從她的胃的底層開始抽搐，她抱住了馬桶，但是什麼也沒吐出來。

莫非是……

「驗孕棒上的兩條線，是眞的……我怎麼辦……」

這不是個好時機。

躺在醫院時，下腹就開始有點悶悶的，偶爾會有一點不舒服，她以爲，這和車禍有關係……

或者是，生理期要來的前期都會有的「正常現象」，沒想到……

雖然衛妍整了王碩君，也整了李又又，但她並沒有天眞的認爲，自己可以跟王碩君破鏡重圓。

再次見到他，她發現這一個男人，再也不能讓她感覺安全，不再是一棵可以讓她棲息的樹了。

她開始面對目前最棘手的問題。

顯然，她現在連養自己都有問題……

不然，想辦法把孩子拿掉？

怪怪的，有點不忍心。她好像聽到有嬰兒在自己肚子裡求情。

她現在連去看婦產科的錢也沒有。總不能去跟李又又開口？

而且，她的確不知道，讓自己懷孕的是誰？

我有資格當媽媽嗎？

她開始意識到，她的生活亂得一塌糊塗，跟散置在客廳的那些紙箱一樣，無法定位。

她忽然想到自己的親生媽媽。一切都是聽鄰居媽媽們閒聊時說的。她媽媽很年輕時，就爲了脫離自己的問題家庭，嫁給在工作中認識的爸爸，她爸爸年紀要比媽媽大上十多歲，教育程度相差很大，生活習慣也不相同。媽媽新婚之夜就懷了她。她兩歲時，和爸爸在某一次激烈吵架中就離開了。此後爸爸也禁止媽媽回來看她，理由是「怕她被帶壞」，她只能從鄰里的阿姨們口中知道，媽媽總是在社會的底層浮游，總是跟那些上不了檯面的男人廝混，每一次來看她，總有一個看起來絕不是正常人的男人載她來……連衛妍都覺得媽媽讓她很丟臉……

將來，她會變成一個讓孩子丟臉的母親嗎？她又狠狠的抱著馬桶吐了。

她被自己弄得六神無主。

把她拉回現實的，是餓。

好餓。最近她眞的好容易餓，好像肚子裡有一頭飢餓的獸，而那隻野獸的胃是無底洞！吐完餓得更快，現在，餓得整個人都因爲血糖過低而發抖……

「喂！妳到底出不出來？妳已經在裡頭半個多小時了，也該讓出廁所吧！」

李又又催促她。

趁李又又在洗手間裡，她啃起李又又買回來的麵包，喝了牛奶。李又又從洗手間出來後看到了：「喂，妳吃別人的東西，都沒有說一聲？」

「這些東西……就放在我家，爲什麼不能用？」

她理直氣壯的，故意把「我家」兩個字加強重音。

以前她最不喜歡泡麵，那是衛叔叔在父兼母職時，最會煮的東西，這種有化學香氣調味包的東西，一直在提醒衛妍，妳是一個沒有媽媽照顧的小孩，可是如今，因為餓，無從選擇。現在聞起來挺香的……餓是最好的理由……

「眞有禮貌，哼……」

李又又不屑的冷笑了一聲，轉身離開現場。

她大口大口的吃著，一邊看著李又又今天帶回來的報紙的求職欄。近日百業蕭條，所謂的金融風暴，暴風半徑大到連衛妍也知道，就不是那麼簡單了……

找了老半天，衛妍有點氣餒。好的工作，她學歷也不夠好，履歷一去就石沉大海。當時她之所以能到婚紗公司工作，還掛著總監的職稱，說來的確是因為杜建偉看上了她的美色……才接受了衛妍對自己天花亂墜的吹噓。

她怕餓，需要錢，還能怎麼辦呢？

現在不只要管自己，還要管肚子裡這一個不速之客，問題越來越不單純了。

26

衛妍：我不想再像一隻玩毛線玩到纏住自己的貓，所以有時我必須殘酷。

肚子裡的不速之客，在此時來臨，到底是爲什麼？她到底該怎麼辦呢？

思考，本來就不是衛妍的專長；衝動才是。衛妍反反覆覆想了很久，每次的答案都不一樣……

也許拿掉對她比較好……因爲現在，她不知何去何從，未來好難捉摸……

這是衛妍的第一個想法。但每每她這麼想的時候，心裡就會有忽然冒出來的一種空虛的悲哀，她多想要等待一個新的改變，可以讓她感覺自己有一點力量。

靠著王媽媽送來的蘋果和偷吃李又又冰箱裡的食物，衛妍差強人意的活了整個星期。

王媽媽每幾天就打電話給她，問她身子好不好？千篇一律的問候，打到她都煩了，這樣的關心，是以前未曾有過的，她當然不是怕兒子和女朋友分手，只是她眞的想要有一個孫子。

一個星期後，她又接到她最怕的那個王碩君的兇悍祕書趙芝的電話。趙芝開門見山，問她到底確不確定孩子的爸爸是誰？

趙芝那種來勢洶洶的逼供讓衛妍立即上了火。

「確不確定，關妳什麼事？」

她也不客氣的回答。

對方氣結。「如果不是王先生的，當然不關我的事。」

「那很好，妳就回答，不是他的！」

「這……」太乾脆，趙芝反而口拙了起來。

「眞的不是？」

「說是妳也不相信，說不是妳也不相信，妳這個人到底想怎樣？」

「我是來跟妳談的。其實就算是他的，你們也不可能有結果，妳懂！」

這種話妳也說得出來？這女人的意思很明白：王碩君和她之間，緣分已盡，不要拿小孩威脅王碩君。

「妳連他的私事也接手管了，眞是勤快！我告訴妳，和妳沒關係……」

「如果妳肯答應，不要再拿孩子騷擾他，他會付妳一筆生活費……衛小姐，我調查過，妳手上的信用卡都在繳循環利息……妳負債累累……」

「這妳也知道？到底清不清楚，這個世界上有個名詞叫做隱私權？」衛妍恨恨掛掉了趙芝的電話。

「欺人太甚！」

窗外似乎有人在探頭探腦。

窗子是古老的毛玻璃，只能看見朦朧的影像。她從屋裡輕輕敲窗子，故意嚇嚇那人：「喂，看什麼看！你小偷啊，你找誰？」

「嘿，我是朱大丞呀。我給妳送吃的……」

聽到吃字，衛妍發現自己又餓了。

朱大丞帶來滿滿一袋子零食，還有兩個好香的油膩膩的鴨腿便當。他來找她一起吃飯。

這幾天，沒有她的消息，打電話，她也意興闌珊，隨便應和幾句就算了，他心想，到底那天是哪裡表現得不好，惹得大小姐生氣了？

兩個人關係演化到這個階段，也是朱大丞自己想像不到的。那一個晚上，怎麼那麼自然的發生了？對他來說，實在是個美好回憶，啊不，他不願意那只是一個回憶。

衛妍問過自己，朱大丞實在不是她能愛的。他比較像個弟弟。他內心善良，身體健康，不會調情，說話還像是校園裡的學生，年紀還輕，社會閱歷不足。她喜歡的愛情，並不是這樣的健康飲料。

而這傻大個子，偏偏不管她怎麼兇他，甚至表明了她只是缺錢，所以逼不得已和他吃飯，他還是熱情相待。

她津津有味的吃著燒鴨飯時，忽然抬起頭來問正在大口扒飯的朱大丞：「喂，你……到底幾歲？」

朱大丞一愣：「二十三啊。」

「二十三？」這麼小？衛妍一口飯差點噎著。

「怎麼了，不像嗎？大家都說我看起來年紀比較小一點，可能是因爲我留平頭的緣故吧，又老是穿運動衣。」

他以爲她覺得他老。

「你……有女朋友吧？」衛妍問。

「也不算是，以前……以前有……暗戀過別人……」

朱大丞停下筷子，臉紅了。

「不過……」朱大丞像想到什麼似的：「現在……有！」

「喔，好極了。」衛妍鬆了口氣。心裡希望大家都能相忘於江湖，這樣，彼此不尷尬，他，也不會黏著她。

「好極了？」朱大丞不解的看著她。「妳知道我說的是什麼嗎？」

衛妍繼續把另一口肉塞進嘴裡。心想，男人啊，「妳想不想看看，我女朋友長什麼樣子？」朱大丞一臉天眞的問。

「嗯……也好啊……哇，這個酸菜眞好吃……喏，」她看了看他的飯盒，把酸菜撇在一旁，直呼可惜：「拿來，我幫你吃，別浪費！」

「在我手機裡，妳看……」

衛妍把眼神掃了過去。

這一瞄，差點哽住。

那張照片裡的背景，是醫院。

那張照片裡的女人，是睡得很熟的，睡到嘴張開打呼的自己。

「你什麼時候拍到這種照片，刪掉！」

她敲了他一下腦袋。

不知道是該高興，還是難過。

心裡的荒原雖然有股春風輕輕拂過，但是，瞬間又被小小的罪惡感取代了。她並沒有眞想要跟他長長久久走下去，但他偏是個單純又認眞的男人，怎麼辦？

「怎麼，妳不高興？」朱大丞看見她臉色變了。

「沒，別開我這種玩笑啦！」她低頭裝沒事繼續把飯吃完。

「我不是開玩笑！」

朱大丞一本正經的說。

她打開了電視，心不在焉的看著新聞，新聞裡總有許多大大小小的災難事件發生。

「喂，妳連假日都待在房子裡，不會悶壞啊？」

「沒辦法呀，」衛妍攤攤手說：「我連出門的錢都沒有了。」

「我帶妳去玩？」

「去哪兒玩？」她並沒有太期待。像他這樣的男生，能夠帶她去什麼有趣的地方呢？

「我有朋友在桃溪，就是離這裡三十分鐘的地方在辦活動，一直邀我去，妳要不要去瞧一瞧，我載妳？」

此時，李又又靜悄悄的飄出了房門。看到朱大丞，微微頷首打了招呼，什麼話也沒說，在廚房裡自己取菜煮食起來。衛妍看了她那蒼白沒表情的臉，一陣反胃，心想，還是別待在屋子裡和這個鬼共存，出去為妙。

「我們出去散心吧，妳看，有新花樣喔！」朱大丞開心的拿出另一頂安全帽幫她戴上，這一頂安全帽是嶄新的，粉紅色的，上面有一隻凱蒂貓。它和這一部二手老機車，感覺一點也不搭。

「女生專用的？……」衛妍隨口問。

「對啊，」朱大丞興高采烈的說：「昨天為妳買的安全帽，喜歡嗎？」

他幫她戴上，繫緊，看了看她說：「我就知道剛好，很厲害吧。」

他的表情像一隻想討主人打賞的小哈巴狗。

朱大丞的機車騎得飛快，讓她把他抱得緊緊的，中途他還反過身子去笑她：「有妳坐在後頭，好像背後有個沙發墊好舒服！」

衛妍最近的確重了不少，身上從來沒有這麼多肉過。

她待在房裡常會嘔吐。天空剛飄過小雨，新鮮的空氣拂過她的臉頰，出來兜風讓她渾身舒暢。

朱大丞的朋友，是個外國人，長得頭小身壯，像個綠巨人，不用問也知道兩個人應該在健身房認識。朱大丞說，這個紐西蘭人，來臺灣短期居留學中文，也到他們健身房應徵教練，很受女學員歡迎，「不過，別看他長得這樣，他呀，只喜歡男人……」

他叫強納生，有可愛的藍眼睛，金髮，櫻桃脣，臉龐極其清秀，和他壯碩的體型完全不搭。強納生用一種故作戲劇化的嫌惡眼神看著衛妍：「你女朋友？」

「是啊……」朱大丞一派幸福的微笑著。

「眞討厭，人家最喜歡小朱朱了，被妳搶走了……」強納生用健壯的臂膀碰了衛妍一下，呵，那力道並不小，泥地土滑，衛妍差點栽了個跟斗，被朱大丞扶住了。

「……啊，對不起，我開玩笑的。」

「對不起，他也是開玩笑的，」衛妍指著朱大丞說：「我不是……不是……他的誰……你如果想要他，請便……」

「別害羞啦，你們東方人，我了解的，很含蓄的！」強納生嫣然一笑：「如果你不要，我要囉……」

「拿去用，不用客氣！」衛妍陪著笑。

「妳不錯，妳很有幽默感！」強納生說：「今天來這兒，是要來參加我的溯溪行程是不是？」

「我有幫妳多準備帽子和鞋子喔。」朱大丞神情愉悅的送來一個驚喜。

已經有幾個女孩戴著安全帽，穿著防滑溯溪鞋在一旁聊天等待著。原來他在這兒等來溯溪的隊員。溯溪？衛妍從來不愛戶外運動，好好的路她都懶得走了，要溯溪，她才不願意！

就在她考慮如何拒絕的時候，有人的慘叫聲吸引她的注意，那是有人被人從橋上推下來發出的慘叫！在不遠處，有一座跨越溪谷的陸橋，矗立在兩座青山之間。有人在利用它玩高空彈跳。

「就是它了。」彷彿聽到惡魔的叮嚀般，衛妍注視著那座橋，心生一計。

「我……比較想要玩這個！」

「不會吧，妳想要玩那個？那是一種假性的自殺！」強納生的中文已經說得道地而流利。

「我去那裡好了。」衛妍說。她的確是需要一點刺激，跳下去這個動作，對她來說比溯溪不辛苦……

「眞的？」強納生用他的蘭花指指了指衛妍的腦袋：「妳的頭勇敢到壞掉了！不過，那是我的男朋友在負責的喔，我打個電話通知他？」

「好啊。」

「不會吧……看不出妳這麼勇敢！」

「你不知道的事還很多，」衛妍對朱大丞做個鬼臉：「我很勇敢，而且常過了頭……」

她從第一次搭上雲霄飛車就熱愛那種失控感了。在雲霄飛車上，她的腦袋和心都一片空白，嘴裡尖叫著，把一切的苦悶和煩惱都驅逐出境！

「好啊，」朱大丞說：「我陪妳去，我也沒玩過呢！」

準備就緒。

衛妍全身被五花大綁，站在橋的正中間，俯瞰著溪谷，眼前是狹窄的河床，下過微雨後仍然瘦弱的溪流，蜿蜒著向遠方流去。風從她的耳朵呼嘯而過，她深深吸了一口氣。

「玩這個，很像在尋死！」旁觀的一位中年太太說：「這位小姐好勇敢！」

她想，我的確是在尋死……不，我其實希望的是，尋死之後的重生。人家說孕婦不適合做劇烈運動，我偏要！這樣吧，老天爺，如果我跳下去之後，這個本來不應該跟著我的孩子沒有怎樣的話，那麼，我不顧一切也要留著他！我就當他是你送來的禮物！

她輕輕呼出了那一口氣，像一隻第一次要離巢，不得不充滿自信的鳥兒，一躍而下……和自己賭一把……

大概有三秒鐘的時間，她相信自己已經死掉了。上一輩子已經在轉瞬間過去了。

她大聲尖叫著，彷彿要把自己這一陣子的委屈全部吼掉……強納生此時已經在帶著學員溯溪，他所聽到的最亮的尖叫、不得不抬起頭來尋找聲音來源的尖叫，就是來自衛妍。

在那一瞬間，她是當自己死掉了。

當他們把她扶起來的時候，她整個人表情非常的平靜，閉著眼睛，彷彿在享受著什麼。好像被一種新奇的能量充滿。

睜開眼睛，朱大丞在身邊：「妳還好吧？」

「我有怎麼樣嗎？」她動動手指腳趾，都還在啊。

「看妳叫得那麼大聲，然後，剛剛又動也不動……我嚇到了。」

「我覺得……好舒服啊……」她輕聲說。

在朱大丞眼裡，此時衛妍的表情像個嬰兒，好像卸下了所有的武裝。無疑的，他喜歡現在的她的樣子，她看起來比以前更美，好像春天山谷裡緩緩開出一朵白色山茶花，而不是昔日的帶刺玫瑰。

「我有怎麼樣嗎？」她下意識的摸摸肚子。

「有啊，妳嚇得屁滾尿流……好失態呀……」朱大丞看著她的動作，笑了。

他的確嚇到衛妍。

「不好笑！」衛妍白了他一眼。躺了一會兒，神智慢慢恢復。

躺著，看著天空，她覺得好舒服。

是的，跳完之後，她一切都很完好，肚子一點也沒有痛，也忘了這些日子以來一直想吐的感覺……

所以……所以她決定這是上天送她的禮物。

小生命是來跟著自己的，不管是什麼原因，就是和她有緣。其他的事，她不想管了。

「他是我的。」心裡有個小心翼翼的聲音仍然在提醒她。

「我決定了。」她仍然仰臥著，朝著天空，自言自語，露出一個堅定而滿意的微笑。

能夠自己決定一件事的感覺眞好。我決定了！決定了！我賭贏了！

她的心事，朱大丞並不知道，他開心的說：「嗨，妳眞的是不怕死，看妳剛剛在橋上要往下跳時，那視死如歸的模樣，眞的是太厲害了！不過，剛剛看妳掉下來慘叫，我……嚇死了，馬上跟教練說，我不跳了……」

「膽小鬼！」

「我是……關心妳才放棄的，我得看看妳有沒有怎樣，萬一妳出了什麼問題，哇，那我該怎麼負責呀……」

「不必負責，我的命不值錢！」

「瞧妳說得那麼酷……」朱大丞說：「那這樣吧，妳又餓了對吧，爲了慶祝妳化險爲夷，轉危爲安，呃……死而復生，我們來慶祝一下，我請妳吃飯如何？」

吃飯這件事，衛妍不能夠拒絕……

「我早就訂好餐廳了。」他露出自信的笑容。

她完全沒想到，騎著一臺破機車的朱大丞，竟然帶她到一家知名的牛排館。穿著黑色燕尾服的侍者，很道地的桌邊服務，把一大塊牛排切下來，放進客人雪白的餐盤裡……其實，這一家牛排店她曾經跟王碩君來過的，那時餐廳剛開，滿滿是來嘗鮮的人，那次是他們慶祝相識三周年。那頓飯，她記得王碩君吃得心不在焉，他有個重要訂單，正在等待歐洲客戶的答覆，不時看手機，回覆公事，讓她吃得很不開心，她還因此跟王碩君發了一頓脾氣。

如今這豪華餐廳在景氣不佳狀況下，只有幾桌有客人……

舊地重遊，人事全非。不過，此時她也不太在意，入口即化的牛排太具誘惑力，遠超過不愉快記憶對她的騷擾，她不在意，此刻肚子裡彷彿有一個黑洞，呼喊著：快塡補我吧，快……

她滿意的對朱大丞笑。「我喜歡看著妳大吃大喝的樣子。」朱大丞說。

「我有件重要的事想告訴妳……」趁著她大口吃著肥嫩多汁的牛排的時候，朱大丞忽而嚴肅的盯著她說。

衛妍充滿戒心的看著他。該不會是來做重大告白的？

朱大丞忽然變得憂愁：「我是要告訴妳，下個禮拜，公司緊急調我去北京分公司當教練，要三個月後才能回來……」

「喔，那很好啊。」衛妍鬆了口氣，放縱的把盤子邊的青蘆筍咬得卡滋卡滋響。

「妳怎麼那麼冷淡啊？好像我走了妳很高興似的……」

「公司器重你，有前途，很好啊。」

「還是很冷淡。妳……難道沒有一點點會想念我的感覺……我覺得……妳沒有我的話，好像……不會過得很好……妳不覺得嗎？」

「我會照顧自己啦。」不過，因爲正津津有味吃著朱大丞所犒賞的食物，被餵飽的她心情越來越好，她抬起頭來，給朱大丞一個微笑：「好吧，我會想念你……」

「眞的？」他馬上面露喜色。

「我就要出發了……」朱大丞小聲的說：「那……今天晚上，妳可以……可以……陪我……可以……嗎？」

在她看來，他像一隻可愛又可憐的小狗，搖著牠的小尾巴，發出了嗚嗚的哀求。「不行！」她深吸了一口氣，斷然的拒絕了。

「爲……爲……什麼？」

「因爲我累了，我要回家休息。」衛妍說。

「那……明後天……」

「我不想。」衛妍知道，這個男人在想什麼，她懂男人，但是她必須殘酷的回答，回絕他溢出愛意的眼神，她不想再像一隻玩毛線玩到纏住自己的貓了。

她看著他，輕聲的，但堅定的說：「抱歉，我眞的只能把你當朋友……那個，只是一場酒精中毒後的誤會，你可以……忘掉嗎？」

朱大丞沒有想到，自己辛苦的安排了一頓好飯來討衛妍歡喜，竟然會得到這一個答案，而坐在對面，嘴角還有牛排屑的女人，並不是在開玩笑……她的眼神很清明，她彷彿不是他原來認識的那個衛妍……

「我現在僅餘的力氣，只夠對自己負責。」她說。

27

李又又：情敵是打得敗的，性格是打不敗的。

「嗨，又又，妳好嗎？」

李又又被身旁的車裡發出的聲音嚇了一大跳。

那個叫住她的人，竟是王碩君。

「你……」李又又第一時間的確很想遁走。她在現實世界中，當一個安安靜靜的幽靈已經很久了。

王碩君戴著太陽眼鏡，他只要一天沒有刮鬍子，下巴就會像雜草一樣長出許多鬍鬚來。

「妳有點怕我？」他有氣無力的說：「我們從來不是仇人，無論如何，我們可以做朋友，對吧？」

「我……」

「上車吧……」他下車來，爲她打開車門，對猶豫的她說：「到車裡頭來說話，妳放心，我只是需要一個屬於妳和我的可以講話的空間。好嗎？」

李又又坐上了駕駛座旁的位子。

「我要跟妳說對不起，我不知道，這些事情會搞得這麼……尷尬……」

「沒關係。」李又又故意維持著話語的淡漠。冷漠是不要受傷的好方法。

「妳說沒關係，其實是有關係。事關個人隱私，我實在不好說她什麼，是她打電話給我母親的……可是她應該知道，她在說謊……」

王碩君也刻意的維持著沉穩，但他的手卻重重的擊落在方向盤上面，冷不防發出了一聲短暫又急促的喇叭聲。

李又又再度嚇了一跳。

「我……這不關我的事了……」她仍然冷冰冰的說。

「妳很慶幸妳很早就決定不要我，對不對？在發現我是一個這麼糟的人之前？」王碩君說：「不是的，不是的，我不是這麼糟的人。我對她一向很負責任，而且並不想要不厚道，所以才會……這麼久……」

他口裡的她，自然是指衛妍。

「問題不只是她吧……」李又又輕聲說。

她的心碎了，她自行縫補好了，她不能在他身邊了。這是第幾次心碎呢？她算不出來。

「妳一定覺得我很糟，我對不起妳……但是又又，這一些枝枝節節，都是妳不在我身旁的時候發生的，妳可以聽我解釋嗎？」

他拉著她的手，她輕輕的推開了……

「問題不只是她，問題在於你，你的性格。」李又又淡淡的說：「情敵是很容易打敗的，但性格是花再大力氣我也打不敗的！如果沒事，我下車了。」

「妳從來沒有對不起誰對不對？所以，妳受不了不夠完美的東西……我不夠完美了，所以妳打算丟掉我，對吧？」

李又又看著他：「謝謝你來告訴我這一些，謝謝。可是你的世界太複雜了，你自己都無法處理，我也沒有辦法代勞……我們的弱點，其實都是性格的弱點，謝謝你讓我明白，我們畢竟是不適合的……我，祝你幸福。」

她下了車。心裡還迴盪著王碩君的話：妳沒有對不起任何人嗎？

她當然有。她對不起的人可多了，那些想殺她一千刀的香港客戶，她很對不起。雖然她也不是存心要害他們，但是，她想要保有那個海景辦公室，保有她在異地奮鬥被肯定的成績，只能在公司從善如流，結果間接害了人。

對不起的人，還有我媽，我媽生前，我和她嘔氣，只因爲她疏忽了我的心情，她去世了，我也沒有和解機會了……

我很遺憾，眞的很遺憾……

我也對不起衛叔叔……他眞心關心過我，我卻沒有眞心關心過他……我未曾和他說過心裡話……他去了哪裡，我其實並不眞的關心，我希望我媽走了，我就可以和他們一家人都無關……我並不眞的知恩圖報。

我也對不起衛妍，我一直懷恨她橫刀奪愛，其實，我也可以做出跟她一樣的事……我沒有比較高尚。

她嘆了口長氣。

逝者已矣，爲了活，她只能往下個目標好好走。她往她的短期目標：菜市場，繼續前進。

這些日子，她看見衛妍的小腹的確逐漸隆起。最近衛妍似乎去上班了，每天晚上十點多才回到家，自己按摩小腿，一邊自言自語的喊著，好酸好酸。

她也發現，不管她在冰箱放什麼，衛妍都像一隻大老鼠一樣，趁她不注意把東西吃光。然後把沒有洗的碗留在洗碗槽裡當證據。

李又又想，泡麵對孕婦應該不好，她這些日子以來，已經沒有買泡麵了。她逛到水果攤，多買了幾袋水果，她也挑了水餃，多買了些雞肉牛肉……走到了紅豆餅的攤位前，她每種口味都買了兩個……那是小時候衛妍和她公認世界上最好吃的零食……

「我怎麼了？我似乎是出來買菜給她吃的？」她自己啞然失笑。

或許因爲這一天天氣很好。入冬前，難得有這樣的好天氣。陽光燦爛，她沒有理由心情不好起來。

李又又觀察得沒錯。衛妍找到了百貨公司服裝銷售小姐的工作，若是以前，她肯定是不願的，可是她已經不能再任性下去了。

當專櫃小姐眞的不容易。他們這個百貨公司的樓管，要她們沒客人時也不可以看手機超過一分鐘或群聚聊天，每個時刻都得笑臉迎人，衛妍每天站得腳發麻，連腳都像不是自己的。

不掙錢沒法活。她的食量變得奇大，完全無法控制，第一個月的薪水，拿來當伙食費都快不夠。下班後的最佳消遣，就是搭捷運到附近的夜市裡找吃的，比如珍珠奶茶啦、鹽酥雞啦、各種炸物啦，都是她的最愛，被她當成工作後的最佳身心安慰劑。自然而然的，身材也像吹氣球一樣，每一天膨脹一點點。大家只覺得她胖得快，那個服裝品牌的人事主管來巡店時，看到她，第一眼還認不出來。

「不好意思，妳……跟那個時候，好像不太一樣……看起來我們公司的福利不錯……」中年男性主管開她玩笑。

她得到這份約聘工作，是因爲她隱瞞了懷孕的事實。

準媽媽的荷爾蒙有神奇的作用，讓她越來越樂觀……她忽然有了新的想法：管這孩子的父親是誰，她的人生中不缺乏情人，卻永遠缺乏親人，自己的孩子應該是絕對的親人！

一天一天過去，藏在她肚子裡的麻煩，慢慢的變成了她講話的對象。

變成了她的盟友。

有幾天，不知道爲什麼，一直拉肚子，她心裡有點擔心，才第一次去做產檢。醫生把涼涼的膠狀物抹在她的肚皮上，用一個探頭在她肚皮滑動，她和醫生一起，第一次欣賞著小螢幕裡頭的影像。那個小東西已經有頭，有臉，有手指了。醫生問：「幾個月了？第一次產檢？」

她說：「兩三個月吧……」

「看起來不只！妳還是要定期做產檢比較好！爲了孩子的健康，妳畢竟希望，他是健健康康來到這個世界上的吧！」

衛妍說出自己的擔心。

「我肚子不舒服，有影響到他？」

「沒有，他活潑得很，一直在動，」老醫生笑著：「妳自己吃東西要小心，不能再亂吃東西！在我看來，他大概快四個月了……」

衛妍看著小螢幕裡的小人形，好像在對她揮著手說：「嘿，妳好呀！」心裡忽然覺得很滿足，笑出聲來：「他好可愛……」

「那好，懷孕是人生很幸福的過程，妳要好好保重，生活上要更注意！」醫生說。

好奇妙啊，這一個小東西藏在她身體裡頭，卻讓她有了某種安全感。人生的酸甜苦辣，都有人與她一起品嘗，這不就是她從小到大最需要的一種感覺嗎？

以前，她企圖從充滿愛的懷抱裡得到安全感，她知道那種安慰十分短暫。現在，她的身體裡有一股暖流，那是日日夜夜都存在，且逐漸在成長的一種美好的關係。

「這是我自己的孩子。」晚上做噩夢醒來，她會對著自己的肚子說：「別怕別怕，有我在……」

唯一讓她很煩惱的是，這個肚子裡的小東西，左右了她的食欲，讓她失去了凹凸有致的身材。孩子的爸爸是誰呢？她不想再推敲了。

「那個時候，我也不知道呀。」衛妍也裝傻。

已經瞞過了試用期。這個公司，可不能把她解雇了。她一點也沒有眞正喜歡這個工作，但她更不喜歡斷炊。

李又又和她活在同一個屋簷下，雖然兩個人不講話，衛妍出門時，她通常早已經出去買菜或散步，衛妍回家時，李又又躲在書房裡練書法。維持一種眼不見爲淨的平衡。

這天半夜裡衛妍又餓醒，在冰箱裡找食物時，覺得自己中了特獎……冰箱裡怎麼會有這麼多食物，李又又明明知道我會來吃，幹嘛這麼大方……

「該不會她已下了毒……」

不管了，就算是下毒也得吃，她好餓……

哇，竟然有紅豆餅，她高興得想大叫。她餓到連加熱都懶，連冰的她都覺得好吃。

吃著紅豆餅，她想起了父親。在李又又還沒有進到她家之前，爸爸常帶她到市場裡買紅豆餅，對她來說，那是父愛最好的證明。

忽然想起了爸爸……衛妍也想起了那天被她藏起來的那些信……因爲害怕繼續聽見父親譴責，被她不知道藏在哪裡的信……

李又又沒有問起那些信，衛妍理所當然的忘了……

28

李又又：我其實非常羨慕妳，妳那麼容易遺忘。一忘天下無難事，笑嘻嘻就往前走了。

入夜，下起了滂沱大雨。雷聲大作時，衛妍在電視櫃下的雜物堆裡找到了那幾封信。

信封上的收件人寫的是：又又與妍。

衛妍在二樓的房間裡，躺在床上把信打開。她心裡覺得怪：信封上的名字，不是給郵差看的嗎？不過，爸爸故意沒寫上姓，應該也有他的想法。他想要她們兩人，不要讓外人一眼看來就是兩家子的人。

信上有風吹打過的痕跡，品質不好的信封袋，外表已經斑駁，應該是躺在郵箱裡很久，才被鄰居老太太好心收起來，衛爸爸用毛筆寫的字，已經模糊而無法辨識。

衛妍性子急，又怕每封都是父親寫來教訓自己的，乾脆從最新的一封拆起。

又又、妍兒吾女：

寄過數封家書，未見回音，我擔心的是妳們收到這封信時，我可能已不在人世。

我對人世並無眷戀，只有後事需要交代。

這幾年我住在這裡，生活簡樸，我自己並無太多花費。這裡是桃花源，我非常平安。

我餘日無多，自己已安排妥當，葬在此地即可，妳們二人不用煩惱。

家中小房，早已過戶，又又與妍兒各半，請和平處理。各自珍重

父字

「天哪」，衛妍心驚肉跳，看著郵戳，責怪自己的粗心：「不會吧，這一封……看郵戳已是半年前寄來……」

沒想到這可能是最後一封信……而這一封信，信封上連地址也沒寫！

哇……衛妍大聲哭了起來。

就在這個時候，巨大的春雷聲也響了。不久，雨越來越大，老屋的客廳開始滲進水來。水從天花板直落而下……衛妍趕緊拿了水桶來接水。

睡在樓梯下的李又又，此時也給沿著樓梯滴下來的水滴醒，慌忙從夢境裡回來，拿著一個臉盆，匆匆到二樓去找漏水點。

「又哭些什麼？」她看著衛妍的臉，心裡嘀咕：莫名其妙。

「妳來看這個信……」

李又又看了也吃驚，暫時忘了衛妍是她在這世界上最不想交談的對象。「怎麼妳連這個都可以忘了看？」

再看上一封。

上一封，是這一封半年前的，寫的是：

又又、妍兒吾女：

我平生虧欠只小妹一人，如今責任已了。但此地安靜，無車馬喧，又有友人相伴，我已經不想回鄉，想要在這裡終老，如果妳們有空前來，順便看看山明水秀之地也好，甚念！我在這兒的蝸居，雖然設備古老，但是地方幽靜，鄰居都好。幸得王紅女士照料。祝平安

父字

「這一封有地址……」李又又說：「只不過，只剩下什麼北……我知道了，河北？還是湖北？什麼張家坪的……就這幾個字最清楚，只有這一封還看得到地址，其他看不清了……不過，責任已了，小妹是誰？」

再前面一封信，寫著：「小妹風寒已癒出院，我心慶幸。雖然不知道還可以撐多久……，希望妳們有機會來看看妹妹。」

「天哪，這封也寫著有個妹妹……」衛妍這幾個月來也是第一次正面看李又又：「爸爸是不是有妄想症？」

「有可能。」李又又第一次同意她的看法。

哪裡來的妹妹？父親在隱居的地方新生的？父親當時已六十歲，但是，也是不無可能。父親娶了一個新太太？

「我爸一定是在那裡組了新家庭，所以不肯回來。」這是衛妍的判斷：「他不想告訴我們，怕我們反對……」

最舊的一封信，信紙都已發黃，看起來已經殘破不堪，上面寫著：

又又、妍兒吾女：

妹妹雖然行動不便，但是個性活潑愛笑……我想，她能夠一直維持在兒童天真的心思，未嘗不是她的福氣。我當時未與妳們商量，匆匆離家，並不是不想讓妳們知道，是我明白，責任沉重，你們還年輕，還要為事業奮勇，不須分心思在此……我身體還算硬朗，勿念

父字

「也許，還有別的信，但是……鄰居太太並沒有收到……」李又又苦笑著，一邊調整水桶的位置，好接從天花板滲透進來的水。

「什麼妹妹？我眞的好想去揭開這個謎題……」衛妍說。

「都是妳，妳回家的第一天就收到這封信了吧？爲什麼今天才拿出來看？」李又又板著臉。

李又又以爲衛妍早已看了信，她是個什麼都會嚷出聲來的人，所以李又又覺得，衛妍沒說，

就是沒事。

衛妍自知理虧沒答腔。

「本來，他還期待著我們會去看他一面，現在可好，他都說是絕筆書了……」李又又說。

「我爸可能只是有妄想症，說不定……他是故意這樣說的。逼我們去見他……而已……」衛妍說。

「妳還眞的很樂觀……」李又又說：「沒關係，最近我去找他好了……」

也許。經歷了一番波折，又把她們兩人叫回了老房子，就是因爲她們有責任未了吧。李又又這麼想。她從香港回來，在這間老房子中回歸簡單生活，這些日子如同閉關修練，除了練練書法之外，也沒有別的事。心裡一直覺得，好像有什麼事等待她完成。如今看完衛叔叔的信，她忽然感覺到這件事迫在眉睫。自己就欠衛叔叔一個人情，也許，如果沒有解決這一件事，她的人生彷彿會永遠卡在這裡……

「我也要去！」衛妍說。

「妳？」李又又看了看她鼓鼓的肚子：「妳不要自不量力。」

「我健康得很！妳看我現在每天還能上班站那麼久？只不過……」衛妍想到現實問題，她還是沒有積蓄，而且，又欠了幾筆卡債的循環利息……「這樣吧，妳先借我錢買機票……」

「不用，我自己去就好。」李又又斷然拒絕。她一點也不想跟衛妍同行。上一次，妳的住院費用沒有還我，妳忘了嗎？不但沒有還我，還沒有感謝過我。

想來還是有點生氣，有史以來，衛妍向她借東西，從來就是有去無回，從小就這樣，弄丟了她的東西，也都還理直氣壯。

她根本就是自己生命中的土匪！

她沒空和衛妍爭執，此行責任重大，如果衛叔叔的絕筆信是眞的。

衛叔叔是爲了什麼動機，到那裡長住了那麼久？

小妹，是什麼樣的小妹？

李又又和衛妍的腦裡，都有相同的問號。

李又又上網查了張家坪這幾個字。如果只靠這幾個字就想找到住址，也想得太簡單了，因爲網路一搜尋，有無數張家坪村、張家坪鎮……看得人都眼花了。無奈信上字跡斑駁，住址並不齊全。

全中國，就有無數的張家坪村鎮！姓張的人，多得是……只要姓張的人多，住的地方都可以叫做張家坪……

「天哪，幹嘛住這麼通俗、地名到處都有的村落呀？」衛妍問。

李又又攤開手，聳了聳肩。

「等等，有機會找到地址的。」李又又往衛叔叔書房裡去。「他會去那裡，一定有他的理由，他是一個謹愼的人，去哪兒都不是忽然決定的。說不定我可以找到一些跟張家坪有關的線索。」

她走進衛叔叔的書房。平時，她也在這裡練書法，但是並沒有亂動過衛叔叔的抽屜。她記得，母親去世後，衛叔叔常常一個人悶在房間裡沒出來，在母親去世以前，那時，常會煮她愛吃的大滷麵當宵夜，會親切的問她要不要吃的衛叔叔，那些年似乎已經把進廚房這件事忘了，鬱鬱寡歡。

衛叔叔鬱鬱寡歡，李又又也是，他們兩人都無力消除自己頂上的烏雲。

書桌的抽屜是上鎖的，李又又向來尊重別人隱私，從來沒有想到要打開窺視。鑰匙在哪兒呢？她東找找西找找。就在她東翻西尋時，衛妍走了進來，拿了一個硬物，猛力一敲，啪啦，鎖跳開了。

「這……妳破壞狂啊妳……」

「不然，妳找得到更好的方法？」衛妍白了她一眼。「以前，我爸和妳媽，常把家用鎖在抽屜，我都是這樣子拿出零用錢的。」

衛妍露出得意洋洋的表情。李又又心想：果然品性自小奇差無比。

抽屜裡頭放著一些文書信件。李又又找到了和張家坪相關的線索，那是一封叫王紅的女子回給衛叔叔的信，裡頭自稱中醫師：

來信獲悉，承蒙抬愛，正如報導所言，為了醫治小女，我的確下過苦功，研習過針灸，小女本來四肢無力，無法動彈，到四歲也依舊無法言語，但在針灸與氣功的雙管齊下治療下有很大的進步，如今已經能夠扶牆而行……我很樂意幫忙，如果您需要任何資訊，請和我連絡。我住在窮鄉僻壤，如果您不嫌遠，也歡迎您到來……

王紅敬上

重要的是，這封信有地址，而且是詳盡地址！是張家坪村思源小區二號……如此一來，應該不會跑錯張家坪了。

「所以，爸爸是去找這個人？」衛妍問。「他爲什麼要找這個人？有什麼病需要治療？」

「我也覺得沒有必要，那一次我帶他就醫……心肌梗塞已經裝了支架……難道他還去找偏方？」

想到那一次帶衛叔叔就醫，衛妍貪睡就算了，還把之後依約來家裡找她的王碩君給拐跑了，李又又還是有點氣。

「如果是去治病的，那就好，」衛妍吐吐舌頭：「我還以爲是我把他氣跑……」

「妳的確也是罪魁禍首。」李又又忍不住說了：「他寧願跑到天涯海角去求偏方，也不想天天看著妳胡作非爲！……」

「妳不要急著罵我，我也沒有過太好嘛……」不知何時，衛妍露出既可愛又可恨的表情：「我知道了，我想通了……信裡寫的女兒，是王紅的女兒？也是他後來說的妹妹？對吧？我覺得我眞的滿聰明……」

說起來，又不太通——父親放著兩個女兒不管，跑到千里之外，爲了照顧一個素昧平生的有肢體問題的小妹妹？

「一定是我爸後來去那兒，愛上了王紅，然後把她的女兒視如己出。我爸一向對別人的女兒比較好呀，這也說得通……」衛妍看了李又又一眼：「如果是這樣的話——爸爸和這個王紅，是眞愛啊……」

衛妍自己把劇情串起來，感動的淚水也呼之即來。

「拜託，妳可不可以不要急著陷入愛情通俗劇裡？妳記得，衛叔叔先去了美國？」

「喔。我倒忘了……」衛妍說：「是喔。我們報警時，他們說他去了美國。」

「妳的忘功的確厲害！」

「忘了很好，不會老揹著昨日的重擔。」衛妍說。

「這句話講得有道理，」李又又說：「但就是不該由妳這種人來勸世！」

「他退休了馬上跑去美國做什麼？他又不愛旅行……」衛妍抬起頭，看見書櫃裡的確有幾本英文會話書。

「我怎麼知道！」

「我又不是問妳，我正在跟我自己對話，不行嗎？說不定我這小小愚昧又美麗的腦袋瓜兒，也可以想出個什麼來嘛……」衛妍用近乎撒嬌的語氣說。

李又又差點笑了。

這一隻變色龍！潑辣時很潑辣，柔軟時很柔軟，這是李又又學不會的。實在莫奈她何！

「先不管什麼美國不美國了，他就是在這個張家坪！」李又又說。「只要找到王紅這個人，就找得到他！都是妳，是妳把信搶走，還藏了起來，拖了這麼長時間……」

「我知道我錯了，所以我跟妳賠罪，我跟妳去找他呀！」

「不用，我自己去！」李又又斬釘截鐵的說：「晚安，我得去睡了！」

那一夜，雨繼續下著，李又又睡得很不安穩，起來把接漏水的水桶裡的水倒掉了幾次。小房子隔音差，她可以聽到從衛妍房裡傳來的打呼聲。衛妍懷孕後打呼聲越來越響，李又又想：這個人眞厲害，天塌下來都睡得著！

一直到天快亮了，還在床上輾轉反側，她索性起身來，坐在電腦前爲自己訂了機票。

29

衛妍：樂觀是一種非常有效的療傷止痛劑。

昨日晚睡，早上上班差點遲到。衛妍瘋狂的從捷運站拔腿跑向百貨公司，路邊行人紛紛向她行注目禮——他們的眼光似乎在說：這個女人大腹便便，不是懷孕嗎？怎麼還跑得飛快？

在只差三十秒就遲到時，衛妍成功打了卡。就在這個時候，有人踢了她的肚子一下。好奇妙的感覺啊，被一個會動的小東西從身體裡頭撞擊了。那個感覺像觸電一般，對於衛妍這個感情豐富的人來說，那個感覺比初吻還驚心動魄。

來自腹腔深處，溫暖的小小暴力。

衛妍不知不覺的又感動了起來。前幾個月，她吐得七葷八素，有一點怨恨肚子裡頭的磨人精，後來，她就不再吐了，取而代之的是一種有人和她相依爲命的溫馨感覺。

她很早就胃口大開，所以孕吐結束之後，她的體重逐漸上升，虧她有張小臉，看臉並不顯胖，但是，身形的確越來越巨大。

月薪本來就少，加上還欠了不少循環利息，以及必須買許多食物來「果腹」，又戒不了網路購物的習慣，讓她本來就已經負債累累的荷包顯得捉襟見肘，值得慶幸的是，她不是一個會太煩惱明天的人。

「嘿，別發呆，快開店了！」百貨公司的樓管人員走過來，提醒她。面對孕婦，平時嚴厲的他也盡力把聲調放得再溫和不過：「趕快工作，賺奶粉錢哪！」

「是……」

爲了養活肚子裡的寶寶，衛妍變成一個順民。這天晚上，衛妍做了個夢……

衛妍很少記得自己的夢，這一次是例外……

她和父親在一個高高的塔裡頭，那個塔只像涼亭一樣大，位置好高，只是很高……下面是一個巨大的湖。

「這是哪裡？」

「這是岳陽樓……」

岳陽樓是哪裡？好像中學時讀過一篇文言文，和這個有關係。

「你連岳陽樓都不知道……」爸爸又要嘆口氣說：「書都念到哪裡去了？」

「我要走了。」爸爸依然沒有表情，也沒有看她。

「走去哪裡？」衛妍說。

爸爸指指下方的湖。

「沒有路……」

「路是人走出來的……」爸爸說。

不只沒有路，這個高塔上，也沒有往下的階梯，這個高塔像個鳥籠，被吊在半空中一樣。

衛妍還在發傻，好奇怪，怎麼可能？我們是怎麼上來的呢？

爸爸卻已經半個身子在塔外了，看樣子他打算要一躍而下。高塔上有狂風，把爸爸的衣服吹得沙沙作響。

「小心啊爸爸……」

衛妍伸出手去，企圖抓住父親。

然而，父親的手卻像鰻魚一樣，滑溜溜的從她手中閃掉了，父親像一隻急速往下俯衝的鷹，很自在的往那一望無邊際的湖水中躍下，那湖水忽然從平靜湛藍變成黃浪滾滾，衛妍失聲尖叫……

她就這樣全身緊繃的醒來。撫著自己的胸口喘氣。發現是夢，到底還有一點高興。

「糟了，要遲到了……」

懷孕之後好睡，如果沒有雙重鬧鈴，她是叫不醒的。

已經九點了，怎麼辦？

從床上跳起來，才驚覺這一天是她的休日，她沒有排班。

下樓弄早餐吃，看見冰箱裡滿滿的食物，衛妍驚嘆了一聲，哇，不可能吧？難道……李又又回心轉意對她好了？李又又是不是有心悔改了？衛妍猶豫著要不要跟李又又說一聲謝謝？通常這時候，這一位「古墓派」，應該關在樓上小書房裡練書法。

難怪爸爸會比較喜歡李又又。衛妍想，因爲，李又又的性格的確比較像爸爸……

衛妍把冰箱裡的冷凍水餃拿出來煮了，心想，妳會做好人，我也會……中午到了，那麼，也問一下李又又，是不是想吃點？「她投桃，我報李，我也要讓她知道，我不是壞人……我也會回饋啦……」

李又又食量小，那麼就多煮個八顆好了。衛妍煮好了往樓上叫：「喂，吃午飯了……」吼了幾聲，沒有人應。

吼這麼大聲，怎麼可能沒有聽見？「好吧，我就服務到家怎麼樣？」她捧著水餃敲門，發現書房裡頭沒有人，收拾得乾乾淨淨，李又又不見了。

書桌上有一張紙條。

「我去找衛叔。」五個字。

太可惡了！交代一聲那麼難嗎？她到底離開多久了？昨天晚上百貨公司打烊晚，她累得一回來就睡了，李又又在不在家，她根本不知道。

她去找爸爸了？……親生女兒不去找，卻讓一個沒有血緣的女兒去找，越想越說不過去……衛妍想：「李又又妳也太小氣了，怕我跟妳借錢買飛機票，妳就不告而別？太過分了……」

不行，我也一定要去，可是怎麼去呢？她還是一個行動敏捷的孕婦。問題在於，她沒錢……

上網刷卡，額度不夠……

該如何才能弄出一筆小小的旅費來？

衛妍做了最不願意做的事，打電話給趙芝。「喂，我答應妳，我從此不再找王碩君麻煩，但是妳要幫我一個忙！」

「什麼忙？」趙芝聽到她如此開門見山的說法，也呆掉了。

她迅速同意，借支衛妍一筆費用。衛妍如此爽快，著實讓她意外。

30

李又又：當往前比回頭路容易走，誰願意一再回頭？

「李又又，妳眞不是個好東西……！」一臉濃脂豔粉的女人，可不就是董太嗎？她怒氣沖沖的衝到她跟前，把手上的鱷魚柏金包一揮，一邊罵著：「妳給我逃到哪裡去？妳害我傾家蕩產，別想躲著不見人！」

那沉沉的鱷魚包，打中了她的額額一角，感覺有溼溼黏黏的液體從額頭上汩汩流下……

她還努力哈腰道歉……

就這樣嚇醒了。

「女士，妳沒事吧？」前頭有陌生人的聲音傳來。

山路崎嶇，搖來晃去，她的頭被搖到撞到車子的窗框才醒來。她在一輛陌生的車上，也在一條極爲陌生的路上。

李又又喘了口長氣，雖然做了噩夢，但這一打盹，她的元氣恢復不少。好幾個晚上都睡不著，又花了好大力氣轉機，能夠入夢也是好的。

上車時天光猶亮，現在，下午五點不到，舉目已一片漆黑。

車子正在山路上前行。

師傅看起來是個老實人，一臉誠懇，也寡言罕語，李又又才能放鬆的睡著。

從機場到張家坪，要花五個鐘頭的路程。

開始下雨，陰陰沉沉的。

可是，老實也還是有老實的壞處。上車走了幾分鐘，才問：「是哪個張家坪？那邊有很多地方，都叫張家坪，姓張的很多……」

「你？有GPS？」

「什麼GPS？」

「導航……」

「什麼導航……」

這下子是秀才遇到兵了。李又又才猛然想到，這是一部破破的小車，怎麼可能會有導航？

「女士，今天咱們可要小心啊，我聽預報說，今天會下大雷雨……」師傅說：「現在雨不大，看這狀況，我就算能把妳送到那邊，但是……我回程可慘了……」

李又又心想：「我還在擔心是不是找得到目的地，你倒擔心起回程來了？未免太杞人憂天！」

她只能回答：「擔心沒用，到了再看看。」

雨越下越大，山路蜿蜒向前，周邊變得越來越昏暗，根本沒有路燈……

砰一聲，李又又的頭又撞了前座一下……車子熄火了。

「眞是的！早知道不應該答應走這一趟路，什麼鬼路，連個路燈也沒有！這根本不叫做路，坑坑疤疤的，現在可好了！」

本來不愛講話的司機說起話來也挺驚人。他下車檢查了一下，搖頭嘆氣說：

「女士，我們今天到不了了……」

李又又自嘆：運氣背時，什麼倒楣的事情都會遇到。

「就算打電話回去請人來救援，也要很久才有人來……天黑了，一般來說，這條路上不會有什麼車的，何況下著大雨……喂，女士，妳打算怎樣？」司機說。

「這裡離最近的城有多遠？」

「這裡哪裡有城？女士！這麼偏的地方，哪裡有城？」

「我是指，有人聚集的地方，有旅店什麼的……」

「前面那個埡口過去有條小街，一般人會在那裡加油、吃點東西什麼的……」

「有多遠……」

師傅抓著頭想了想：「大概有個十公里八公里的……」

李又又二話不說，把本來說好的車資丟給師傅。

「妳當眞要走？路很黑，又滑，雨又大……」

李又又不回答，毅然打開她的小傘，亮起了隨身的手電筒，拖著小行李就往前走去。

人生不就是要當機立斷，怎麼可以在這裡坐以待斃……她對自己說。

在雨中行走，比想像中要難，不到幾十公尺，李又又的鞋已經全溼，山路上到處都是深深淺淺的水坑，好像走在月球表面一般……繞過一個小山頭，遠方前頭依稀有燈光，那是她唯一的希望……她兩眼直視著燈光，用一種堅定的表情，繼續往前走，越走，遠方的燈光彷彿越遠……

她感覺自己走了半輩子了，前方還暗茫茫一片，地獄路上也沒那麼潮溼吧？許久之後才見到一條溪旁有房子的街道，找到一盞還沒有熄滅的微黃燈光，上面寫著旅店二字，沒有名字的旅店，成爲她的救贖。此時連她手上的表，都因爲雨水浸潤而不再走動了。這時候應該是午夜，大雨滂沱，路面已經隱然是一條小河……而她腳上的鞋，已經像兩艘快要沉沒的破竹筏……

衣服完全溼透，李又又冷得全身顫抖不已，就在她覺得自己快要溺斃的時候，她按下了那家不知是否有在經營的旅店門鈴，古老門鈴發出了聒噪的電擊聲，在她聽來卻像天使的交響樂，宣告她即將得救……

「來了來了……這什麼天氣還有人，了不起！」她聽到女人宏亮的聲音。李又又腳一軟，就這樣昏了過去。

「好了，好了，醒來了，」有人猛力搖著她，餵她喝一口熱水。「姑娘妳是怎麼過來的？怎麼走得自己一身都是泥巴，全身沒有一處是乾的……」

李又又連打了幾個噴嚏，的確，她的衣服是從外頭溼到裡頭，她好冷。「妳快把衣服換掉吧，否則要生病的。今天住宿是不是？我們這兒統一的價格是五十元……通鋪……兩百元，個人房……」

「給我最好的那間……」李又又囁嚅著說。

「那三百元！」老闆娘是個瞇著眼睛的大媽，她微笑著說：「這樣吧，妳付現給我，我給你去煮個熱茶喝，不然妳會生病的！我也給妳弄熱水去！」

無論如何，此刻李又又覺得自己遇到了天使。至少不再是一頭在做垂死掙扎的困獸。

她享受了一個熱水澡，把身上的溼衣服全部丟進垃圾桶裡，在硬得像棺材板的床上，她像享受盛宴那樣的睡著了。

睡得好舒服，好像睡了一輩子似的。

如果不是老闆娘猛敲門，她應該不會想要醒來……

「姑娘、姑娘，妳還好吧，妳要不要吃午飯？這裡就我們這一家餐廳，你如果要吃西紅柿炒麵，二十塊錢，我炒的麵是遠近馳名的，反正，這裡除了我們，也沒有什麼好吃的了。」

門其實根本沒有鎖，老闆娘猛敲了幾聲之後，就自行推門而入……李又又驚醒，從床上翻身坐起，只能猛點頭。

「我弄好幫妳送過來！還有雞湯，招待！妳住的房特別嘛！我們反正也沒別的客人。」

大媽又一臉含笑的離去。

李又又起床將自己簡單整理了一下，接著狼吞虎嚥的把熱騰騰的麵吃完，很久沒有這麼好的胃口了。

「話說姑娘，妳到底來這裡做什麼？看起來妳是大城市裡來的人，口音像南方來的吧？」

不知什麼時候，老闆娘又站在她身後。不等她回答，接著問：「妳今天退房嗎？今天的雨還下得怪大的，妳看，外面的路像河……一條黃河……」

可不是，往窗外看，這房子已經像河濱雅寓似的……外頭的水至少有一尺高，李又又想，還好這個房間在三樓……

也不能說還好，這裡的房子，看起來都是自己隨便搭的，萬一垮了，也有可能。

她想到了昨天那輛車，心裡默念，但願那師傅和車都安好。

「我們這兒，不能下大雨，一下大雨，泥水就會從那兒沖刷下來，十多年前，曾經有一次很嚴重的土石流災情，死了好多人……」大媽這麼說的語氣還算很平靜，突然變得十分激動：「都怪那水源地那邊，有人在砍樹，買了一片山，拚了命砍，全砍光了！也不管我們下面的人死活……」

「大娘，請問……張家坪離這裡多遠？」

她拿出了地址來問。

「我看看……」體態福相，臉上有天然紅潤蘋果光澤的大媽說：「我也不知道，我們這裡過去，有很多地方叫做張家坪喔，只有這裡的郵遞員最清楚。」

「怎麼找到郵遞員？」

「往西北走，繞過一個山谷，大概還有二十里路，那裡有一個站。」大媽說：「不過，這個雨，妳是去不了的，車都沒開。」

看來只好先住下來。

「姑娘妳別擔心，就算是大雨，我這裡的食物，都夠的，可以撐個七天都沒有問題！妳先安心住下吧……」

雨的確仍然下得很大，天空灰濛濛的，往遠處望去，一片濃稠水霧，昨天來的馬路已經像一條黃河，濁水滾滾往下坡走……李又又覺得自己被困在一個孤島上。手機也無訊號。

還是得等雨稍微小一點，她才能繼續往前走。

她從隨身行李中，拿出了她的隨身筆墨紙硯，繼續練書法。練字總能讓她集中精神，心情平靜。

天空像是哭不完似的，雨果然嘩啦啦又多下了兩夜，到了第三天，才有轉小的跡象，路上的水退去了些。「大娘，可以幫我叫一部車麼？」

「妳還是要去那個張家坪嗎？我怕那裡災情慘重啊，聽說那邊山上，有個小村莊全部給水淹了，塌了，活埋了……現在也不會有人要幹這個活，找不到車的，妳要不要再等一下？」

李又又是個謹慎的人，她想，也不無道理，等路上積水小一點再說。到了第四天，天空依然陰沉沉的，雨還氣若游絲的在空中飄呀飄著，她沒心情再等下去了，催大娘幫她叫車，大娘卻說，電話未通，附近的車，都給水泡壞了，不然這樣吧，就等等看會不會有車從城市那頭過來，反正這附近還能供應吃食的就她一家，車子總會停下來歇歇。

第四天中午，果然有車停下來，在樓下的食堂叫了東西吃。「姑娘，有人來了，好像是一對夫妻的樣子，這樣子比較安全，我問過，他們竟然也要去妳想去的地方……妳去跟他們談談，看看可不可以付點車資，跟著他們的車走！」李又又著急的拎著收拾好的行李衝下樓去，天涯何處不相逢，她看到了一個熟悉的面孔，衛妍……

又是她？

衛妍正在狼吞虎嚥吃一盤西紅柿炒麵，抬頭看到李又又，表情也非常複雜……彷彿看到一縷陰魂。

下了飛機，衛妍說好說歹，說自己的父親已經病急，不管天氣再惡劣，非出發不可，好久才找到一個怕女人撒嬌撒潑卻不怕死的，願意載她到張家坪……一路上閃著雷聲，才到達這兒，沒想到，就在這裡，遇到了李又又。

「真巧，趕上來了。」雖然不是他鄉遇故知，到底趕上了行程。衛妍還是有一點高興多了一個同伴，不然，人生地不熟……也怪孤單的，遇到李又又，讓她確定自己走對了路。

讓衛妍更高興的，還有另外一件事：衛妍身上的確沒有太多的錢給師傅，有人分攤費用乃不幸中之大幸。

衛妍露出了比陽光還燦爛的笑臉。「真巧啊……」

「嗯。」李又又露出一絲微笑後，很快的又抿起嘴來。

「妳們認識？」大娘問。

「是啊，真巧……」衛妍說：「再來一盤，妳的麵真好吃！她是我姐姐，她會付錢！」

「是啊，真巧！」大娘又端了一盤熱呼呼的麵上來，說：「還真要感謝這個雨，把她留在這兒，現在，妳們可以同路了，話說妳們姐妹到底要去那個張家坪做什麼？」

「去找我爸……」

「說來話長，不說也罷，」李又又打斷了衛妍的話，冷冰冰的說：「吃吧，趁熱吃！」

31

李又又：當我們一起面向外頭，決心做同一件事的時候，該殺千刀的宿敵也可以變成堅決的盟友。

上了車，不到一刻鐘時間，雨又開始變大了。年輕司機臉色越來越難看……

「女士，到底是哪個張家坪，這裡姓張的那麼多，妳查出來了沒有？我小時候是在這山裡頭長大的，但是我也搞不清楚，妳們要去哪個張家坪？」

「妳說呀……」衛妍轉向鄰座的李又又。

「我知道就好了……」李又又說：「不過，往前有個郵局不是嗎？有郵政區碼，拿這個地址去問就知道了。」

忽然，一聲巨響，一道雷聲就在不遠處的天空，像一枝從天空中掉落的著了火的樹枝一樣，劈了下來……衛妍嚇了一跳，在李又又還來不及反應的時候，就往她懷裡躲。

雷聲之大，開車的二十多歲的小伙子，也愣在原地……

「嚇死我了，唉唷，好痛！妳看，他這個星期會踢人了，哇，又踢了我一下……寶寶怕了吧，寶寶別怕，別怕……」衛妍對李又又尷尬一笑，接著，撫著自己的肚子，自顧自的說話。

李又又看呆了，這是另外一個面貌的衛妍。她撫著自己肚子說話的樣子，溫柔如水，看來既天眞又單純。

忽然間，李又又的腦海裡浮起了一個畫面，她的母親蘇老師懷孕時的樣子。

那段時間，李又又正在青春期，處處和母親頂嘴、吵架，母親對她的口氣也不好，兩個人相見時，氣氛彷如同一個屋簷下的陌生人，這種相敬如冰的氛圍，隨著母親肚子變大，有一些微妙的改變。

那陣子當了高齡產婦的母親常撫著肚子說話，對她也變得輕聲細語起來。李又又心中有酸有甜。甜的是，母親比較沒有放心思在挑剔她的所作所爲，酸的是，母親之所以變得心情愉悅，是因爲另一個孩子，不是她。

她曾經恨過母親肚子裡的孩子，如果不是她，母親不會被死神帶走，使她在世界上眞的變成孤苦一人……外面下著雨，而李又又自己一個人，在和往事拔河……暫時忘了自己在何時何地。

「哇，慘了，肚子又餓了……」衛妍又自顧自的把剛剛打包的玉米饅頭拿出來啃。

遠方天空又是一聲巨響，另一根巨大的銀色火花從天空掉下，發出像被擲下飛彈似的巨大爆裂聲，整座山彷彿都在嗚咽哀嚎。

師傅嘆口氣：「唉，那個方向，被打到的那裡看起來就是妳們要去的地方，不太妙啊……」

他暗示著大家要打道回府才妙。

後座兩人都沒有作聲。

豈能半途而廢？兩人互看一眼。

「妳們眞的要去嗎？前面那邊，只要有水患，都首當其衝……這樣下去，不妙啊……」

「眞的要去啦……都來到這裡了，師傅，半途而廢的人是不會成功的。」衛妍搶白說。

連師傅都笑了：「可是，就怕成功之後，也成了仁……」

連李又又也忍不住笑了。

「都來到這兒了，別怕，姐挺妳，我都不怕了……」衛妍說。「你如果現在往下坡後退，也未必安全，水流得比車開得快，恐怕會更快滅頂，至少到前頭的郵局再說吧！」

「好吧……」師傅皺了皺眉，又嘆了口氣。「前頭那郵局，是石頭砌成，百年前是山賊要寨，的確是這邊大水最沖不走的建築。」

沒多久，又是雷聲震耳，雨聲大作，陸路變成一條黃濁小泥溪。這一輛車，底盤頗高，車子在像水道般的車道上逆水前進，往後頭望，黃滔滾滾……的確，現在回頭也來不及了。

大概又走了二十分鐘左右，繞過了一個山谷之後，霧色更迷茫，還是下午，已經看不到車燈照射三米之外的道路。整個山谷在低聲嗚咽，到底是打雷聲還是落石聲已經分不清楚了。此時，再鎮定如李又又也打了個寒顫，忽然忍不住的想：在這裡就算送了命，可能過好久才有人發現吧？不，她不甘心。最不甘心的，就是衛妍還在她旁邊，表示連進了地府，她都得和衛妍相伴？這個想法更令人毛骨悚然！李又又不祥的預感越來越強，在這密閉空間中，她的心越跳越快，擋不住的恐慌讓她想破窗而出……可是她竟然聽到了衛妍輕微的鼾聲……天哪，衛妍啃完饅頭之後就睡著了。呵，她眞羨慕這個人，先天下之樂而樂，不管環境如何險阻，她就是有辦法我行我素……

李又又苦笑了一下，這一點，她不如衛妍，對衛妍來說，昨天永遠是可以忘記的，旁邊的人也是可以忘記的，她要做什麼就做什麼，天生魯莽，不知檢討，無羞恥心，沒道德感……但是自由。

李又又望了一下遠方。司機這時嘆了口氣說：「女士，恐怕我們過不去了，也回不了頭，現在，不知道該怎麼辦？我不該接這一趟生意的，可是她太會說服人了，她是一個孕婦，她都敢了，我哪有不敢的道理？她說妳父親病危，可能命在旦夕，如果現在不去，最後一面就見不到了……」

李又又除了苦笑，又能如何？如今在一艘船上，誰也掙脫不了命運安排！的確回不去了……彷彿有人不斷的在他們周遭一盆又一盆倒著大水……周遭的能見度更差，說是伸手不見五指也不爲過……山谷的低鳴聲越來越巨大，好像好人觸犯了山神，山神在發怒……

遠方的天空黑鴉鴉的，一大片烏雲籠罩著，不時還有閃電，還有雷殛打中樹林的燒灼似的聲音。

「我們……」李又又忍不住發言了：「再往前推進，路這樣小，又看不到路，恐怕會掉下山谷，要不要找個安全的地方休息一會兒？」

「怕是沒有安全的地方……」師傅說：「這一邊，如果我沒記錯，是最有名的落石地段……停下來反而沒命……」

「那麼就只能往前了……」李又又深深吸一口氣。盡量不要讓開車的師傅，感覺她說話的聲音在顫抖。

「神啊神啊，救我們……」她在內心深處這樣祈禱著……她的人生努力成這樣，最怕就是這個結局：和衛妍一起在小小空間裡同歸於盡。

似乎老天爺聽到她的禱告，雨小了一點。

總算繞過了師傅所說的最會落石的路段，衛妍才醒來，輕聲問：「到了沒？睡一覺，舒服多了……」

李又又別過頭去，沒有理會。她怎麼可以這麼輕鬆自在？

「妳這個人，怎麼那麼冷血無情，都在一條船上了，還不理人，一點同舟共濟的精神也沒有！」衛妍說。「我呀，是懶得跟妳吵架，妳不要當我好欺負來著！」

李又又撇著嘴，沒吭聲。

「既然妳不說話，那我說好了，妳從小對我有成見，那麼久了，我也懶得計較，可是妳這樣陰陽怪氣的活著，像行屍走肉，活著跟死了一樣！今天我乾脆跟妳說我的看法，妳有沒有想過自己過得愁眉苦臉，問題在哪裡？因爲妳不懂得愛，妳只會記恨！妳有沒有發現自己有問題？」

李又又氣得睜圓了眼，她沒想到，衛妍一睡醒便中氣十足的吐出了這一串教訓她的話。

「妳自己活得很好嗎？有資格這樣子說我？」李又又也不甘示弱的反擊了：「看妳把自己的人生搞成什麼樣子，妳很好受嗎？妳懂得愛嗎？」

反正，可能活不成了……我當然也有話要說！

衛妍也冷笑以對：「妳覺得我現在很慘嗎？那只是妳以爲！我倒覺得我現在活得還不錯，用我的標準來看，這是我最懂得愛的時期！我告訴妳，就算小孩沒有爸，我現在這個狀況，是我這輩子最開心的狀況！」衛妍撫了撫她的肚子，露出一個示威的笑。

「像妳這種自我感覺良好到這個地步的人，我的確很少見。」

「像妳這種世間罕有的冷血動物，一定是特殊品種！」衛妍回嘴：「如果妳有上輩子，一定是隻穿山甲，不然就是烏龜，一有問題就把頭藏起來！」

「如果妳有上輩子……妳……妳必然……是隻……是隻……」

「想不出什麼壞形容詞來說我吧……」

「豬！」

「不像！我這麼可愛……」衛妍嬉皮笑臉，打算氣死李又又。

「孔雀！自戀的孔雀！」

「嘿嘿，漂亮的孔雀！妳在……讚美我……呵呵。」

就在此時，師傅笑出聲來：「聽你們姐妹鬥嘴，眞有趣，我們家只有我一個孩子，想要找人閒磨牙都難……眞好……」

「師傅，請專心開車，那個郵局……應該在前方快到了吧……」衛妍說。

兩旁開始出現了房舍，車子駛進另一個山坳後出現了小街道，兩旁人家門戶緊閉，天空還是灰濛濛的，兩旁的矮房子都像給黃泥水染過顏色似的……

「看，那邊，那邊，好像是郵局……」衛妍眼尖，快看到了：「不過，我們要找郵局幹什麼？

我忘了……」

很明顯的，她整個人都在狀況外。什麼事都沒放心上，天生一個閒人……

「妳千里迢迢……唉，妳到底知不知道自己是來做什麼的？」李又又白了她一眼：「我們找郵局，是因爲剛才那大嬸說只有郵差知道我們要去的張家坪在哪裡。我眞的很懷疑，妳是怎麼找到這裡來的？」

「嘿，我是遇強則弱，遇弱則強，我一看到妳就放心了，我知道，路讓妳去擔心就行了，多一個人來煩惱，也沒有用呀……一切都有老天爺安排……祝我和我的孩子福大命大……」

李又又無言。

車子停下來。「我去問問吧……」李又又說。

水及足踝，無論如何，寧可把孕婦留在車上。

就在李又又要跨出車門的時候……遠方傳來轟轟隆隆的巨響，彷彿山林的撕裂聲，這一路怪聲音聽多了，李又又沒有太在意，只是急著要推開那間石砌的古老小郵局的門，看裡頭是不是有人……她剛剛推開了門，小腿一陣溼涼……滾滾黃浪就從路的前方往下衝過來，她閉緊眼睛死命的，用盡全身力量，吃力的在濁水中走上了階梯，把自己往門裡頭推……

「救命啊……」回頭一看，衛妍和那一部車，都還泡在大水之中……她企圖找人來救，找到樓梯，上了又窄又陰暗的梯子，爬到二樓，總算看到了一名男子，就大聲呼救……來不及辨識來者何人，她叫出打從出生以來最響亮的聲音……

「外面有人溺水，快去救人啊……」

從窗口往外看，水深已及腰，車子大部分泡在水中。那位師傅已經在車外，一手緊抓著車門，一手扶住卡在車門中的衛妍……

「拜託，拜託，救救他們……」

穿著白襯衫的男子毫不遲疑的衝下樓梯入了水，看見正在和逆流搏鬥的司機，正費力拖著一個孕婦，兩人都已面無血色。白衣男子步下石階，衣服迅速染成泥黃色，他拿了繩子縛在自己身上，把另一端給了李又又：「快，把我牢牢綁在那個大柱子上，怕等一下水再大了，就救不成了……」

「好！我幫忙！」

一秒鐘內，他已經變成了一個泥人，連頭髮都給打成泥漿色……他在急流中奮力前進，舉步維艱的走到車子那兒，衛妍從車門脫困時，師傅已經快支撐不住，眼看就要把緊抓著衛妍胳臂的手鬆開……男人接住了衛妍，大聲說：「兄弟，我負責這個女的，你自己撐著點，抓著我，一步一步走過來，可以吧……」

師傅點點頭，放開衛妍後，他的力氣還足以用來救自己。

遠方雷聲從未鬆懈……洪流滾滾中，分秒必爭，眼看著從上坡沖下來的水，又更加澎湃了一些……

男子抓住她的胳臂，水勢猛了一些，衛妍重心不穩，摔進水裡，讓男子也跟著整個頭進了泥水中，喝了好幾口水……李又又緊張到快斷氣了，幸好一瞬間他又把衛妍的臉牢牢的撈出水面……

衛妍的整張臉好像剛出土的兵馬俑……

李又又懸著心，揪著膽。

看衛妍的泥臉還企圖張嘴說話，知道她還清醒，十分安心。方才危急時刻，李又又一直責備自己莽撞，低估了天氣，就貿然來到一個陌生地方。

「你先到那階梯上，才能幫我！」男子對著師傅吶喊著。

師傅畢竟也是年輕力壯的男子，他率先到了郵局石階上，伸出了手，接手把衛妍弄上來。

就在這個時候，那一部車，又給洪流往後沖了十公尺遠……

「我的天哪，我以為我死了……」衛妍用微弱的聲音說著。

「妳……感覺還好吧？」李又又發現她全身都冰涼，手腳在顫抖……

「我好冷，我不行了……」衛妍說，然後輕輕的閉上了眼睛。

李又又忍不住輕輕摑著她的臉：「喂，妳醒醒……」

一樓已是水鄉澤國，在兩個男人扶持下，衛妍終於到達郵局的二樓。找到了一個軟墊……

「好冷……」李又又這才發現自己也是全身泥水。

「眞是，車才剛買，還好有保險……」師傅站在窗口憑弔著自己的愛車：「眞是不該接這一趟生意啊……」

他想取出口袋裡的菸來抽，但菸也溼了。

「眞凍！這裡有個老炭爐，我來生火！」男子說。「這裡有一些郵差制服，將就穿一下！」

李又又找了個地方掩護，協助衛妍把溼的衣服脫掉。用剛發現的舊毯子把衛妍包起來。自己換上一套寬大的郵差制服。她們的行李，全都泡水了。

「謝謝你，眞的不知道……怎麼謝你，你是這裡的郵差？」

「沒事……我不是！」那個救了衛妍的男子，脫下衣服後露出一身強壯肌肉，雖然臉色蒼白，他鼻梁挺直、兩目清秀，雙眉帶著一股英氣，看起來已經像個沒事人。「我看雨大，前一個小時進來休息，這裡管事的大娘，說她有事急著回家一趟，要我幫她看一下，沒想到雨就下大了……我也是外地來的……」

「救命啊……我肚子好痛……」忽然間，衛妍大叫。

「糟了……」李又又看到，當衛妍的手往身體下方一摸，整隻手變成紅色的……

小小空間裡的三個人面面相覷……

「妳撐著點……」

「我是想要撐……」衛妍說：「但這不是我想撐就撐得下去的……」

「她幾個月？」

濃眉男子問道。

李又又當然是不知道的，她從來未曾和衛妍討論過這件事情。

她們住在同一屋簷下的這幾個月期間，說的話不會比這一路上一起同車的句數多。

「我以前學過醫，只是後來沒搞那一行……」男子皺著眉頭思考：「助產我會一點兒……不過，看樣子她並不足月，這……麻煩了……現在又出不去……」

「我完了，我完了……快救我。」衛妍呢喃著，聲音越來越衰弱，李又又聽了，心像亂麻糾結在一起……

32

衛妍：每個人都只能感受自己受的傷，因為別人的痛不會痛……

外面的雨，下一陣停一陣，那部車被濁流推下山坡，又往後退了幾十公尺，卡在某一棟民宅和它前頭的電線桿之間。雷雨驟歇，來自上游的水流繼續夾雜著泥沙往下坡走……力道仍然強勁，無論如何，他們是困住了……

「如果水再泛上二樓來，我們就無路可逃。只能爬到屋頂平臺去呼救，看是否有救援部隊的直升機來。」男子說。

一室的沉默，衛妍忽然發出一聲驚心動魄的尖叫！

「我好痛，我眞的要死了……」

「妳……可不可以稍微安靜一點？因爲激動也沒有用啊！」

「我搞不好快要死了，」衛妍歇斯底里起來：「妳還來教訓我？妳眞的不是人，不是人……」

李又又任著她罵，並未回嘴。

「李又又！我告訴妳，我死前妳也要跟我道歉！」衛妍忽然厲聲一呼。

同一室內的兩名男子很難假裝自己不在場，只能默默的望向她們。

「妳還沒到要交代遺言的時候。」這個時候李又又還是堅持保持冷靜。

「我偏要現在說，不然，我怕我沒機會說！」

「好啊，妳要說就說。」

「妳從小恨我，對不對？」

「我沒有。」

「有，妳自以爲了不起，妳很優秀，妳瞧不起我，妳處心積慮搶走我爸！」

在場的兩名男子有點納悶，這兩個人，關係似乎比想像中複雜……

「現在是要算總帳嗎？妳處心積慮搶走我媽；妳什麼都搶，包括王……」

衛妍翻了翻白眼：「就算我做錯了，但我當時是眞的喜歡他！現在想來不覺得我救了妳嗎？這個男人太沒主見了，妳遇到他是死路一條的！我現在一點也不在乎他，他跟誰在一起，老娘已經懶得管了！」

「天哪，妳怎麼什麼都可以找到合理化的藉口？」

「事情都過去了！我也不是沒有吃過虧，好嗎？妳後來爲了報復我，故意和他一起消失，把我丟在醫院裡對吧？妳覺得妳這樣就很對得起我嗎？妳很道德嗎？」

衛妍越說越激動。忘了自己剛剛還奄奄一息，忘了自己還在汩汩流著血……

「我希望……妳知道……壞人不是只有我！……」衛妍繼續著：「既然我們都活不成，以前的帳不如一筆抵銷，誰也不欠誰！妳只看見妳受的傷，妳沒看到我的！」

「妳哪裡有受傷，妳根本以搞七捻三為樂……」李又又也忘了冷靜二字。

「我只是自己會治好自己，不像妳，一受傷，就把自己隔離起來，像個活死人！這樣很快樂嗎？不像我，我會活在當下，我會讓自己過得好些……

「我現在……有孩子……我就接受這個孩子，這就是上天給我的，我要用最好的方式來待他……」衛妍慷慨激昂的說了這幾句話之後，忽然又慘叫了一聲：「可是，現在我們完了，我肚子好痛，好像有人把我的胃還是我的肚子扭了一百八十度……」

「嘿，妳們不要太激動，會好一些。」方才救她的男子，好意過來提醒……

「血還在流……嗚……嗚……」衛妍忽然握住剛才還在吵架的李又又的手。「救救我……」

「我是眞的……很想救妳……」李又又嘆了口氣，解釋：「因為……我已經……沒有……親人了……無論如何，妳算一個！就算是壞人，妳還是親人！」

「……唉唷，我好痛喔……」衛妍撒嬌式的哀嚎：「我眞的好痛……這個孩子如果保不住，我也不想活了……我活著孤零零的，一點意思也沒有……我眞的沒有親人了……」她淚眼汪汪的看著剛剛還對她咬牙切齒的李又又。李又又心也軟了。

命運用某一種力量，把水火不容的姐妹綁在同一條船上吧。這一個小小的郵局二樓，像是一艘孤舟，一艘小小的諾亞方舟……

「……不說了，妳可以想辦法，救救我的孩子嗎？」衛妍低泣。

李又又叫天天不應，叫地地不靈，此時一點辦法也沒有。

這時候，嘈雜的叫嚷聲傳來。有救兵來了嗎？

來人看到郵局上頭有人，也是一臉驚喜。

來者不是她期待的天降神兵，而是一家子四個人，兩個中年，兩個少年，一家子，也是來避難的，一身汙泥。

「我們家裡只有一層平房，撐不住了。」那位母親說：「老郵局這兒是百年的石牆，足足有一尺厚！好不容易逃來這兒了！」

四十多歲的母親，大難不死，竟一臉興奮，叨叨說著話，不一會兒才發現，這裡的人面色凝重：「這位姑娘是怎麼了？」

她話一出，自己就先看懂了：「啊，這可不妙了。」

接著，她又用濃重鄉音自說自話說了一陣子，內容大概是自己也曾經有這種經驗，後來孩子沒留住什麼的。衛妍不想再聽，閉上眼睛。

血還在流。如果連這個孩子也留不住，那麼，她想，她也不必活著，乾脆就一了百了算了，還有什麼好牽掛的？

忽然之間，她被一種非常舒適的虛脫感籠罩，那是一種身體裡面的精氣神慢慢流失的感覺……她並沒有感覺到任何恐懼。

可是，又有雷聲傳來，而且，直接劈在她臉上……她的臉頰熱熱辣辣的，有人在摑她，吃力睜眼一看，又是李又又？她每次都要來戳破她的美好世界，每次……

「妳醒醒！」

「讓我……睡一下……我好……好累……」

「不行！妳這樣一睡，恐怕就醒不來！醒！」李又又竟然又狠摑了一下！

衛妍又被迫張開眼睛。旁邊至少有七八雙眼睛，瞪視著她，她幾乎以爲自己已經到了閻王殿，看到了一群牛鬼蛇神，因爲每個人的臉上都是土與泥，身上也是，表情也都驚恐萬分。

「妳醒來了！太好了！」李又又的眼睛裡湧出了淚水。

「醒來，也沒有救啊……」衛妍的腦裡還是清楚的，此刻，她擠出一絲微笑。

「撐下去！拜託妳！」

「這樣吧，我把遺言交代一下……」衛妍看著李又又說。「這一輩子，我們不相欠了，好嗎？」

「告訴王碩君……」抓著李又又的手，衛妍臉上露出一絲惡作劇的表情：「我……不愛他了。」

來避難的人沒想到還可以來此看戲——此時全村能逃的都絡繹逃到了郵局，反正閒著也是閒著，圍觀者竟還有人好奇的問了：「她說的那人是誰？是孩子的爸爸嗎？」「你問什麼問？她都快不行了，別浪費她時間！」

「如果爸爸還在……也告訴他，其實我……很愛他，只是我不知道，到底……用什麼方法，他才能愛我，在他眼裡，我始終不是個……好孩子……對不起……」

又看著李又又說：「我不是故意搶走妳媽媽的，謝謝妳媽……一直很愛我……」

衛妍覺得眼皮好重，捏了一下李又又的手說：「妳別再公報私仇打我臉了，我好想睡，讓我做個舒服的夢……」

她輕輕的閉上了眼睛，眼前一陣黑，甜蜜的黑，在外頭無邊無際的水中，她掉進了自己一個人的安靜世界，她一隻手撫在肚子上，覺得自己並不孤單，嘴角還帶著微笑……

李又又已經泣不成聲。

「我也愛妳……」衛妍輕聲說。說出來好艱難。

好幾個小時過去了，李又又還是握著衛妍的手，深怕那已經發冷的手越來越僵硬。她緊抓著那一點僅餘的溫感，並不希望自己的心也變得越來越荒涼。

33

李又又：我為自己的未來步步為營，小心謹慎，卻總是一敗塗地，不如相信命運捎來的幸運。

衛妍是被飢餓感喚醒的。

她像一個初生的嬰兒一樣，張開了眼睛，打量著周遭的環境，似乎想要尋找一些蛛絲馬跡，告訴自己，這是原來的那個世界，自己還是原來那條命、那個衛妍。

是醫院吧？在她眼前是個陌生男人。

那個男人坐在離病床一米距離的椅子上，靜靜看著一本雜誌。看她醒了，也並不驚訝。

「妳醒了，妳等一下，妳姐姐出去吃飯……」

衛妍撫了撫肚子，鼓鼓的肚子，還在，真好，她露出一個滿意的微笑。

「我好餓……」

男人沒等她抱怨完，自行走出去，喚來一位護士。

「喔，妳醒了，妳不可以亂動，醫生幫妳打了安胎針，妳如果有太大的動作，出血狀況可能會復發。」胖胖的年輕護士說。

護士走了。男人竟然繼續拿起他的那本《周末畫報》財經版，安安靜靜的讀著。

「你是誰？」她問。

「我叫張小園。」男子說。

「你怎麼在這裡？」

「妳等一下問妳姐就知道了。」男人臉上有一絲神祕的微笑。「我不擅長介紹自己。」

衛妍識趣閉嘴。

男人靠著窗戶在讀雜誌，頭上彷彿有一圈天光。啊，她記起來了，在那個洶湧的大水中，她就快要滅頂的時候，有人把她從惡水裡撈起來，她從泥水裡拔出自己的頭時，看到的世界光亮得好刺眼，進入眼中的那張臉，正是他……上天派來一個孔武有力的天使救了她……

「那……請問……我在這裡躺幾天了？」

「兩天又三個小時……加二十八分鐘……」他看了看表。

「這麼精確？」衛妍笑了。他一定是個算什麼都乖乖算到小數點以下第二位的理工男。

「妳怎麼知道我是理工男的？」

換男人驚訝了。

「像你這種人，如果有一天和女朋友在花前月下漫步，女朋友說今天月亮好美好圓，你一定會說，錯，還有兩個小時才是滿月，這不是！」

男人愣了一下，這時候衛妍才有機會看清楚他的正面，單眼皮，鼻子很挺，可惜，木乃伊一樣的沒表情，也不幽默……。男人認眞在思考她的話：「嗯，沒錯，這樣的情況，好像有發生過……」

「哈哈哈，我就說嘛……」衛妍才不相信這世界上有她沒法交談的人。

但男人又低下頭：「妳好好休息，我把這篇看完。」

這種拒絕……呵，還眞是讓人無法拒絕……

衛妍先聞到食物的味道，才看到李又又提了一大袋食物走進來。

「有牛肉湯是吧？」衛妍說。

衛妍接過食物就狼吞虎嚥。喝完了雞湯又吃了炒麵，吃完了才發現，李又又果眞買了三份一模一樣的食物，難道李又又果眞算準了這個午餐時刻，她一定能夠醒來？

「妳本來就知道我會醒來吃午餐？」

「我不知道，」李又又回答：「我每一頓都買三份！如果妳不起來吃，我就拿出去餵流浪狗！」

衛妍翻了個白眼。

「說說我是怎麼得救的好吧？」

衛妍還嘗試著想問問題。回答的卻是隔壁床布幕裡的人：「嘿，我們是一起在那個郵局二樓的……我們在那裡等了一整天，才有救難隊的人划了救生艇過來，就這樣把妳弄了出來……」隔壁床的聲音，是一個大娘，那個聲音，衛妍在昏迷的時候，是聽過的，她的音質很特殊，就是俗稱的破鑼嗓子……

「那妳是怎麼躺在床上的……」衛妍忍不住好奇心聊了起來……既然其他兩人都還在慢條斯理

吃麵，沒有要跟她說話。

「我看到救難隊來了，一高興，胸口就好痛，兩眼昏黑，就被送進來了，醫生說，我心臟的血管三條已經堵住了兩條半……嘿，我仔細想來，這一個水難是禍也是福，不然我也不知道自己有心臟病，還剛好有人救……」

「大娘，妳很樂觀啊……」衛妍陪著笑臉……

「我呀，有歲數了，人生都往好處想……我兒女都是大齡才結婚，孫子才剛出生，還沒有回來看我呢，要我這樣走，我不甘心……」

衛妍望向窗外，發現外頭已經是大好晴天。

「丫頭啊，我剛聽收音機聽到，我們那邊大水還不算嚴重，上頭有個村全沒了，救難隊還在找人呢……」

這正是李又又擔心的事情。到張家坪，走兩步，退了三步，現在，可真的不知道，目的地還在嗎？

方才她和這一位救命恩人聊過天，他姓張，名小園，他本來也是要到張家坪附近去做測量的，在途中遇大雨，早一個小時到那個郵局，討個水喝。郵局裡的大媽說要回去家裡看看，要他幫忙顧一下，她一會兒就回來，沒想到水越淹越高。

上頭那個被滅掉的村落，可是衛叔叔住的地方？

越想越是心煩。

「我大概還要躺多久呀……」衛姸問。

「天荒地老！」李又又迅速回答。

「妳怎麼又變得這麼冷酷無情？我記得我昏過去之前，妳是很擔心我的……」

「等路通我自己先去找衛叔叔，你躺這兒好好安胎……」

「我也在等路通，我還有好多測量工作要做。」張小園說話了。

「隔壁床有人陪妳聊天，妳不會寂寞的……妳就好好躺著吧。」李又又對著衛姸說。

「妳還是決定要到張家坪去？」

男子問李又又。

「對呀，都到這裡了。」

「我的車泡水了，我們單位會派人開車過來，如果路通了，我送妳一程好了，比較安全。」

「也好。謝謝。」

衛姸打開了電視，都是水患的新聞。水水水，到處都是水，有一座不太遠處的水壩即將洩洪，又有個小村子被迫遷村，村民帶著家裡的細軟依依不捨的離家……城裡有個百貨商場冷不防被水淹了，售貨員泡著水在搶救貨品……

「我們還能夠在一起，是多麼幸運。」衛姸撫著自己的肚子自言自語。肚子裡的小東西，很精確的回踢了一下……

34

李又又：我從來沒喜歡冒險。但是，事實證明任何好事壞事都不是在我計畫裡發生。

同樣的路，走了兩次。上一次雷雨大作，這一次晴空萬里。

李又又再一次在衛妍入睡時不告而別，她爲衛妍找到一個看護，照顧她的三餐。道路一開通，她馬上動身前往張家坪。

她搭張小園的便車。張小園已經收到山區那邊工程隊的消息，雖然幾個月前做的工程，都得重新再來一遍，但所幸人員均無傷亡。

兩個悶葫蘆，剛開始都保持靜默，愣愣的瞪著前方。路程遙遠，爲了怕張小園開到睏了，李又又只好主動打開話匣子。

張小園是變電工程的工程師。談到工程的難處，張小園就侃侃而談，李又又凝神聆聽，似懂非懂。張小園也發現自己說的話裡專有名詞實在太多了點，不好意思的對她說：「抱歉啊，我們都是跟圈裡頭的人這樣聊的……」

「沒關係，算是吸收新知。」李又又內心深處是感謝他的。如果不是他二話不說伸出援手，衛妍不會得救。

她主動交代了自己為何而來：「是要去找我繼父，他五年前輾轉搬到這裡來之後，就和我們沒連絡了。」

「繼父？是衛小姐的爸爸？」

「是。」至於那一串家族恩怨，李又又並不想要說明白。

「沒想到這裡有這麼多張家坪，看來只能一個一個問。」

道路兩旁，還是滿目瘡痍，兩邊有不少人在戶外洗沙發洗雜物。這是一個陽光普照和風吹拂的天氣，洗好的衣服在人家露臺和屋簷下飄著，像五顏六色的旗。有些被水泡到慘不忍睹的車子還沒被拖走，在路旁哀怨的待著。

「告訴我確實住址，我一定幫妳找到。」張小園說：「這附近我熟的，我小時候在這裡長大，所以也很樂意回來服務鄉里。」

原來如此。

「我從衛叔叔的信件中找到一位叫做王紅的女士，她似乎會一點醫術，和自己的一個身體有些問題的女兒住在這裡，衛叔叔是來找她的，至於為了什麼來找她，我就不清楚了……」

「王紅？紅色的紅？這個名字很多人取……不過，我的表姨就叫做王紅，她……似乎也在這幾年搬到張家坪的老家……而且她的女兒……的確是在出生之後有一些問題……她後來精研針灸，女兒至少能夠像常人一樣活動，這附近山區醫療資源很缺乏，她就義務幫村民老人家做一些服務，還有記者採訪過她……會不會就是她？」

李又又取出了信件。

張小園看了一眼，嘴角上揚：「嗯，沒錯，就是她了。」

「那太好了……」

路過了她住過三晚的那棟旅棧，他們又進去吃了一盤西紅柿羊肉麵，老闆娘很勤快，已經把泡過水的地方，清得一乾二淨，看見她，緊抱著她說：「唉呀，我聽說前頭有村子滅了，還很擔心妳呢，還好妳福大命大，沒事，沒事……」

有一種他鄉遇故知的溫馨感。

一路上再細聊，知道這張小園還是留美的公費生。

「你們被栽培出去的，很多沒回來服務吧？」

「是有人這樣沒錯，」張小園說：「但不是我。」

連說話都是正義凜然。

李又又覺得自己遇上武俠小說裡才有的人物了。心裡有種肅然起敬的感覺。這樣的人，黑是黑，白是白，不會跟人家周旋。還好他是專業人士，不靠人際關係。

她忍不住笑了。

如果她能有選擇，寧願像張小園這樣，做一個實實在在工作的人，除了專業項目，什麼也不必理會，再清簡安貧也自在。

「有什麼好笑的……」

張小園不解。

「我只是想到了一些以前讀過的故事……有人說你很像武俠小說裡的俠客吧？」

「有啊，都說我是那種不解風情的二愣子的那種，名字我忘了……」

氣氛一下子變輕鬆，兩個人都笑了……

天候良好，陽光燦亮得像一個度假天似的，不到四個小時，車子已經駛進了張家坪，王紅家的前頭。那是一個被綠樹擁抱的小小的聚落，因爲在岩盤高處，獨據一個小山頭，居高臨下，幸好沒有受到水患侵擾。

「就算有水患，我表姨這裡，我很放心，此處岩盤堅固，有人說這裡像古代的桃花源，看，桃花快要開了，很美，很美，花朵會到處紛飛……會讓人想起：桃花流水窅然去，別有天地非人間……這樣的句子——」這樣說時，張小園的眼睛裡閃爍著光亮，此刻又不像一個寡言的理工男。

周遭都是茂密的樹，空氣中飄著隱隱的各路花草香氣，彷彿前幾天那場惡水，與此地完全無關，此地自然而然的穿了金鐘罩鐵布衫可以遠離災禍似的。

本來以爲，會在水患之後來到一個灰頭土臉的災區，但這個美麗的桃花源顯然比李又又想像中的場景優美太多，李又又理想中完美的祕密花園，也不過如此吧。她心想，衛叔叔選在這裡終老，難怪不想回去了，應該要爲衛叔叔感到欣慰才對。

「表姨，表姨在嗎？」張小園帶著她走入一個用兩棵小松當成入口的園子裡，這個園子裡種著各式各樣的藥草植物，雖然李又又分不清楚是什麼味道，但奇香撲鼻，她想，遠古時代神農氏他家，必然也有這麼一塊藥草田吧。

「來了，來了……」一個中年女性清脆的聲音。

「表姨……」

「啊，我說是誰會在這時候來呢，原來是小園，小園，稀客呀，又回來做工程了？眞是好安排，前幾天我惦記著你呢，但打電話給你，都沒人接，我有東西要託你幫我帶給你媽媽……」

「沒問題……」張小園微笑：「對了表姨，有人找妳。」

這個王紅，中等身材，是個圓圓臉一臉親切笑容的中年婦女，穿著一身黑袍，不高，身材卻直挺挺的，一看就知道平時有練氣功，雖然樸素，但並不是尋常鄉間婦女的模樣。

李又又眼尖，已經看見衛叔叔寫的字。正門口貼的春聯，上頭寫著：「春風得意千山路，繁華落盡一室書」，橫批是「晴耕雨讀」……

「嗨，王女士，我是……衛勤的女兒，我……」

「啊……」王紅看著李又又：「妳眞的是……呵……呵……是有點像，身形一模一樣……」

「王女士，我……不好意思，我其實是繼女……我是李又又……」李又又解釋：「不過，常有人說我們像的……」

這一點，李又又可不是在打圓場，她長得高又瘦，的確比較像衛叔叔，衛妍個頭比較嬌小，五官分明的臉龐，應該和媽媽較相似。

「是嗎？看起來妳眞像他親生女兒，眉眼之間也有相似之處……」王紅說：「人和人之間的緣分，的確不是隨便湊合的，衛先生之前常常讚美妳，說他有個繼女很優秀……」

「我告辭了，我還要趕路去看工程。」張小園此時匆忙告退，塞給李又又一張紙條：「你有事打電話給我，我看完工程或許可以送妳一程下山，這裡這個時候車不好找……」

「衛叔叔他……他在哪兒……」李又又怯生生的問出這個問題……

王紅忽然抓緊了她的手：「我帶妳去找他，他的房間我還保持得很好……」

李又又心裡一驚，保持得很好，是什麼意思？是不是晚了？

心疼，鼻酸，還有愧疚……

後院又有個藥草園，還有個小涼亭。有個女孩大概也十七八了，長得挺清秀的，在藥草園裡拔草，看到他們走過來，什麼也不說，只是微笑……

「那是我女兒，她出生就是個腦痲兒，本來兩腿都不能動的，她一出生我丈夫就跟我離了婚，我一個人帶她，爲了她我努力研究中醫，就是想讓她站起來，果然，她現在看起來跟別人沒什麼不同，雖然，動作是遲緩了些，腦袋也沒有那麼好使……不過，在這裡生活，這點本領夠了……」

後院有間小紅磚房子，一房一廳。收拾得很雅緻，除了桌椅，還有一些字畫，其他別無長物。

「他跟我租了房子，住了四年多了……」王紅說：「本來還有他的一個小女兒，就住在這裡，住到什麼簽證都過期了，他說沒關係，他不走了，沒打算要離開……這就是他要找的桃花源……

「他常念著妳們，但也常說，兒孫自有兒孫福，他三個月前走了……走的時候，挺安詳的……」

「他……是什……什麼病……？」李又又的聲音忍不住有點顫抖……

「他來這裡之前，就是胰臟癌了，妳們都不知道嗎？」

李又又搖搖頭，她記得，五年多前，她陪衛叔叔到醫院那一次，是心臟有問題，後來好像就無恙了，之後的檢查，衛叔叔堅持自己去……李又又和衛妍因爲王碩君的事情翻臉後，也就搬出去住，很少回來看衛叔叔，以衛叔叔個性，不喜歡晚輩爲他操心，自然也不會主動告訴她……這是可想而知的……

「那小女兒是……」李又又心裡還是有許多疑團……

「喔。妳們都不知道他到這兒來找我，是因爲無意中看到一篇報導，誤誇我是神醫，治好了我自己的女兒，於是跟我通信了一些時候……來我這兒之前，他去了一趟美國，妳們知道嗎？」

「稍微知道，但並不知道他去做什麼。」李又又和衛妍都沒有深入探究，到底他去美國做了些什麼。

王紅拍了拍她的手：「衛勤這個人，是不想拖累人的。他去美國，帶回了他的小女兒……當初難產，那個小女兒變成了腦痳兒，他說那時他的愛人因爲難產去世了，他很傷心，他有妳們兩個女兒，也不知道怎麼撫養有問題的孩子，當時去生產的那個天主教醫院，有個救助機構，於是他簽了將小孩託給美國善心人士領養的同意書……後來他心裡一直很不安，最大的願望就是能夠養那個孩子。」

果然不知道。李又又回想，衛叔叔在她的母親難產去世後，一直悶悶不樂，原來心裡還有這麼多事情藏著，磨著。

「後來他得到了消息，聽說那孩子免疫力有問題，常生大病，而原來的寄養家庭也因爲財務破產沒有辦法繼續照料，他就去美國把孩子帶了回來，帶到我這兒醫病，小女兒的那個病，我的能力沒辦法治好，他說沒關係，父女都有病，能過幾年就是幾年，他們可以一起在我這個桃花源裡好好生活，反正……這裡吃穿也不愁……所以我們當了四年家人，也是緣分。妳小妹妹兩年前走了，我只能盡力讓她走得舒服，果然她走得很安詳。平時都和我女兒一起玩，我女兒哭得好傷心，好幾天不吃不喝來著……妳父親，人好，把我女兒也當成自己的一樣在照顧，也教她讀書寫字……看，我女兒現在能看好些字了，也會寫自己的名字……」

王紅一口氣說完了話，眼睛溼了：「我平時並不出門，都要託人才能寄東西，前幾個月把妳父親的東西寄去了，不過，一直沒有收到妳們家人的音訊，本想要再捎個信問問：妳父親的骨灰要怎麼辦呢？他剛來這裡的時候，本來有叮嚀我如果萬一他怎麼了，請我一定要讓妳們姐妹搬回家，和他的太太蘇老師葬在一起，他說妳們早晚一定會來的……但是過世前，他告訴我他改變主意了……他說他想開了，人的魂魄是自由的，並不是埋在哪裡就得鎖在哪裡……他喜歡這邊，怕以後迷了路找不著，又吩咐我就埋在那棵大的桃花樹下，化作春泥更護花，但我又怕妳們家屬不同意，我一個人這樣做了，顯得草率，妳們不會原諒我……」

「哪裡的話，我們感謝妳都來不及……」

「現在……衛先生的骨灰，我還放在他的書桌上供著……妳要帶走，還是……」

「就這樣吧，都照他的吩咐，我們一起，讓他長住這裡……」

「這……我們讓他留在這裡，不返鄉了，衛先生的親女兒會不會有意見？」王紅是一個謹慎的人。

「她也來了，只是，懷孕了，水災中動了胎氣，躺在山腳下的醫院裡不能動，這裡我做主就好……」

「要選吉時嗎？」

「不，就是現在了……」

來了就是良時，不是嗎？風光明媚之日，就是吉日，不如今天幫衛叔叔完成心願了。

就在陽光見證下，王紅燃起了幾支自己做的藥草香，口中念念有詞，王紅、王紅的女兒、李又又，三個女人，同心協力的掘起土來，王紅女兒小心翼翼怕掘傷了桃花樹的根一邊對樹說：「有沒有弄疼你了？對不起，對不起……」

一派天眞。

她想，王紅女兒，還有她從未謀面的妹妹，雖然沒有正常人的腦子，但應該比她跟衛妍更讓叔叔開心吧……她和衛妍，其實都讓衛叔失望了。一個不貼心，一個讓人傷腦筋。

衛叔叔從此長眠在桃花樹下……

李又又心裡好舒坦，好像長久以來，就欠衛叔叔這一個人情。她雙手合十小聲說：「對不起，衛叔叔……」她想了想：「就讓我第一次也最後一次叫你爸爸，爸爸，謝謝你……」她雙手合十，彎身鞠了個躬。

終於，卡在心中的感謝說出來，肩上重量頓時減輕了。

桃花樹上，含苞千百個，即將盛開。李又又合掌默默爲衛叔叔祈福。也爲沒有辦法趕赴這場聚會的衛妍和衛妍肚子裡的孩子祈福：「衛叔叔，請保祐衛妍平安順利生產喔……」

王紅聽說衛妍正安胎，熱心的留了李又又住一夜，連夜熬了一些自製的草藥湯方給衛妍，李又又雖然對於所謂的草藥效果將信將疑，倒也沒有辦法推卻她的好意，在衛叔叔住過的房裡，在王紅煮草藥的清新香氣中，度過了一夜。

這一夜，或許因爲完成了這件心願，心上的大石頭落了地，她人雖在異鄉，卻睡得異外安穩。

35

衛妍：忘了吧！那些過去的所有的愁，裡頭總有一些我對不起妳，妳對不起我的……妳所有的盤算可能不如一個偶然。忘了，不然妳沒辦法輕鬆的往前走。

一年後。

衛妍的小女兒永懷，剛滿十個月。圓圓的眼睛，淺咖啡色琥珀般的瞳孔，深深的梨窩，人見人愛的一張臉。

「呵呵，妳眞的是漂亮極了。」衛妍讓小女兒永懷穿上粉紅色的小禮服，又給了她一雙粉紅蕾絲的翅膀，用手機幫她拍了張照片：「眞是漂亮極了！太好看了……」

看著女兒，她總是讚不絕口。「世界上怎麼會有這麼可愛的小天使？」

「媽媽……媽……」

「天哪，妳是在叫媽媽嗎？哇，太開心了，來來……再叫一次，媽媽，第一天會叫媽媽……」衛妍笑得像中了頭彩一樣。「等一下去參加阿姨的婚禮喔……那妳也要在大家面前，叫媽媽喔，給點面子，太棒了……」

衛妍平平安安的把孩子安到了預產期，生下了一個三千多公克的胖娃娃。花了整整二十四個小時慘叫，把天底下可以罵的話全部都罵完，她終於在自己最崩潰的時候，把孩子生下來。

她恢復清醒的第一眼，看到孩子的時候，她自己都吃驚了。

這個孩子，一出生就有金褐色的頭髮！

她只能「按圖索驥」的去回想所有可能……啊，原來是那個義大利的男人，上次去法國的時候，她多請了幾天假，飛到希臘搭遊輪，在郵輪上遇到一個長得很帥的大副，喝醉酒之後，短暫的春風一度……

呵……眞是……只能說是命運安排！

這一段豔遇，本來就打算船過水無痕，離開郵輪之後兩個人也很有默契的都沒有再連絡，連她自己都忘記了，沒想到這個記憶永遠流傳下來了。

顯然……顯然她的麻煩全部解決了……她不必擔心誰是爸爸的問題。那些她生命中曾經過渡的男人，全部在她的人生裡頭出了局。只有朱大丞，還傻呼呼的來了兩次，衛妍也不好意思躲著他，畢竟她欠著人家一筆現款還沒能力還。朱大丞還提著雞湯來給她吃。說要當孩子的乾爹。眞是好人。

因爲不告而別，她丟了原來在百貨公司裡頭兼差的工作。又靠了李又又幫忙她付了醫藥費，讓她在月子中心裡頭好好的做月子。

「不用謝我，我是爲孩子著想……」李又又說：「我是怕妳懶，又什麼都不會，連孩子也亂養。孩子被妳生到，眞可憐！」

失業的她就是在孩子出生後開始做起網路生意的。剛開始只是自己在網上買孩子穿的衣服，很快的她就開始嫌本地商店可以選擇的嬰幼兒服裝太少，於是在各國的嬰幼兒折扣網站上大肆採購，買太多了，又到網路上賣，就這樣一件一件的做起生意來。她還熱心的畫了幾件嬰幼兒可以穿到正式場合去的漂亮禮服，要求以前婚紗部門的倪湘幫她打版，倪湘那時剛好也離了職，找她合夥，兩個人在網路上做小批次的販售。

在成人服裝界已經殺價到血流成河的時候，捨得在孩子身上花錢的父母倒還不少，這半年時間，衛妍已經有了不少顧客。她自己的女兒永懷，就是最好的模特兒。永懷是個結合中西方特色的漂亮嬰兒，一笑傾城，誰看了她的照片都要多看兩眼。以前婚紗公司裡頭的好同事，看到她已經做出了小小成績，嗅到商機，也離了職另立門戶和她合作。

她還是住在老家，只是老家被她重新裝潢整頓了，成了有復古華麗氣息的空間，一樓就是她的設計廳和辦公室。

衛妍帶著嬰兒與好多行李，搭上飛機飛到李又又婚禮的所在地——上海。

就在衛妍生產的同時，李又又接到了獵人頭公司為她找到的工作，去了上海金融投資平臺上班，因為親友實在不多，而她也討厭傳統喜宴鬧哄哄的場合，她辦婚禮時包下了一家老洋房所改成的西餐廳舉行。

「嘿，我來了……」就在婚禮要準時開始時，衛妍帶著她的長著翅膀的粉紅色嬰兒進來了：「真是的，飛機總是誤點！」

眾人目光焦點都在漂亮嬰兒，幾乎忘了新娘。

「天哪，妳穿這樣？白襯衫黑長褲，妳有沒有錯啊，今天是婚禮，不是葬禮！」

「妳今天可不可以講話好聽一點？」李又又瞪了她一眼：「我本來就沒有要辦俗裡俗氣的婚禮，妳少說點話，行不行？」

「不行！快去換上！在我的行李箱裡，我特別爲妳做的！」

「這……」李又又有些遲疑……她堅持自己本色，穿著上班也會穿的衣服來結婚，有什麼錯？新郎也說她穿那樣帥氣好看。

行李箱中，是淺薰衣草紫的一套極簡婚紗，有著素雅的蓬蓬裙，竟然還有一對紫色的小翅膀，看起來，和粉紅色小嬰兒裝是同一系列。

李又又有些爲難的換上，剛剛好。衛妍十分得意。「我給你做紫色的，粉紅色的要留給我自己！」就算帶了一個孩子，她對自己的魅力還是非常有信心。

只是她品味變了。看著這些男人的臉、看著那千篇一律的殷勤表情，她常在想，這個我看多了，承諾我也聽煩了，所有的愛情戲碼我都演過……在感情市場上就讓我暫時歇業一下吧……如果我有時間，爲何我不回家看看自己的美麗嬰孩？

此時新郎出現在被當成更衣室的小包廂裡，看著新娘痴痴的笑，她今天的美，和原來不一樣，多了春天一般柔美的氣息。

新郎是張小園。那天送李又又離開王紅家之後，告別之際，他問李又又：「妳覺得我適合妳嗎？」李又又嚇了一跳。

「我喜歡不多話的女人，妳很適合，可否與我做朋友？」開門見山，直接又誠懇。

兩人視線相接，相看良久，相對無言，李又又從張小園眼光裡看到，他是認眞又堅決的。

在這個沉默的男人身上，她找到她想要的感情。一個男人，在初相識時，就不顧一切的爲她救人，那麼，他的愛沒什麼好懷疑的了。她小心翼翼了好多年，這一次，她相信了偶然。所謂的偶然，或者就叫命運。如果沒有那一場大雨，她不會遇到。

也許是衛叔叔不放心，默默的爲她安排這一場驚心動魄的相遇。

婚禮之前。

「你們兩個人眞的很適合在一起嗎？」衛妍笑道：「婚禮前要不要再思考看看，人家可能誤會，你們是聾啞之家……眞奇怪，不說話是怎麼談戀愛？」

「妳可以說一些吉祥話嗎？」李又又對著小嬰兒說：「她不像妳這麼可愛，有這種媽，妳要小心……」

小嬰兒好似聽懂了，很高興的咯咯咯咯的笑著，然後，清脆的對著衛妍說：「媽媽……媽媽……媽媽！」

衛妍又自己感動了起來。她明白，或許她那麼多年一直在汲汲索取別人的愛，並非她眞正想要的，她要的是，有人可以承接她那在心裡源源湧出的愛。

她談過了無數多次的戀愛，這是第一次，可以把愛那麼無私的給了出來。真好。
真好。原來她一直在找的，就是這種必須認命的愛。

作家作品集 CMH0074

各自辜負的那些年

作　者—吳淡如
主　編—李宜芬
編　輯—邱淑鈴
美術設計—白日設計
企　劃—張燕宜
校　對—廖翊君、邱淑鈴
董事長
總經理—趙政岷
總編輯—余宜芳
出版者—時報文化出版企業股份有限公司
10803台北市和平西路三段二四〇號四樓
發行專線—（〇二）二三〇六—六八四二
讀者服務專線—〇八〇〇—二三一—七〇五
（〇二）二三〇四—七一〇三
讀者服務傳真—（〇二）二三〇四—六八五八
郵撥—一九三四四七二四時報文化出版公司
信箱—台北郵政七九～九九信箱
時報悅讀網—http://www.readingtimes.com.tw
法律顧問—理律法律事務所　陳長文律師、李念祖律師
印　刷—勁達印刷有限公司
初版一刷—二〇一七年七月二十一日
定　價—新台幣三六〇元
（缺頁或破損的書，請寄回更換）

國家圖書館出版品預行編目（CIP）資料

各自辜負的那些年 / 吳淡如著. -- 初版. -- 臺北市：時報文化,
2017.07
面；　公分. --（作家作品集；74）
ISBN 978-957-13-7067-5（平裝）

857.7　　　　106011285

ISBN 978-957-13-7067-5
Printed in Taiwan